盧克警探系列①

A DI CALLANACH
BOOK 1

Perfect Remains

完美的殘骸

Helen Fields

海倫·菲爾德——著　楊佳蓉——譯

A THRILLER

好評推薦

必讀！《完美殘骸》令人緊張得想咬指甲，劇情從頭到尾緊緊抓住讀者。

——《*Closer*》雜誌

雙視角劇情。《完美殘骸》讓我眞的沒有選擇，只能迅速進入令人著迷的驚悚劇情中。本書創造了一個非常人性化的英雄，對抗我在犯罪小說中遇到過最恐怖的瘋狂罪犯。

——保羅．芬奇（Paul Finch），《星期日泰晤士報》

毫無疑問，這是我讀過的最好的第一個偵探系列之一。

——《*WOMAN'S WAY*》雜誌

眞是令人毛骨悚然。

——《*Saga*》雜誌

雷博思探長，麥克雷督察和佩雷斯偵探得小心了，有一名新的警探正在競選成爲蘇格蘭小說中的頂級警察……這是一個眞正難以放下的翻頁機。

——《*Scotland Correspondent*》雜誌

這絕對是犯罪小說處女作的佳作……作者精心策劃了一個角色，我期待這成爲一部系列作品。

——《先驅報》

一部驚奇的處女作。

——《*Fife Free Press*》報紙

獻給David、Gabriel、Solomon、Evangeline，
你們讓我在時光機裡面寫作，
對我來說短短的五分鐘卻是你們的一兩個小時。

1

他擺布屍體的姿態接近慈愛，將她的四肢攤開，讓空氣在她皮膚周圍循環流動。她面如死灰，但表情平靜，睫毛與臉色形成對比，嘴唇毫無血色。他喜歡她這個樣子，勝過她在兩人初遇時的面貌。現在她癱軟裸露的模樣毫無吸引力，不過這是必要的布置。她不該在這世間留下分毫痕跡。不留下過往足跡，斬斷與她現下生活的連結。從許多角度來看，這與清掃沒有兩樣。他的腳掌準確地壓上她左臂肱骨中央，灌注全身重量，感受到透過自己腿骨傳來的粉碎振動。將燃料整齊堆好後，他才心滿意足地從褲子口袋掏出絲質小布包，從中倒出白色寶石，在指掌間靈巧翻動，享受光滑與尖銳切面的對比，最後才把它們丟進她嘴裡，如同往許願池內投擲硬幣，手中只剩下一顆寶石。燒毀如此無瑕的上天造物眞是太可惜了，然而他不能遺漏任何一絲血肉。屍體已經浸泡了一整晚的促燃劑，他開玩笑說這是爲了醃漬入味，這是擔心被人提早撞見，雖說他並沒有這麼不專業。

離開石板小屋前，他刻意讓染血的絲巾碎片飄落地面，拿沉重的石塊蓋住，壓入泥地。點燃的火柴，生鏽鉸鍊的刺耳摩擦聲，火焰咻地吞噬氧氣，結束了。他拿著金屬球棒移動一段距離，以石子覆蓋。他已經擦掉所有的指紋，不過握把上留下一抹肉眼看不見，但在紫外光下無所遁形的血跡。他在幾呎外丟棄最後一顆連著些許牙齦組織的牙齒，踢起一蓬沙土將它掩蓋。這樣就行了。

接下來要走一段路，路程不遠，只是在黑暗中相當危險，因此他走得很慢。即使回到山腳下，氣溫還是比冰點還低。他的吐息使得頭頂上瑩亮的星空蒙上霧氣。她最後的安息之處很不錯，他想。她很幸運，很少有人能在景觀這麼好的地方離世。不久後，凱恩戈姆山脈消失在他背後的霧靄中。等到第一道陽光灑落，它們將在天幕下轉爲灰紫色，荒蕪崎嶇猶如月面。後照鏡中的遼闊地景縮小成一片矮丘，他不會再次造訪此處，他想。最後的道別。這裡眞的是最完美的地點。

離愛丁堡還有一個多小時的車程，氣象預報將會下雨，但他點起的火不會因此熄滅。等到第一滴雨水落下時，溫度早已高到除非是洪水來襲才能抑止。現在他的第一要務是以最快、最從容的方式回到家。該做的事情還多著呢。

那名女子投降的速度超出他的想像。換作是他，肯定會抵抗到最後一刻，拚盡每一絲怒氣與恨意。她曾苦苦哀求，最後卻只是軟弱地哭號。生命眞是廉價，他想，大多數的人都無法珍惜它的價值。他懂。他不斷把自己逼到極限，不斷學習，不斷超越。旁人渴求金錢，而他則是以求知爲目的，這份欲望難以匹敵。因此他才不得不殺人。沒有她的犧牲，他將永遠遭到無法滿足他智能的女性圍繞。

他一邊開車一邊聽學習外文的ＣＤ。他喜歡每年學一種新語言，這回輪到西班牙語。比許多語言簡單多了，他有些愧疚地承認，不過這陣子他掛在心上的事情太多，無暇分神。忙著研究與奔波，他可沒心力鑽研更複雜的東西。

「我最好有空。」一隻兔子從路旁竄出，他狠狠踩下煞車，與其說是想避開牠，更像是被自己眼角餘光的動靜嚇到。「媽的！」他的注意力散漫到開始自言自語的程度，這種狀況只有在過度疲憊、壓力太大時才會發生。他昨晚熬夜與人爭辯。只有白痴才會以爲說服冰雪聰明的女性做最適合她的事情很容易。即便他有滿腹墨水，也要使出渾身解數。對方越是機靈，挑戰就越大。但最後必定有豐厚的報酬。

他把車停在愛丁堡市郊，喝保溫杯裡差強人意的溫咖啡。就算他肯定不會引人注目——沒人想盯著這個中廣身材、頭禿了一圈的中年男子——他也不能冒險走進咖啡廳。順著這條路線回市區途中，要是被監視攝影機拍下自己的身影就太蠢了。

西班牙語教學ＣＤ在背景低鳴，他按下停止鍵。今天幹了一番大事，休息一下也不爲過吧？家裡有人等他，她需要無微不至的關注。她接下來這陣子無法清楚說話，或許需要接受語言治療。她很幸運，他擁有許多領域的教學才能。能幫助她是他的榮幸。

2

盧克・卡倫納督察很想知道尚未開始的排擠揶揄什麼時候能結束。今天是他加入蘇格蘭警署重案調查小組的第二天，這棟位於愛丁堡的建築物灰暗老舊，與尖端的犯罪調查中心完全扯不上關係。昨天只是簡單的介紹簡報，跟幾名上司見面，他們太過顧慮政治正確，不敢拿他的口音或是國籍開玩笑。比他低階的成員可就沒這麼乖了，看來蘇格蘭警署從未收過蘇法混血的警官。

按照預定，卡倫納今天要召開見面會，向大家報告自己打算如何辦案，還有他對於自己手下人員的期許。光是他的外表就夠引人側目了——典型的歐洲臉孔，亂七八糟的黑髮，棕色雙眼，橄欖棕色的皮膚，鷹勾鼻。他一張嘴，場面只會更僵。他瞄了手錶一眼，知道眾人的腦袋正轉得飛快。讓他們等候沒有任何好處，他不怎麼在乎旁人的眼光，只想舒服輕鬆過日子。

「安靜。我要開始了。」他在白板上寫下自己的名字，忽視眾人訝異的目光。「我剛從法國搬過來，大家要花點時間適應彼此的口音，所以我們說話就慢一點、清楚一點吧。」

場內一片寂靜，直到角落飄來「你開什麼玩笑啊」的含糊聲響，那個區域擠了太多人，分不清是誰開的口。緊接著是要他閉嘴的噓聲，顯然是女性。卡倫納揉揉前額，憋住看錶的衝動，準備好應付必然的疑問。

「抱歉，督察，卡倫納不是蘇格蘭姓氏嗎？我們沒想到你是如此像……歐洲人。」

「我在蘇格蘭出生，接受雙語教育。各位只要知道這點就夠了。」

「雙什麼？合法嗎？」一名金髮女子故意高喊，逗得同事很開心。卡倫納看她盯著其他人，等待他們的回應。看得出她想引起男性同僚注意，想跟他們打成一片。他面無表情地等到笑聲平息。

「我要求各位定期報告最新案情。各個部門之間密切合作。只要一個人沒向其他人傳遞情報，調查行動就會出現漏洞。階層不是用來壓迫旁人的工具，缺乏經驗也不能當作無能的藉口。無論是進展還是疑問，全都要跟我討論。想抱怨就打電話給你媽。目前有三個案子待辦，每個人都有自己的任務。還有問題嗎？」

「長官，你之前待過國際刑警組織對吧？」一名警員問道。卡倫納猜他不到二十五歲，滿腹好奇心與熱情，正如當年的自己。感覺是上輩子的事情了。

「沒錯。你叫什麼名字？」

「崔普。」

「很好，崔普，你知道協助國際刑警組織調查跨國謀殺案，跟在蘇格蘭執行調查有什麼差別嗎？」

「不知道，長官。」崔普的視線左右游移，似乎是擔心這個疑問是某種隨堂抽考的開頭。

「沒有任何差異。有屍體，有悲傷的家屬，疑問多於答案，還有來自上級的壓力要你瞬間破案，不准花太多錢。即便預算極度緊繃，我絕不容許絲毫怠惰。各位對於現下待遇的不滿並不足以影響到投注於調查的心力。」他停頓幾秒，環視會議室，對上每一雙眼，加深這番話的氣勢。結束後，他說：「崔普，再找一位警員到我辦公室。」

卡倫納離開會議室，沒有道別，也沒有多說兩句好話。崔普自然遭到眾人孤立，全體人員咕噥抱怨新上任的空降長官，喃喃唸著警署怎麼沒有從內部拔擢優秀人才。各國警界都是一個樣，唯一的差異是咖啡品質。他不意外這裡的咖啡難喝到不行。

他的辦公室說好聽點是五臟俱全，恐怕要連升三級才能得到眞正的舒適。房間裡安靜明亮，裝設了兩支電話，似乎有人以爲他可以分裂成兩個人，同時接起兩支話筒。地上是兩箱等待塞進抽屜書架的個人物品，沒有什麼了不起的好東西。他來蘇格蘭爲的就是有個全新的開始。在自己的出生地重新生根相當合理，更何況這是他少數持有該國護照、能進入警界的國家之一。

崔普敲敲門，他背後跟著一名年輕女子。

「長官，可以進來嗎？」崔普問。

卡倫納示意兩人進房。「妳是？」

「薩特警員，長官，幸會。」她有一半的時間是盯著自己的鞋子看，即使早就料想到這種反應，她的忸怩不安仍舊令他不爽。好看的外表應當與痛苦無緣，然而卡倫納頂著足以分散旁人注意力、讓車流暫停的面容，沒有多少人能理解這對他造成多大的負擔，而非好處。

「薩特，請說明初步通報、鑑識行動、進入法院訴訟的程序。崔普，請你針對表格與檔案製作清楚易懂的註記。了解嗎？」

「是的，長官，沒問題。」崔普很高興自己能派上用場。薩特則是喃喃吐出類似同意的回應。

「警員，可以跟你們借用一下這間辦公室嗎？」一道嗓音從兩人身後竄出。一名身穿窄裙制服的女性警官從門外走進，薩特跟崔普匆忙離席，她將門板踢上。

「我是通納督察，因為跟你階級相同，叫我艾娃就可以了。」她咧嘴一笑，與無法直視他的薩特完全不同。這位同僚身高約五呎五吋，體態苗條。她及肩的栗色頭髮微微翹起，像是剛才綁過馬尾似的。以現代時尚的標準來說，她稱不上美人，不過說她平凡又太侮辱人了。她的五官精緻，灰眼離得有點開。

「卡倫納。」他應道。「看妳的表情，我推測妳掌握某種我不知道的情報。妳想跟我分享呢，還是要我猜猜看？」

艾娃．通納沒理會他輕蔑的語氣，逕自回應：「喔，我只是聽到某位警佐問說上級幹嘛派個內褲模特兒來管事。」

「原來如此。」他說。

「我猜你早就習慣了。不過呢，你的法國血統在這裡會比我還要有說服力。」

「妳是英國人嗎？」他一邊調整檔案櫃的方向，一邊發問。

「百分之百的蘇格蘭人，只是從七歲起就被送去英國寄宿學校，口音才會變成這樣。多虧這一點，我跟瘟疫沒什麼兩樣。別擔心，假如現在被他們喜歡上，你就完蛋了。相信你的臉皮夠厚。惹上什麼麻煩就跟我求救吧，你桌上的通訊錄有我的號碼。我該去換衣服啦，剛才從頒獎典禮回來，制服簡直要我的命。你的手下都很厲害，只是他們說的話別太往心裡去。」

「我沒打算把任何人的話放在心上。」他拎起話筒，確認撥號音。等他再次抬頭，眼前只剩空氣和敞開的門板。卡倫納坐進辦公椅，掏出手機，從通訊錄上輸入幾個重要號碼。正當他想著要如何整理第一個紙箱時，崔普快步走進來。

「長官，抱歉打擾了，我們接到布雷瑪分局的來電，他們發現一具屍體，想找人討論此事。」

「布雷瑪在愛丁堡的哪個區域？」

「不在市區裡，那個分局位於凱恩戈姆山脈，長官。」

「拜託，崔普，不要每句話都加上一個長官。請告訴我這個案子怎麼會跟愛丁堡扯上關係。」

「他們懷疑死者是兩個禮拜前通報失蹤的愛丁堡居民，名叫艾琳．布克斯頓的女律師。他們找到衣物碎片，與她最後穿著的絲巾相符。」

「就這樣？沒有其他關聯？」

「其他都燒光了，長官，呃，抱歉。布雷瑪那邊認為我們或許會想早點介入。」

「好吧，警員，收集跟艾琳·布克斯頓有關的資料，然後幫我接上布雷瑪分局。我要在十五分鐘內看到詳細資料。如果失蹤者眞的是愛丁堡的女律師，我們已經比兇手遲了兩個禮拜啦。」

3

卡倫納疲憊地放下話筒，一大半的心力肯定是耗費在解讀蘇格蘭口音上頭了。他對父親幾乎毫無記憶，儘管母親堅持他把英語跟法語一起當成母語學習，他一直沒有準備好進入全英語環境。那位布雷瑪分局的警佐在唱歌般的語調中點綴了不少口語用詞。卡倫納猜對方以為這樣他比較聽得懂，然而他聽了兩句之後，他便放棄詢問方才那句話的意思。他順手抄下「haver」這個陌生單字。崔普得要再擔下口譯的差事了。卡倫納答應與對方討論這個基本上不在他轄區內的案子，這個決定賣不了人情，還會額外耗費可以避免的經費和人手，不過在山上找到的屍體感覺確實是愛丁堡的失蹤人口。

看到薩特經過辦公室門外，他探頭高喊：「目前哪個案子的進展最快？」

「布朗洛的謀殺案，長官。主謀已經認罪了，目前只要替地檢署準備好資料就好。下禮拜要召開預審聽證會。」

「很好。妳、崔普，還有兩個負責布朗洛案子的組員在十分鐘內到簡報室找我。妳幫我找人。凱恩戈姆離這裡多遠？」薩特的表情足以回答一切。得要打包過夜行李了。

簡報過程氣氛緊繃。從布朗洛謀殺案調來的人員顯然對兩個小時的車程毫無好感，對於手邊方興未艾的紙本作業也沒有好臉色。由賴弗利警佐率領崔普、伯恩斯、薩特三名警員。警佐的眼神簡直是把卡倫納當成從化糞池裡爬出來的神經病。卡倫納沒有理會他，簡單解釋接下來的行動，交給承辦失蹤案件的員警報告。

「艾琳．瑪格瑞特．布克斯頓，三十九歲，離婚，沒有兒女，任職於市內的大型律師事務所，擔任商業律師。她在十六天前失蹤，最後出現在眾人面前是週五晚間，從健身房回家時。她母親隔天晚間通報失蹤，因爲她沒有來赴午餐約會，手機跟家裡電話都找不到人。她的車停在自家車庫裡，衣物跟行李箱都還在，護照也沒被拿走。沒在星期六早上開電子信箱不符合她的習性。有人在大樓穿堂撿到她的鑰匙。旁人說她做事十分有條理，稱得上是工作狂，過去兩年來連一天病假都沒請過。」

「有男朋友或是嫌犯嗎？」伯恩斯警員問道。

「前夫萊安．布克斯頓在海外工作，不在場證明無懈可擊。沒有人知道她有男朋友。跟警方談過的每一個人都說她全心投入法律工作，不是在辦公室、在家，就是在運動。在今天之前我們沒有任何頭緒。」

「布雷瑪警方爲何如此篤定該名死者就是這名失蹤人士？」卡倫納問。

「最後見到布克斯頓小姐的人用手機拍下她的照片。她剛好停在健身房吧檯點飲料替朋友慶生。我們把那張照片傳出去，仔細列出她的衣著，所以他們才有辦法得出比對結果。」

「有人聯絡她的家屬了嗎？」崔普問。

卡倫納接手回應：「沒有，親眼看到屍體跟現場前最好什麼都別說。得先取得

DNA證據才能得出確定的連結。」

「死者或許就是我們轄區內的失蹤人士，但不一定是我們的兇殺案。既然還無法證實死者身分，爲什麼要大老遠跑去圍觀？」賴弗利警佐提問。「我們可不是閒著沒事幹。就算不是待過國際刑警組織的大人物，其他督察也有本事處理這個案子。」

「假如死者眞的是艾琳．布克斯頓，那就代表她是在愛丁堡遭到綁架，同樣在此地遭到謀殺的可能性也不小。我還不打算因爲你懶得開車就錯失觀察犯罪現場的機會。至於布朗洛案子的大工程——早點掌握同時做好幾件事的訣竅吧。」卡倫納一把收起桌上的筆記。「要趕路了，趕快準備。」

卡倫納回到辦公室，把牙刷、雨衣、靴子丟進行李袋。他思考丟下賴弗利警佐的可能性，這樣接下來兩天就不用面對那張臭臉。他又想了想，最好直接料理這傢伙，而不是讓他稱心如意。必須從一開始就讓部下了解他無法容忍怠惰和抗命。他們要怎麼想就隨他們去。接下來的六個月內，他們會恣意批評他的每一個決策，無論好壞對錯，直到他們找到更好玩的目標爲止。

4

眾人在布雷瑪一處充滿鄉村風光的小分局會合，轉搭四輪驅動車上山。途中開過幾段算不上路面的荒地，天上雲層密集。山路開了一個小時，等卡倫納看到調查小組的燈光跟帳篷時，氣溫已經驟降到接近冰點。荒山野嶺唯一的好處是看不到媒體的蹤跡。

「是誰找到的？」他對駕駛提問。

「兩名登山客從遠處的山峰看到火焰，走了十五分鐘才回到手機有訊號的區域，打電話通報。等到消防隊抵達起火的山屋時都快燒光了，恐怕沒剩下什麼能給你們看。」

卡倫納掏出相機。他總是自己拍攝犯罪現場，之後這些照片會貼滿他辦公室的牆面。

讓登山客在暴風雨時避難休息的小山屋以石板搭建而成，門沒鎖，裡頭沒有隔間，後側牆面嵌入岩壁。卡倫納猜測這棟建築有一兩百年歷史了。現在屋頂完全燒毀坍塌，讓鑑識工作無比艱難。就連支撐牆面的石塊也被高溫燒得有些變形。卡倫納仔細打量周遭環境，這不是什麼隨意碰上的處所。帶著死者來到此處的人士想必是經過一番挑選，確認附近沒有一般的登山步道，而且他肯定來過。

「屍體在哪？」他問。

「他們已經把遺骨收走了，不過有在屋內標示位置。」駕駛替他解答。

「只剩骨頭？沒別的了嗎？」

「恐怕是如此。軟組織已經全數燒盡，我們不清楚火燒了多久，不過可以確定至少有好幾個小時。」

他們走向山屋的出入口，攜帶式聚光燈的強光從屋內湧出，兩名鑑識人員小心翼翼地穿梭在髒兮兮的屋子殘骸間。死在這裡眞是太糟糕了。有人一掌拍上卡倫納的肩膀，打斷他腦中的連篇想像。

「卡倫納督察？我是瓊提·史普，亞伯丁郡的病理學家。恐怕這裡沒剩多少東西能給你過目。」

卡倫納搖搖頭。「我聽說你們找到死者的衣物，什麼東西都燒成灰了，它怎麼能殘存下來？」

「他們找到的並不是完整的衣物，而是一小塊絲巾，不過花色相當特別，一名警員認出跟失蹤人士的身上物品相同。絲巾卡在岩石下，阻隔了氧氣，才幸運保留下來。他們已經送去實驗室檢驗ＤＮＡ了，上頭好像沾了一點血。」

卡倫納皺起眉頭。「你們只找到這些？一定還有別的吧。」

「督察，我們手中只有這幾張牌了。火焰是犯罪現場的大敵。通常很快就能查出促燃劑的成分，可惜凱恩戈姆這一帶地層蘊含豐富的泥炭，幾乎可說是火上加油。若非如此，我相信這場火不會燒得這麼久、這麼旺。連遺骨都遭受嚴重損傷。」

「輪胎痕跡呢？一定找得到吧。」

「誰都希望碰上這麼理想的狀況，可是消防車先抵達現場，把地面軋得一場糊塗。他們不知道屋裡有什麼，明天我們放警犬好好搜索一番，今晚要有進展是不可能的，山上太暗了。」

卡倫納再次掏出相機，拍攝地板上灰黑色的木炭殘渣。

「她的死亡地點是這裡嗎？」

「我無法確定，手邊只有骨頭，我可能也很難斷定死因，除非顱骨能給我一點提示。大部分的骨頭都斷了，上下顎骨碎成好幾片，不過我個人認爲兇手這麼做是爲了棄屍，他不希望留下任何痕跡，或許也不想讓人認出她的身分。」病理學家摘下橡膠手套，伸展頸子。

「你認爲她是在別處遇害，然後運到這邊？」

「你是警官，這部分要交給你去想了。如果你們會留到明天，早上可以來停屍間看看我們找出什麼頭緒。」

「我會去的。」卡倫納東張西望，尋找崔普，發現他正在偷喝賴弗利警佐裝在保溫杯裡的咖啡。「崔普，你負責訊問那兩名登山客，在地圖上標記他們看見火光時的位置還有時間。我想聽他們報案的電話錄音，然後你必須去他們當時所處的位置，拍下那處望向這邊的視野。」

賴弗利警佐開口打岔：「筆錄一定早就做好了，我看不出這麼大費周章有什麼好處。」

這個老油條應付起來可不容易，不過還算可以預測。卡倫納壓下飆他一頓的衝動，專心處理手邊的要事。

「焚燒的時間可以幫我們判斷兇手離開現場的時刻。登山客看到的火焰高度，甚至是顏色，或許能幫我們算出所需的資訊，才有辦法詢問本地人是否在某個時段看到陌生車輛。」

「你說了算。」賴弗利咕噥幾聲，沒有費心隱藏他的不屑。

「長官，我們要在哪裡過夜？」崔普猛跺雙腳，手往口袋裡插得更深。平時滿懷熱情的崔普在冰冷的荒野中格外忸怩不安。

「問問本地員警哪裡可以下榻。附近一定有合用的住宿地點。跟薩特說明天早上她要跟我去停屍間，伯恩斯在現場待到所有的證據登記完畢。你們每兩個小時跟我回報一次。」

「如果不是艾琳．布克斯頓的話呢？我們不就浪費一堆時間了嗎？」

卡倫納狠狠瞪著賴弗利。「警佐，無論這是誰的屍體，幾乎可以斷定他是遭到謀殺，只要我們能對案件的調查有些貢獻，白痴才會認爲是在浪費時間。除非你能提供專業的見解，從現在起請把你的個人意見吞下去。」

5

室內電話鈴聲響起，金看了看來電號碼才接起。是本地的電話號碼。

「金博士。」他簡潔應答。

「哈囉，我是人資部的雪拉・克萊。上級要我致電確認你何時能復職。大學這邊要請連續三天以上病假的話需要提供醫師證明。」

雷吉納・金忍不住嘆息。他恨透了這些瑣碎的規定條約，把他束縛在種種無聊的公務之中。電話彼端的女性肯定無法理解他人生中還有更多值得關注的事物，遠遠超越了這份拿不到多少錢又得不到多少敬重的閒差。

「我很清楚合約內容。」

「那我們什麼時候能見到你，或是收到你的醫師證明呢？」雪拉的嗓音拉得長長的。

聽著她拖拖拉拉的問句，金從口袋裡掏出一把鑰匙。「再過幾天，可能要一個禮拜吧。病毒已經進入胸腔，讓我氣喘發作。」

「天啊，聽起來好嚴重。你知道我們是很開明的，如果要再多請幾天的話都可以打電話通知。相信部門老大一定能了解你的處境。」

哲學系的系主任才沒有那麼通情達理，金心想。她總是無比高傲，也總是瞧不起他，對他毫無興致，就因爲他屬於行政部門，而非學術研究人員；因爲他的學位來自她不願承認的大學；因爲他沒有靠著社交來提升地位。好吧，就讓哲學系繼續付他薪水，讓他享有一些個人時間吧。愛丁堡大學最年輕的系主任娜塔莎．法吉教授肯定連他缺席都沒注意到。

金一把扯掉電話線。他往地窖走了十二格階梯，開燈，掀開牆上的小木板，露出鑰匙孔。接著，打開隱藏的門板，走進房內，又往上走了十二格階梯，這道階梯跟方才的階梯平行，藏在裝潢和磚塊後方，完全隔音。他家後側有個祕密空間，沒有窗戶，沒有聲音，沒有時間流動。這是個容納美麗的處所。他很自豪自己的設計功力，把牆壁塗上舒緩情緒的柔和色彩，搭配輕柔的古典音樂、牆上的藝術畫作。除非把這棟屋子裡裡外外翻過一遍，否則絕對不會意識到這個空間的存在。這是他的孤島。他一邊朗讀約翰．唐恩的詩句，一邊掏出最後一扇門的鑰匙。那位偉大的詩人說得很對，在獨處時他無法完整。因此他特別恩准一名幸運的同伴一同踏上旅程。一打開那扇門，床上的女子開始尖叫。

艾琳．布克斯頓不斷尖叫，直到嗓子啞去。「她」的死訊最近才剛傳出，「她」的遺骨散在解剖檯上，ＤＮＡ符碼飄浮在數位空間裡，讓她成爲官方認證的死者。

「妳的牙齦恢復得很好。」金柔聲說道。無論她如何尖叫，他都沒有情緒失控，這一點令他很得意。他對其他女性可就不一樣了。逮到她時，她又抓又咬又踢，那一腳重到他的胯下痛了一個禮拜。不需要對她有所顧慮。她比他還要低等。

「拜託，放了，我。」艾琳以嘴型無聲哀求，淚水再次流洩。他滿肚子火，任何人都會發火，但他預期這種情況還會維持一陣子。直到她學會敬重欣賞他。

「在一個禮拜內，妳的口腔會恢復到能戴假牙的程度，到時候就來做語言治療。無法立即見效，不過妳很聰明。要再替妳打一針抗生素跟類固醇。不要反抗，我只是想幫妳快點好起來。」

艾琳渾身發抖，但此舉完全無法撼動將她禁錮在床上的手銬腳鐐。金取出兩根針筒。觸碰她時，他的手勁一向小心仔細，絕對不會帶來不必要的痛楚。她現在還不懂，認定自己遲早會落到跟那個替身一樣的下場。在艾琳面前殺死那名女性實屬無奈，但這也是教育的一個環節。她必須知道他也有嚴厲的一面，每個學生都要受過鞭子跟紅蘿蔔的洗禮。深知老師絕不容忍不順從是極大的學習動力。

他以蒼白細緻的掌心撫摸艾琳的手臂，兩人的肌膚相觸時，她打了個寒顫，不過沒有要他住手。或許她已經開始學習了，他想。所以他才會選上她。歷經幾個月的監視、等待，每日每夜從陰影中吞噬她。研究她。全心投入的研究終將開花結果，絕非近年大學裡打混摸魚的研究可以匹敵。她完美無缺。可塑性強。學得很快。沒有丈夫兒女分散她的注意力。他曾看她在傍晚六點帶著一疊法律文件回家，工作一整晚，只有咖啡因相伴，隔天早上又像是睡了十個小時似地踏著輕快的腳步出庭。之後又去健身房紓解壓力。沒有絲毫多餘之處。她跟他一樣背負強大的動力，不斷前進。

所以她的替身更顯得諷刺。金找不到跟她差異更大的對象了。他原本只需要年齡、身高、體格差不多的女性。然而他找到的是一名妓女，骨瘦如柴（可能是長年吸毒的後果），幾乎連話都說不好，要捨棄她可說是輕而易舉。他大可對她溫柔一點，但她完全不聽他解釋她扮演的角色，不知道她背負給予他天作之合的畢生伴侶的重大任務。

他連她的名字都不知道。她將永遠是失蹤的艾琳．布克斯頓。而眞正的艾琳．布克斯頓結束現實世界的戲分，完完全全地屬於他。

「我可以給妳新的名字。」他說：「這是改造計畫很重要的一部分。妳自己想三四個備選，可以跟我說明背後的理由，我再從中選出最合意的一個。這是我們一同前進的好方法。」

「變態。」他從她手臂收回針頭時，她輕聲咒罵。

「妳不該用這麼低級的詞彙，不過妳現在心情不好，這陣子我可以包容一點。」

「你對那個女生做了什麼？」

「不需要擔心她。雖然她的人生毫無價值，她的犧牲彌補了一切。」

艾琳凝視著他先前鋪下大片塑膠布、放置屍體的角落。金租了一輛舊車，停在離家有一段路的車庫，租車商家惡名昭彰，絕對不想跟警方扯上任何干係。某天夜裡他開車到格拉斯哥，到那個妓女平時站崗的偏遠位置將她載走（他去過好幾次，選出最合適的對象），繞了幾條街找個安靜的地方讓她賺皮肉錢。即使在他拿吸滿氯仿的破布按住她的口鼻時，他仍舊覺得這個概念很逗趣。賺錢。現在每一個年輕女生都想靠這招換到幾鎊零用錢，認定男人的存在就是替她們付帳單，她們只要穿上短裙，把嘴唇塗成紅色就好。眞是可悲。不過是把她骯髒的舌頭伸進他的褲襠就要收三十鎊。他是爲這個世界除害。他把她喪失意識的身軀裹進防水布裡，載她遠離下一個恩客，很可能是防止了可怕的疾病擴散。

搬她進入屋後的密室耗費他極大力氣。在構思階段時，先下一段樓梯再上一段樓梯感覺是個天才的設計，現實卻是無比殘酷。過程中他數度將她的腦袋重重撞上階梯，不過沒有大礙。他用防水布包住她的身體，替她保留呼吸的空隙。窒息不存在他的計畫之中。

看到他扛著那個女生進房時，艾琳不太開心，或許在過度換氣跟瞪大眼睛猛搖頭的誇張反應背後，隱藏著極度細微的嫉妒，他想。她怎麼能認定他會把這個骯髒的低等生物帶進他們的生活呢？

在那名妓女恢復意識後，他暫時留住她的小命，問出她過往的蛛絲馬跡。舊傷透露許多內情。就算ＤＮＡ全數銷毀，癒合增厚的骨折處依舊能訴說對他沒有幫助的故事。她有問必答，因爲他答應只要她乖乖聽話，就會放她離開。

結果他不需要顧慮太多。被車門夾斷的手指、脫臼的肩膀在驗屍時看不出來。更重要的是確保這個替身的左上臂跟艾琳一樣曾經骨折過（那是她少女時期騎腳踏車摔斷的）。假如她的左手臂骨頭完好無缺，病理學家又夠仔細，金的一番苦心全都要付諸流水了。

獲得所需情報後，金命令艾琳好好看著，不要轉頭。當他戴上防護眼鏡時，那名妓女只是一臉好奇。等他戴好橡膠手套跟面罩，她開始哀求。艾琳則難得陷入沉默。當他掄起棒球棍時，狀況就不同了。他記不得在那幾分鐘間艾琳的反應。他體驗了人生第一次的隧道視野，瞬間無法呼吸。眼前的一切全都消失淡化，只剩下那團尖叫、哀號、呻吟、慘叫的鮮活血肉。沒有讓他分心的眼角餘光，除了她野獸般的嚎叫之外，他什麼都聽不見。這是他有生以來最強烈的專注感官。

他清醒過來，站在她身旁，雙手緊握著棒球棍，脈搏快得像是剛跑完馬拉松，腎上腺素奔流不止。他覺醒了。有好一陣子房裡只剩沉默，接著艾琳斷斷續續的啜泣聲傳進他的耳朵裡。女孩的臉一片殘破，正如他所願。他需要打掉她的每一根牙齒，打爛上下顎，不給警方比對牙醫紀錄的機會。他看著自己在她頸部和胸口留下的瘀傷，猜測她的腹部和雙腿也同樣傷痕累累（他不想掀起她骯髒的衣服確認），他沒料想到自己會如此沉溺於罪惡的歡愉之中，羞恥油然而生。他完全失控了——沒什麼好驕傲的——但他就不能發洩一下嗎？比起對艾琳動手，還不如由她自己承受一切。他可不想減損這份獎賞的價值。

金甩開回憶的禁錮，盯著讓妓女頂下身分而死的艾琳。

「錄音帶聽得怎麼樣了？相信妳一定很高興能有點事情做。我知道妳懂法語，俄語想必是很棒的挑戰。等妳能好好說話，我再考考妳學得如何，到時候就能有更多進展了。」

他按下音響開關，一道嗓音唸出艾琳一點都不想聽也不想重複的字句。他在她前額輕輕印下一吻，在她身旁放下一杯蛋白營養飲料，離開密室。

6

解剖檯看起來比他昨晚睡的床鋪還舒服。不過那是在疑似艾琳·布克斯頓的骸骨占據檯面前的想像。卡倫納度過了悽慘的一夜，他很想開一瓶不錯的紅酒好好整治一下自己的身心，但旅館只端得出讓酒客牛飲的特價酒。布雷瑪是個討喜的小村莊，觀光業不算興盛，沒幾間旅館可選，評價比較好的店家早已客滿。少了好酒，他只能拿收訊極差的破爛電視、難喝到驚為天人的熱湯、更難喝的咖啡來湊數。

病理學家瓊提·史普一動手就不開口。卡倫納很欣賞這點。他看過太多場驗屍，不至於因屍體而不安，反倒是某些病理學家故作愉悅的語氣令他難以恭維。話太多，太想提振場內氣氛。史普動作很慢，並不讓人討厭，無論面臨多大壓力，他都不會慌亂。

「死者是成人女性，三十至四十歲間，大約五呎六吋高。」

卡倫納瞄了薩特警員一眼。她很年輕，但在這一行待得夠久，看著滿桌屍骨，表情毫無變化。

「查出促燃劑了嗎？」她問。

「需要拿遺骨多做幾項檢驗。消防隊或許有在現場採集到什麼證據。」史普夾起一根碎骨給卡倫納仔細端詳。「高溫跟長時間已經燒光了骨髓的ＤＮＡ。顱骨、上下顎、胸口的傷勢並非焚燒所致。可以從斷裂的模式看出兇器是沉重的鈍器。兇手想必出了不少力。」

「這是死因嗎？」卡倫納問。

「我會賭這些傷勢是在死前造成。最後讓她斷氣的應該是大腦受損。沒有軟組織，我最多只能做到這一步了。既然都大費周章棄屍了，也沒有必要在死後將屍體毀容。」

「畜生。」薩特咒罵。

「眞的。」史普應道。「我們要拿艾琳．布克斯頓的牙醫紀錄來比對這名死者的牙齒。其中有些補過或是裝上牙套，應該不會太難。」

「什麼時候可以完成？」卡倫納歸心似箭。儘管燈光明亮、空調強烈，停屍間帶給他強烈的幽閉恐懼感。感覺就像是牢房，他已經受夠了。

「最快也要明天了吧。你人還在嗎？」

卡倫納完全不考慮在同一間旅館再住一天。

「明天我已經回到愛丁堡。離開前會先回犯罪現場看看白天是什麼樣子。如果得到更多情報你再打給我？」

史普點點頭，剝掉一只手套，向卡倫納伸手。他不喜歡帶著細粉的乾燥觸感，彷彿死亡擁有傳染性似的。

「今天早上犯罪現場那邊有什麼進展嗎？」車子一上路，他馬上要薩特報告。

「沒有。我嘗試跟崔普警員通話，可是手機收訊太糟了。他跟賴弗利警佐會先去找登山客談話，應該會跟我們同時抵達現場。」

「她不是在山上遇害。」卡倫納說。

「在這個階段還很難講。」年輕警員低聲回應。

「幹嘛大老遠帶她來這裡才動手？根本不合理。或許這裡是棄屍的絕佳地點，不過要在這邊實現他的幻想一點都不舒服也不方便。從她失蹤到屍體尋獲之間過了好幾天，兇手想必在其他地方跟被害者共處了一陣子。無論綁架她的人是誰，那個人肯定鎖定這座山頭好幾個禮拜，甚至是好幾個月了。」

一個小時後，小屋再次映入眼簾。鑑識人員個個滿臉興奮地大呼小叫。薩特還來不及拉起手煞車，卡倫納已經跳出車外。

「怎麼了？」他逮住經過眼前的員警。

「警犬在一段距離外找到埋在碎石子下的武器。」卡倫納望向互相拍撫後背的領犬員。

不會有指紋的，他想。兇手能找到如此完美的焚屍處，他怎麼可能留下指紋呢。

「長官，這是好消息吧？」崔普的嗓音從他背後竄出。

「你有什麼發現？」卡倫納淡然反問。崔普收起笑容，低頭確認筆記本。

「登山客的說詞跟筆錄沒有出入。奧利佛．迪肯跟湯姆．雪萊，兩人都是二十歲出頭。他們在山路走了大約三小時，抵達折返點時看到火光，位置是——」他東張西望，指出遠處的一座山峰。「——那邊。他們帶了望遠鏡，用手機拍下照片，看起來只是橘色的小點。我畫好他們的登山路線了。」

卡倫納點點頭。「我們今晚就回愛丁堡。」他說。「要是再多加班一天，我回去就沒工作啦。」

過了兩小時，他們回到城市的繁忙車陣中。

「長官，哪裡不對勁嗎？」把薩特送回家後，崔普小心翼翼地提問。

「對，只是我還不知道問題在哪。」

「假如死者確定就是艾琳．布克斯頓，這個案子就會落到我們手中，對吧？」

「我要先跟總督察報告。直接送我回警局。」

重案調查小組的辦公室杳無人煙。卡倫納喜歡獨處，不會被甩上的門板、唏哩呼嚕的飲料機、刻意壓低的嗓音打擾。寂靜純粹無比。而且可以延後回公寓的時間。打開房門的動作會使得轉調到蘇格蘭、移居此處的決議顯得格外眞實。他好想念法國，想念在他血管裡奔流的風土民情。儘管他在這個國家誕生，度過人生的頭四年，還擁有一半蘇格蘭血統、流暢的英語能力，這些都無法取代法國在他心目中的地位。就連雲朵都無法玷污他在里昂的回憶。

他打開一個紙箱，把內容物倒進幾個抽屜。

「凱恩戈姆山脈之旅值得你會因此惹來的訓斥嗎？」門邊傳來聲響。他嚇得丟下手中的資料夾，換得督察同僚的一串笑聲。「抱歉，我不是故意嚇你。看來國際刑警組織的探員防備心不太重呢。」

卡倫納從地上撿起資料夾，皺著眉頭收好文件。

「通納督察，我以爲辦公室裡只有我一個人。」他看了看錶。「快要凌晨一點了。」

「半夜是迴避文書作業的大好時光，不會有人催我交件。而且我値過太多夜班，大腦早就放棄分辨日夜啦。」她說。「你的藉口是什麼？」

「我最好在被炒掉前整理好辦公室。」他說。

她勾起嘴角。「我辦公室裡有一瓶單麥威士忌，迎接跟歡送的派對可以一併舉辦。」卡倫納捏捏鼻樑，緩緩吸了口氣，發現自己正在咬牙思索最不冒犯對方的回應。

「別擔心。」艾娃說：「你這兩天一定累壞了，下次再說吧。」

「我只是不認爲這份工作需要做那麼多公關。維持專業界線才是重點。」

「沒什麼。」她笑著說：「你一上任就衝勁十足。建議你明天再來整理。」

他一手耙梳頭髮，扭扭脖子。「好吧，妳說得對，我該來喝一杯。」

「不，你剛才說得沒錯，凌晨一點不該待在辦公室裡。我要回家了。看你這副德性，你也該回去休息一下。晚安。」她輕輕關上門，他低聲咒罵。剛才的表現太遜了。該來面對他的公寓，接受人生早已向前邁進，而他只能跟著一起前行的事實。

7

在卡倫納心目中，愛丁堡是全蘇格蘭最接近里昂的角落。儘管城市大小跟繁忙的腳步、受到居民謳歌的歷史背景完全不同，它隱約散發出古典市鎮的氣息。這座城市極爲隨和，建築物新舊並存，融合得天衣無縫，人們似乎也能擁抱不同的人種和文化，同時保有自己的歷史淵源。只要能控制住刺骨的寒風，這裡就是理想的居所了，他想。卡倫納在奧巴尼街租了一間有百年歷史的公寓。當年想必是氣派的連棟豪宅，四層樓高，曾經屬於某個上流之家。目前的住戶都是忙碌的專業人士，在一樓大廳來來去去，以挑眉或是簡短的招呼面對最接近自己的陌生人。他認爲鄰居間少有往來實在是太可惜了。所以屍體只會在臭氣瀰漫時被人發現，所以家暴才會反覆發生、無人介入。好鄰居是警察系統的莫大助力。

他倒了一大杯紅酒，拎起一本書。看書看到睡著是他從有記憶以來的習慣，唯有閱讀能帶著他的心思遠離工作。但今晚他難以專心，每翻過一頁，凱恩戈姆山脈蒼涼險峻的景色就躍入腦海。寒冬將至。布雷瑪的酒保跟他們說只要一下雪，村裡就會擠滿滑雪的遊客。還要等上幾個禮拜，不過十二月的山峰肯定是一片雪白。夏季的登山客已經不再上門，只有最狂熱的愛好者才忍得住狂風跟雨水。由此可見兇手若不是規劃出最完美的時機，那就是幸運到無以復加。

卡倫納起得很早，深刻意識到屋裡沒有半點存糧，滿心懷念過去住處街角的小咖啡廳，以前他可以在那裡吃剛烤好的可頌，看法文報紙。現在他只能快步來到附近唯一開著的店，布勞頓街對面的健康食品店，收銀人員意外友善，他買了水果乾、優格、黑麥麵包。

他一邊吃一邊開電腦，心想不知道個人電子信箱會收到什麼東西。他已經一個禮拜沒開信箱了，很想看都不看就直接刪掉大部分的信件。

國際刑警組織的行政單位針對他離職一事寄來了幾封信件，要求他提供轉寄地址作爲登記歸檔之用，不是什麼要緊事。接著是里昂的幾個活動的最新通知——他常參加的葡萄酒節、運動賽事、餐廳開幕酒會——他半是放棄地一一按下刪除鍵。這時他注意到了，藏在堆積如山的垃圾信件之中、夾在葡萄酒俱樂部入會邀約以及先前的健身房的電子報之間的，是被他母親電子信箱擋回的信件。她長久以來積極忽視他的所有聯繫，現在顯然更進一步換了新的電子信箱，手機號碼更是早就換了。退回的郵件沒有半封被拆開閱讀過，他的室內電話號碼遭到封鎖。卡倫納把剩下的早餐丟進垃圾桶裡，用力闔上筆電，卻在瞬間後悔自己爲何要被這件事影響。憤怒於事無補，只是讓他在原地踏步而已。現在他只要顧好艾琳·布克斯頓就好，其他的什麼都不重要。他要好好運用這個嶄新的開始。昨晚嗆了通納督察，這對兩人之間的關係毫無幫助，打鐵趁熱，彌補錯誤必須趁早，況且辦公室還等著他去整頓一番呢。他把運動衫換成襯衫跟西裝褲，出門去搭車。

抵達辦公室時，崔普在門外等候，神情熱切，精神百倍。年輕就有這點好處，少睡一點沒有大礙，也不需要在意壓力。卡倫納霎時間好想派他回布雷瑪。這樣太沒有人性了，他想。幸好等在門外的不是賴弗利警佐。

「賴弗利警佐有話想跟你說，長官。」卡倫納翻翻白眼。崔普繼續道：「我想，根據在布雷瑪查到的線索，你今天或許會想看看艾琳．布克斯頓的公寓，所以我已經約好中午時段了，還有她前夫的電話號碼放在你辦公桌上。」崔普已經替他打點好許多瑣事了。卡倫納暗地譴責自己竟然想把崔普送回布雷瑪。這名年輕的警員完全不覺得自己太過機靈，這是員警身上罕見的特質。

「謝謝。警佐在哪？」

「他在簡報室，要找他過來嗎？」

「不用了，我們去跟他碰頭，順便來杯咖啡。」

走近簡報室，卡倫納聽見他早就料到的對話。門沒關——對方沒在顧忌——賴弗利渾厚的嗓音衝了出來。

「那傢伙到底是耍了什麼花招才撿到督察的肥缺？我眞是想不透。等著上來的人多得是，他們對愛丁堡跟這裡的居民熟得要命。我聽到謠言說某個混帳在背後操作，把他弄進這裡。他才進門不到十分鐘，就把我們扯進別的轄區的案子。」

「警佐，別想太多，他只是做他認爲對死者有幫助的事情。」女性的聲音響起，卡倫納愣了一下才認出那人是薩特警員。崔普想勇敢地搶先幾步進門，打斷他們的談話，卡倫納伸手擋住他。

「崔普，讓他說完。」

「可是，長官——」賴弗利搶在崔普前開口。

「薩特，繼續說啊，跟大家說妳對他有什麼看法。來自國際刑警組織的天才嗎？妳去套他的話啊，問他來這裡幹嘛。說不定這個督察打不進大聯盟，把這裡當成養老的地方了呢。」

卡倫納一腳踹開門，咖啡杯重重放到桌上。

「警佐，你好像有事找我。案情有進展了嗎？」卡倫納盯著賴弗利，無視房裡其他人。

「他們在棒球棍上找到血跡，附近還撿到一顆帶著軟組織的牙齒，兩項證物的DNA都與艾琳．布克斯頓相符。她的案子正式從失蹤升級成謀殺。病理學家的報告晚點會送進來。還有老大有事找你。」

「薩特，布置白板。地圖、照片、鑑識資料，把我們手邊有的東西都貼上去。」卡倫納高聲下令，走向門外。

「督察，這還不是我們的案子。」賴弗利大喊。

「快要變成我的案子了。如果不希望這個案子落入你手中，我的辦公桌很空，你可以把辭職信放在桌上。」卡倫納狠狠回應。

賴弗利猛然起身。卡倫納知道現在該放下這件事，讓大家冷靜一下，然而方才在走廊上聽到的對話仍舊在他血管裡蠢動。

「老兄，你想擺脫我？這是當然的，我已經聽人說過你幹過的好事了。你知道在蘇格蘭我們會如何對付你這種人嗎？你他媽的法國佬別以爲……」說到最後，賴弗利走上前，食指狠狠戳向卡倫納的肩膀。卡倫納沒有任由他動手動腳，一把將他推開，勁道大到賴弗利跌進幾名同僚懷裡，逃過摔斷尾椎骨的命運。賴弗利用來隱藏尷尬的乾笑擴散到身旁人群中，引發緊繃的迴響。

「督察，你管好自己的脾氣吧。」賴弗利勾起獰笑。「否則會惹上麻煩的。當然啦，你一定早就習慣……」

卡倫納朝賴弗利和他的同黨逼近幾步，直想揮拳打掉那張笑臉，咬牙咬到滿嘴血味。

「長官，總督察貝格比還在等你呢。」崔普不安虛弱的嗓音劃破簡報室裡的張力。賴弗利沒打算繼續爭辯，他已經擺明了自己的立場，下班後肯定還要向酒吧裡的聽眾重申幾次。崔普拎起卡倫納的咖啡跟資料夾，替他壓住門板。

卡倫納的步伐和速度使得崔普得要小跑步才能跟上。

「賴弗利警佐對新人不太友善，他跟之前的督察眞的處得很好。不用太在意。」崔普中氣十足地解釋道。

「如果需要你的協助或是意見，我會直接開口。現在回去找薩特擺好白板。我希望調查能夠有條有理，沒有其他雜事干擾。」

＊

與總督察貝格比的會面注定要耗去他莫大心力。貝格比即將退休，作風老派。卡倫納在國際刑警組織的時期，跟上司周旋從來都不是問題。他們信任他的判斷，培植他節節高升。來到這裡，他得要證明自己的實力——剛才已經有人提醒過他了。他並不在意被人當成小孩訓斥，更讓他難堪的是必須想辦法鞏固自己的立場，即便他的直覺早就告訴他布克斯頓是在愛丁堡遇害。他的說詞毫無吸引力。總督察終於讓步，但是設下一些條件。卡倫納可以前往被害人的公寓、跟目擊證人談話、提出具備說服力的理論來支持他該主導此案的調查。這條件不算優渥，卡倫納滿心不情願地想，但至少是個開始。

艾琳．布克斯頓的公寓位於人人稱羨的艾賓廣場旁，對面就是皇后街花園。裝潢很有品味，薄薄的落塵透露屋主失蹤多時的事實。屋主的人生主場不在這裡，她是精英專業人士，標準從不妥協。唯一展現生活痕跡的地方是她的書房，桌上放了兩本未歸回架上的書，都是厚重到可以當門階的契約法規專書。他得要檢視她失蹤前經手的案件，但是如此枯燥的法律領域實在不像能孕育出那般激烈的罪行。

他坐進她的寬大皮椅，往後靠上椅背。這張椅子不太好坐，頭枕幾乎跟新的一樣。這名女性沒有在書房裡思考人生的習慣。卡倫納傾身拉開抽屜，椅墊在他屁股下稍稍滑動。就是這個。她平時的坐姿，埋首於書堆或是文件。總是在工作、專注。抽屜裡跟桌面上一樣整齊，一支裝在盒裡的萬寶龍鋼筆、收回筆套的螢光筆、吃了一半的止痛藥（還放在藥袋裡）。光滑好摸的黑色玻璃紙鎮壓住整疊帳單和信件。卡倫納伸手摸摸紙鎮，想像艾琳看書或講電話時是否也會如此享受它冰冷堅硬的觸感。儘管外表樸素，它很稱職地扮演自己的角色，正如它的主人。艾琳．布克斯頓喜歡規律和秩序。這裡欠缺的是她的自我，卡倫納心想。房裡沒有照片，沒有盆栽，沒有需要照顧關注的生物。冰箱裡擺滿自行製作的健康菜色，貼上標籤，全都是一人份的容器。整間屋子看起來沒有半點生活感。

卡倫納退出書房，回到她的臥室。床上空無一物，床單已經被鑑識人員收去尋找性行爲的跡象和DNA。只有她的。抽屜裡放了最基本的化妝品，成套的五斗櫃裡只有兩瓶香水。他打開她的衣櫃，看到兩排鞋子，分別是工作跟運動用。眞是諷刺，這麼重視秩序和整潔的人卻以如此混亂激烈的方式結束生命。她是在哪個節骨眼意識到狀況不對？說不定一離開健身房就注意到了。對方是從健身房一路跟蹤，還是在她家埋伏？布克斯頓體能良好，只要不是處於毫無防備的狀態，她肯定會跟對方搏鬥一番。可是屋裡沒有掙扎扭打的痕跡。

最後，在摺得一絲不苟的運動衫之間，卡倫納找到了別處沒有的東西。破舊的泰迪熊布偶從上層架子探出頭，從外表看得出它飽受寵愛，珍貴到無法跟其他孩提時代的紀念品放在一起。每天早晚換衣服時都要看它一眼。在這個一板一眼的屋子裡，唯一蘊藏暖意的角落。他關上衣櫃，擋住泰迪熊企盼的目光。它沒辦法幫他找到兇手，對案情毫無影響。科學、邏輯、搜查才是破案的要素。艾琳的住處挖不出更多線索了。卡倫納鎖上門，很高興可以離開這個沉滯安靜的空間。

打電話跟她前夫萊安談話也是一無所獲。對方已經和她失聯超過一年。當天下午，驗屍報告送達後，警方派人將死訊傳達給艾琳的母親，卡倫納慶幸這個任務與他無關。無論受過多少訓練，有過多少經驗，傳遞死訊仍舊是個天大難關。稍後也通知了各界媒體，要求他們刊登收集情報的告示。卡倫納找到艾琳之前在健身房的朋友，案發當天艾琳曾前去參加了她的慶生活動，不過他發現她們不過是普通交情而已。兩人上同一堂彼拉提斯課，星期三跟星期五一起健身，除此之外沒有其他的社交往來。她說艾琳沒提到什麼男朋友，她們也不太聊這種話題。這點符合艾琳的生活風格。同事的說詞也沒有兩樣。卡倫納心想，若是有人對她感興趣、盯著她看、跟蹤她，她肯定會注意到。她是律師，很清楚可以利用哪些法院命令來自保。兇手眞的如此克制，從未露出馬腳嗎？

艾琳的記事本和信件已經列爲證物。卡倫納將紙本帶回家，心想裡頭大概只有會議時間跟待辦事項清單。失蹤人士調查小組已經仔細翻閱過，沒找到半點有用的資訊。A4尺寸的記事本中每天都有一張篇幅，上頭的註記極度簡潔。

在她遭到綁架前三週有一段記事寫道：資深合夥人檢討。調解數據良好。需要增加計費時段。看來布克斯頓工作能力強，又不會太精明現實，沒能盡量讓客戶吐出更多錢。算是律師少見的討喜特質。卡倫納翻過剩餘的頁面，只看到條理分明的專業女性，仔細地建構每一天，將所有的時間發揮到最大限度。

記事內容沒有卡倫納不知道的情報，不過封底內側塞了一張卡片，寄信人應該是她的老朋友，說她的女兒誕生了，順便告知其他最新消息。搬家，育兒假，拿共同朋友開玩笑。看來這個朋友已經跟艾琳好幾個月，甚至是好幾年沒見過面。回郵地址在倫敦。卡片後頭收著寫到一半的回信草稿，開頭是老套的恭賀文字，稱讚寶寶的長相，詢問搬家狀況。接著語氣變了。

抱歉我錯過新生兒派對，應該也趕不上受洗儀式了。最近工作有點忙。妳總說我太認真過活——最近我開始覺得妳說得有道理！我會盡快找個時間去倫敦看妳們。說不定順便度個假，把妳嚇一跳。離婚後我什麼地方都沒去過。或許我還會找個新對象（比起萊安，妳一定會更喜歡他）。我該拋下滿腦子的法規啦。

卡倫納閉上雙眼。世界上沒有善意的謀殺，無論秉持何種理由，都不該偷走死者的人生，然而艾琳·布克斯頓可以說是遭到洗劫。當她清楚意識到自己被人綁架時，她有什麼感受？她是否想到這封尚未完成的回信？想到度假的美夢、期盼認識新對象？還是說她驚慌到什麼都想不起來？她到最後有沒有開口求救，拚命抵抗？卡倫納放下信紙，一手滑進口袋，在小小的起居室裡踱步。他在口袋裡找到小小的偷渡客：艾琳·布克斯頓的紙鎮。他掏出紙鎮，從無瑕的表面拂去一根線頭，努力回想自己究竟是在何時把它放進口袋，又是如何說服自己這麼做，但回憶蒙上了雲霧。他像是避開監視耳目似地，把沉重的紙鎮悄悄塞到枕頭下。

8

艾琳拒絕配合，惹得金心頭火起。基本上他瞧不起粗鄙的字眼，但現在若是逼他用一般人的詞彙發言，他會說她眞的是欠操的婊子。他想替她裝上新假牙，可是一動手她就哭個不停，哀號說她牙齦好酸好痛。這個噁心的生物像是得了狂犬病的狗兒一般左右甩頭，拚命避開他的手。他知道必須忍受她的唾液，早已戴上手套，然而她的鼻涕隨著離心力噴了他滿臉。他差點當場吐出來。

她必須重視自己現在的處境。假如她不學乖，那就要好好教訓一番。紀律對她沒有害處。他泡給她的蛋白質奶昔也被她狠狠踐踏，已經有五六次不得不捏著她的鼻子，硬把飲料灌進她嘴裡。她很快就不會想著要把自己餓死。金從書房抽屜拿來頗有歷史的木尺，帶上筆電，又爬過兩段樓梯，回到密室。遮住鑰匙孔的板子邊緣出現一道細小的刮痕，晚點要來磨光。做事絕對不能隨便，特別是在計畫順利進行的當下。

看到他進房，艾琳皺起眉。簡直像是叛逆期的小孩，他想。不過她的叛逆期很快就會結束了。只要幫她度過這個階段，她肯定能體察他的苦心。他默默走到床邊，不需要跟她互動，除非他想再鬧一場。他的協助，他堅忍不拔的愛情，最好以輕快安靜的手法來呈現。金確認連接手銬腳鐐的鎖鍊夠緊，讓她無法揮舞手腳，造成太大損害。她緊緊閉上雙眼跟嘴巴，認定他又要替她戴假牙。她的行爲證實她需要的不只是溫言哄誘。他相信她的遭遇不是出自他的選擇或是他的手筆。都是她的錯。

他把腳鐐的鍊子縮短一些，使得她雙腿分得更開，這時她開始尖叫。不過呢，無論她有多麼歇斯底里，手腳的束縛都沒有半點動搖。他很聰明，心思縝密，早就盤算好這間客房需要多少設備了。金格格尖笑，艾琳收起淒厲的叫聲，直盯著他看，活像是他長出了另一顆腦袋似的。

「客房。」他喃喃唸道。

下一秒，她又發出幼童般的嚎叫。別跟她說話，他對自己下令。保持沉默，直到她學乖爲止。直到她開始哀求。他知道她會的。

「八託，求你不凹強暴我。我嘿大假牙。我嘿乖乖的。」金往左往右歪歪腦袋，紓解她悲慘哀叫造成的緊繃。他冷冷凝視她的雙眼。他可以安慰她，讓她安心，他想。說到頭來，他壓根沒想過要強暴她。他不是禽獸。只有一事無成的低等生物才會起那種念頭。但若能靠著暴行來威脅她配合，何不將威脅列入壓制她的手段呢？

「不是壓制。」他低語。「是教育。媽的！」他大吼。幹嘛自言自語？從她口中冒出的強暴令他手足無措。他必須專心。金握住木尺，狠狠敲打她赤裸的左腳腳跟。拍打聲宛如俐落的白光。他默數到第四下，她才開始慘叫，神經末梢要花點時間跟大腦通訊。現在他可以開口了。

「比我預料的還要慢。」金說：「這就是德國人口中的打腳心（Sohlenstreich），字面上的意思就是打腳跟。自古以來，各國文化中都有這種矯治手法。我父親在我小時候教導我這件事，他是天賦異稟的教育家。」木尺敲向她的另一邊腳跟。這回艾琳已經有了心理準備，在木尺接觸到皮膚前發出慘叫。「這招很有效，因爲夠痛，又不會留下太明顯的痕跡或是傷勢。我會非常小心，不把妳腳掌的骨頭打斷，只是意外偶爾會發生。」他又拿木尺猛打她的左腳。

「至於強暴呢，妳不用多想，我還沒那麼性急，不需要如此低劣的快感。」她的尖叫聲越來越難以忍受。

「如果妳不停止發出噪音，我就不會停手！」每說一個字，木尺就往她腳上招呼一下，快速接連的十一下責打超出了他原本的預想。她努力收腳，瞪大雙眼，啜泣取代了呼喊。她全身抖個不停。她熬過了這次衝擊，人體比心智還要有韌性。

「現在我要問幾個問題，看妳是否有進步。只要妳答對了，處罰就會結束，我們繼續當朋友。妳願意讓我幫妳戴上假牙，不做任何抵抗？」艾琳猛點頭。「很好。妳願意乖乖喝下蛋白質奶昔嗎？」繼續點頭。「這種矯治手法的德文叫什麼來著？」沉默。他高高舉起木尺。

「不要、不要，我在想了，在想了。」她啞著嗓子低語，即便沒有假牙，她努力擠出清晰的聲音，像個乖巧的學生。

「妳沒有專心，對不對，艾琳？」木尺打中她的右腳跟，他以爲勁道沒那麼重，但她的尖叫再次刺穿他的耳膜。他猜是瘀傷讓痛楚更加鮮明。

「來吧，用力想……」

「不知道。我想不出來。別再傷害我。」她止不住抽噎。

「Sohlenstreich。」他大吼，重重敲打她的左腳跟。「Sohlenstreich，跟著我唸。」他數不清又打了幾下，不過奇蹟發生了。她配合每一次責打，複誦這個單字。她不再哭泣。艾琳學會了。他心頭一陣狂喜。他知道他贏了，他的計畫沒有差錯，成效比他想像的還要卓然。體內溢出撥弦般的鼓動。第一步完成了。他改變了她，讓她更接近完美，更接近他。

他丟下木尺，湊到她身旁。「乖孩子。」他在她耳際柔聲低語，撥開她前額沾滿淚水汗水的髮絲。「妳是我的乖孩子，對吧？這事一點都不難。服從肯定有好處，只是妳要乖乖聽話。妳要知道我只想得到最好的結果。我們繼續吧。」他決定讓步，鬆開她的腳鐐，將她的雙腿溫柔地併攏。她把膝蓋縮到胸前，咬住下唇。「妳看，妳這麼努力爲我忍住聲音。下一杯飲料裡面會放一點止痛藥。妳會睡得好一點。」他放鬆手銬的鍊條，讓她舒展手臂。

「還有一個東西要給妳看。我想妳會很高興。」

他抱起筆電，拉來一張椅子，坐在床頭，將螢幕調到兩個人都看得到的角度。他點開資料夾，播放一支影片。起初只有嗡嗡雜訊，畫面陰暗粗糙，不過鏡頭很快就切換到一台大尺寸螢幕，下方有許多人頭剪影。

「什麼？」她悄聲問。金笑了笑。她已經忘記腳跟的痛楚了。真是了不起的操作手法。

「等一下就知道了。」

教堂管風琴奏起〈與我同住〉的旋律，螢幕亮起。金盯著艾琳的臉龐，螢幕上，她母親坐在前排，戴著太陽眼鏡，手帕按在嘴邊。鏡頭緩緩轉動，顯示一排排打扮莊嚴的賓客，大部分的人都低著頭，沒有人開口。艾琳憋住一聲抽噎。

「我不懂。」她有些結巴。

「別裝傻了。」金握住她的左手，以拇指輕輕摩挲她的手背。「這是妳的告別式。警方還沒釋出妳的遺體，天知道他們要抱著那袋骨頭多久呢？這是盛大的退場儀式，妳這輩子最受人關注的十五分鐘。」

「我不想看下去。」她別開臉。

「可是我要妳看。我很堅持。」

她不再轉頭。艾琳．布克斯頓學得很快，所以他才會選上她。

她的親人坐在前排。金知道每一個人的名字，說出他們的身分細節，想必艾琳會佩服他是多麼深入研究她的人生。在她身上奉獻了這麼多寶貴的時間，這可是天大的殊榮。她的表妹莫琳唸了一段經文和讚美詩。之後，一名金不認識的男子發表悼詞，他提到她年輕時的一趟災難重重的滑雪之旅，提到那個讀書認眞、玩得更認眞的女孩——金根本認不出他所描述的人竟是她。他提到幾件年少輕狂的趣事。她的人生似乎成了公共財。影片內容令他不爽。太多人來觀禮，教堂擠滿了人，還得在戶外架設螢幕。好幾群警察來到現場。

「我覺得有點花俏。」金評論道。

「麥克。」艾琳如夢初醒似地回應。金用力捏了她的手背一把。

「他是誰?」

「法律系的朋友。」艾琳答道:「我們失聯了。他搬到紐約去了。」他狠狠瞪著她泛淚的雙眼。她眞的是令人無法忍受。

「妳應該要心懷感激。有多少人看得到、聽得到我帶來的影像?妳受到眾人尊敬、景仰,不用死掉就可以親耳聽見!是我解放了妳!」

「放我走。」艾琳啞聲懇求。「我不會告訴任何人。我會假裝腦震盪。我不覺得你是壞人,你只是,一時鬼迷心竅而已。」

金重重呼吸。他感覺到熱辣辣的鮮血湧上臉頰,自己的咬牙聲在顱骨內迴盪,同時他也聞到她的氣味。沒有洗過澡,在床墊上便溺。她已經來這裡二十天了,從未要求他讓她洗澡。他已經在房間角落裝設淋浴間,很樂意看她把自己打理得乾乾淨淨。她只要開口就可以了。噁心的婊子。她根本什麼都沒學到,她要了他。他最痛恨被人愚弄。他的判斷有誤,或許她並不是正確的對象。

金抓住筆電,狠狠砸向艾琳的臉,她驚恐地縮起。

「鬼迷心竅?妳是白痴嗎?鬼迷心竅的人不是我。妳已經死了!妳還不懂嗎?大家都以爲妳死了。他們找到妳的血液、妳的衣物、屍體、妳的牙齒。他們把妳列爲歷史人物了。妳他媽的聰明律師小姐，知道這是什麼意思嗎？」他揪起她身上T恤的領口，臉貼到她面前。「這代表妳是我的了。妳屬於我，永遠都屬於我。所以妳要遵守我的命令，喜歡我說的每一句話。不會有人來救妳。他們難過沒幾天就忘了。再也不會有人來找妳。」他把她甩到枕頭上，拉好自己的衣服，他得要冷靜下來。

「沒錯。」她吐出氣音。「他們不會來找我，可是他們會去找你。你再也不得安寧，擔心是不是被人盯上。總有一天，他們會在你家門口埋伏，只要你回到這裡，就會……」

他的手臂甩向她的嘴，打得她腦袋一仰，鮮血從她嘴裡流出。他馬上就獲得安撫。這是她自找的。活該。但他可不想被逼著殺了她。他還有更重要的計畫。或許需要修改一些細節。金拋下她失去意識的扭曲身軀，離開密室。等她醒過來，讓她獨自思考自己的命運吧。

9

案情一籌莫展，卡倫納快瘋了。他參加了艾琳·布克斯頓的告別式，看到教堂外的群眾爲了死者落淚，他們大多與她沒有私交，但還是替這個從他們的城市偷走的女子哀悼。他知道大家心裡想著自己也可能碰上這種事，被害者可能是他們的妻子、姊妹、女兒、母親。這類犯行會在社群中留下深刻的傷痕，如同那座燒毀的山屋。眾人不只是前來致哀，更想共同體驗不言可喻的眞相。謝天謝地不是我遭殃。對生命的執著哪裡有問題？卡倫納心想。這就是警察存在的意義。守護、珍惜、包覆那些太過短命、太過脆弱的存在。

在那之後的兩個禮拜內，時間過得越來越慢。他的電話鈴響的頻率越來越低，民眾熱情提供的情報全是徒勞。警方徹底搜查了艾琳的電腦檔案夾、記事本、電子郵件、現在跟過去的經手案件，依舊毫無下文。她避開社群媒體，比起簡訊更喜歡直接打電話找朋友，也從未涉足網戀牽線網站。平時的調查手段都通往死巷。卡倫納鬧到不只拆完他的個人物品，還大致整理出一個樣子。

「方便打擾嗎？」艾娃·通納探頭進來。

「我不忙，別客氣。」這兩個禮拜以來，他只見到她四五次，還來不及替先前的失態道歉。現在過了那麼久，要回應她喝一杯的邀約以及自己的不佳反應也很尷尬。

「我需要幾個人手幫我追查某個案子的後續發展。可以借用你的部下一個禮拜嗎？」她坐進他對面的椅子。

「沒問題。讓他們有別的事情忙也是好事。」

「你那邊沒有突破嗎？眞是棘手。」

「狀況不對。」卡倫納低喃。「這個謀殺犯計劃得如此精準，預先想好各種對策。跟他殺人時混亂瘋狂的手段風格完全不搭。」

艾娃傾身向前，角色從同僚變換成警官。「因爲你在找的是很有條理的謀殺犯。你沒把對方當成人來看待。無論兇手是誰，他不可能憑空生出那些詭計。你要找的是一輩子過著經過計算規劃的生活的人，甚至有些偏執。他跟人約了見面從不遲到，也不會錯過最愛的廣播節目。每個月記錄自己在各種活動上花費多少時間，連上回換床單的日期都記下來。先往這個方向找吧。你過一陣子就會遇到兇手了。」艾娃起身。「我可以跟你借兩個人囉？」

「只要其中一個是賴弗利警佐就好。」

「死都不要。」她應道。

「今晚妳有一個小時左右的空檔跟我喝一杯嗎？」在她走出辦公室前，他開口詢問。艾娃退回來回應。

「應該沒辦法喔。」

「如果是因為上一次……」他聳肩。「調到這裡要適應的東西太多了。」

「關於你從國際刑警組織轉調過來的內情，警局裡早就謠言滿天飛啦。空降部隊總是跟八卦脫不了關係。我能理解你想先站穩腳步再跟其他人打交道，這很合理。」艾娃說。

「其實不是……」

伯恩斯警員鑽進辦公室，卡倫納不知道艾娃是趁機溜走還是意識到苗頭不對。伯恩斯神采奕奕，臉上寫滿緊張與興奮。「長官，我們好像又碰上類似的案子了。一名女性昨晚失蹤，她的助理打電話報警。」

「跟艾琳．布克斯頓有什麼關聯？」卡倫納問。

「該名女性跟往常一樣離開公司，卻沒有跡象顯示她回到家。跟艾琳年紀相仿，單身，沒有小孩。她不是會做出這類脫序行動的人。失蹤人士部門的報告已經送到簡報室，我們要找助理來問出更多資訊。已經派人到失蹤女性家中，也照往例去和她的同事問話了。」

簡報室裡人聲鼎沸。卡倫納挑了個後排的位置，筆記本攤在大腿上，準備聽取情報。艾娃．通納推開門，神情帶著疑惑。他打手勢要她進來。

「我只是來找我的人手。」她壓低嗓音詢問：「怎麼了？」

「又有女性失蹤。」他說。

「介意我留下來聽嗎？」他搖搖頭，她坐到他隔壁。

投影幕上打出珍妮·瑪吉的大頭照，眾人輕輕倒抽一口氣。卡倫納不知道有什麼好吃驚的，只意識到大家是對她頸子上的物體感到訝異。接下失蹤人口通報的警佐開口。

「這位是珍妮·瑪吉，蘇格蘭聖公會的牧師，三十六歲，白人，蘇格蘭籍。今天早上珍妮沒有出席位於帕莫斯頓廣場的聖瑪莉教堂集會，她的行政助理安·伯特打電話通報。令她覺得不對勁的地方是珍妮昨晚似乎沒有回家。助理說珍妮當晚沒有其他計畫，只提到很期待能配著咖哩度過寧靜的夜晚。這是她唯一的小小壞習慣。今天早上她沒有露面，電話也打不通，助理到她家拿備用鑰匙開門，卻沒看到珍妮的身影。沒有她前一天的手提包或是外套，冰箱裡的咖哩沒人碰過。安昨晚七點寫了電子郵件給她，向她提問，沒有收到回信。牧師每晚睡前通常都會開信箱收信回信。安·伯特說昨晚她就有些好奇，但她以爲是有什麼突發狀況，比如說生病或是訪客，因此沒有打電話確認。」

「她家在哪？」賴弗利從簡報室另一端高喊。

警佐切換畫面，投影幕上浮現市區地圖，以藍色十字標記教堂的位置，卡倫納猜圖上的紅點就是她家。

「她住在瑞弗斯頓公園旁的獨棟住宅，位於教堂西北方，隔了一條河。她總是走路上下班，就算天氣惡劣。助理說她昨天也是徒步離開。」

「那她在幾點離開聖瑪莉教堂？」卡倫納問道。

「晚間七點左右。她到教堂看唱詩班表演，之後跟幾個人閒聊幾句就回家了。屋子沒有被人闖入或是掙扎的痕跡，就助理所知，沒有任何物品遺失。」

「確實有許多共通點。」卡倫納說。「可是還有其他跟艾琳・布克斯頓扯得上關係的線索嗎？」

「只有這個。」另一張照片跳上投影幕。眾人湊上前，努力分辨照片中綠色背景前的物體。「照片底部是珍妮・瑪吉手機尋獲的地方。就在她家院子裡的灌木叢下。不知道是她自己丟下還是被其他人丟棄。已經送去採集指紋跟手機內的資料了。」

「她可能是想打電話，說不定是擔心自己遭到跟蹤，卻被對方打斷，弄掉手機。」薩特推測道。

「不然就是抓走瑪吉的人不希望警方追蹤訊號，查出他們的下落。」艾娃低喃。「我就不跟你借人了。看來你們現在有事情要忙啦。」她悄聲說完，離開簡報室。

目前也只能盡力尋找兩起案件的關聯了。假如犯人是同一人，他們只能確定珍妮・瑪吉的時間不多了。卡倫納起身，一手耙過滿頭亂髮，走到投影幕前。席間的雜音在兩秒內放大到沒有人聽得見他的聲音。

「安靜。」他焦躁地吐出法語。「停。我們沒時間了。」

有人想奚落卡倫納的壞脾氣，卻被賴弗利警佐打斷。

「我們有職責在身，督察想好好規劃調查行動。管不住自己嘴巴的人就滾出去。」賴弗利大吼。

卡倫納定睛看了他幾秒，翻開筆記本，整理他剛才聽簡報時列出的清單，一邊納悶賴弗利是不是撞到頭，性情大變。好日子肯定不會持續太久。

「去查監視攝影機，看有沒有拍到她從教堂回家的身影。問問鄰居，說不定有人昨晚在她家附近遇到她。鑑識人員是不是已經到現場了？」方才簡報的警佐點頭。「找到她離開教堂前最後跟她交談過的人，詢問當時她的情緒狀況，他們的談話內容、她的衣著。我要看到她的日記、電腦，先徹底清查她的手機。崔普，你跟薩特負責調查她跟艾琳·布克斯頓可能有什麼關聯。我需要兩個人的完整背景報告，從童年時光到現在，清楚嗎？」眾人紛紛點頭。沒有人故意找碴，顯示大家都和卡倫納想到同一件事。時間寶貴。「很好。上工吧。」組員迅速離席，腎上腺素和壓力催促他們加快腳步。接下來的二十四小時將是關鍵。

賴弗利搶在卡倫納之前鑽進他的辦公室。「我去找教會的目擊者。」他滿臉通紅，重重噴氣，之前的挑釁狠樣全都消失了。

「有什麼特別理由嗎？」卡倫納問。

賴弗利點頭，盯著地板。「那個，呃，我都去那邊。我是說教會。我認識瑪吉牧師。沒有私交，我們沒有說過話，可是我看過她主持的服事。她人很好，如果眞的就是綁架艾琳·布克斯頓的犯人，我有辦法應付教會的人。長官。」等待回應時，他沒有直視卡倫納。從他忍受心中不滿加上敬稱就能看出賴弗利有多氣憤。

他想拒絕，藉此懲罰這名警佐先前的陰險敵意。不過放賴弗利緊咬教會就能確保他不會留在局裡礙事。況且卡倫納推他那一把也有點太超過了，自尊心直逼天際的賴弗利當然不會向上級投訴，但賣對手一個人情總比激怒對方好。理智戰勝了憤怒。

「很有道理，別投入太多個人感情就好。我要你集中焦點。」卡倫納下定決心。

「沒問題。希望這事只有我們知道。」賴弗利低喃。

太矛盾了吧，卡倫納心想。賴弗利威脅要揭露他被迫離開國際刑警組織的原因，卻要求他尊重自己的隱私。

「你帶一名警員過去。我們已經慢那個畜生太多步了。」卡倫納淡淡應道。

沒有人想得到珍妮．瑪吉會成爲目標。艾琳．布克斯頓不是教會的常客，宗教不是兩人之間的接點。病理學家無法估測艾琳的死亡時間，也就是說警方無法建立犯罪模式，只知道她在屍體出現前已經失蹤了十六天。這回的綁架犯可能讓珍妮多活幾個禮拜，也可能早已殺害她。卡倫納腦海中犯人的形象是男性，沒有任何實際證據，但多年辦案經驗告訴他絕對是如此。或許犯人有同夥，他想，不過艾娃說得對，先考慮對方的性格。這樣一個偏執的人不可能與人組隊合作。

當天下午，卡倫納跟珍妮．瑪吉的助理安．伯特見面。她把滴水的雨傘插進卡倫納辦公室的垃圾桶，入座前先拆下頭巾，整齊摺好。卡倫納反射性地整理好桌面。安．伯特瘦巴巴的，看起來有些神經質，他猜她年近七十。她讓他想到回憶深處的祖母。

「我現在是跟督察說話，對吧？」她開口。「今天我已經跟兩個人說過我知道的一切了。你要告訴我究竟是怎麼一回事嗎？」

「伯特太太，這是例行程序。我們不能放過任何一點細節。」

「我是老了，但還沒有老糊塗。有人跟我說有三個警察跑到聖瑪莉教堂，還有一整組調查人員塞滿珍妮家。你們一定是做了最壞的打算。」

「目前沒找到她的蹤跡，也沒有人向警方表明知道她的下落，因此這些都只是標準調查程序。」

「你們沒有想到艾琳．布克斯頓嗎？」卡倫納不發一言。標準程序的說詞是一回事，但他無法撒謊。「我早就想到了。」她繼續說下去：「你們應該要知道瑪吉牧師擁有獅子一般的勇氣，她不會向任何人屈服。你們別急著把她列入死亡人口。」她語氣強硬，但眼神像是在虛張聲勢。等待她冷靜下來的空檔，卡倫納隨手寫了幾行沒必要的筆記。

「我們不知道犯人是誰，不過根據經驗，我們知道調查的速度很重要。希望牧師能立刻露面，只是她個人的問題，她需要一點獨處的時間。但如果不是如此，我們就得要考慮到所有的可能性。」他說。

「在布克斯頓小姐失蹤後沒多久，瑪吉牧師召開了祈禱守夜儀式。來了幾百個人，大家點蠟燭、禱告、默禱一分鐘。當時我們根本不知道那個可憐的女孩出了什麼事。」卡倫納無法假裝沒看見她的淚光。

「我們會竭盡所能。妳送來她的日記跟筆電，對我們幫助很大。請妳幫我更加認識她是什麼樣的人。」卡倫納溫和地催促。

「她很討人喜歡，很溫暖，眞的。不是那種搶眼或是大嗓門的人。她有點黑色幽默的傾向，沒想到當牧師的人會這樣。不該對人抱持先入爲主的觀念。她非常的和善可親，總能替其他人騰出時間。而且她很聰明，天啊，珍妮是牛津大學的碩士。總是埋在書堆裡。」

「珍妮沒提過她有什麼煩惱嗎？比如說有人太過關注她？」

「從來沒有。就算那個孩子對旁人有絲毫的負面想法，她也沒有在我面前表現過。」她拎起手提袋。「督察，你會找到她吧？在她還沒……」她說不出下半句話。

「我會盡全力找到她。」他說。安．伯特拍拍他的手，他忍受這份接觸一秒鐘，起身送她離開。

快到傍晚前，他們還是毫無進展。實驗室確認手機上唯一的指紋屬於珍妮．瑪吉。周遭鄰居都相當愛戴這名善心婦人，得知她失蹤的消息全都深感震驚。卡倫納放棄了。他帶著珍妮．瑪吉的資料夾回家，路上買了外帶咖哩。失蹤牧師選擇了很棒的壞習慣。

回到奧巴尼街的住處，他一邊看電視一邊吃晚餐。艾娃．通納的臉出現在晚間新聞，她懇請目擊證人出面，提供被人遺棄在公園長椅上曝曬致死的新生兒的線索。他可以理解艾娃的感受。卡倫納到現在才知道她正在辦什麼案子，跟孩童有關的事件總是特別棘手。

他沒有多想，撥了她的號碼。進入語音信箱時，他原本想掛斷，但在瞬間回心轉意。現在是爭取盟友的重要時機。

「艾娃，我是卡倫納。相信妳又忙又累，可是我需要有人從不同的角度給些建議，妳是頭號人選。老實說名單上只有妳一個人。請讓我向妳致歉，重新來過，如果明天晚上有空的話要不要約一下？再麻煩妳回覆了。」

咖啡因讓他難以入眠，於是他翻開珍妮・瑪吉的日記。今晚注定無比漫長。

10

金睽違已久踏進辦公室還不到五分鐘，就被哲學系系主任叫去談話。至少讓他處理完手邊的要緊事務吧。請了三個禮拜的假，累積的工作令他煩躁萬分。就沒有人幫忙代班嗎？沒錯，他不是眞的生病，但同事又不知道眞相。沒有人打電話表達同情或是關切。今天早上其他行政人員甚至沒向他問起病假的事情。辦公室裡總是如此，沒有理由期待同事對他好一點。他們是怕他還是忌妒他？他慢吞吞地泡茶，刻意讓娜塔莎（她堅持要稱呼她法吉教授）多等他幾分鐘。

打開她辦公室的門時，她正在講電話，豎起食指要他乖乖等到她忙完，彷彿把他當成需要管教的學生。娜塔莎的深綠色套裝使得她淺褐色的雙眼跟淺金色頭髮更加醒目。金恨透了她在他心中勾起的情緒。即便他跟她處不來，她的美貌仍舊不容忽視。他崇拜她修長纖細的頸子，肌膚宛如二十歲出頭的年輕女子。法吉的三十六歲生日已經過了，但她卻絲毫不受歲月摧折。不過呢，金不會繼續任由她動搖他的心靈——有個嶄新的世界在家裡等待他，那是她永遠無法理解的概念。如同偉大的科幻小說家凡爾納筆下的冒險，他能夠潛入他的祕密疆域，將之打造成自己的烏托邦。他想像娜塔莎身處那間密室的模樣——她可以堅持要他叫她教授，可是在他腦海裡，他以各種名字稱呼她，有些想必會令她無比反感——龐大的欲望湧現，他手中的馬克杯輕輕顫抖。她終於掛斷電話。

「請坐，金博士。很高興你終於回到工作崗位。我要請你替下一次的晚間課程安排講師。只剩下兩個禮拜的時間了，進度落後許多。你能在期限內處理好嗎？」她對他挑眉。有一段時期，他愛極了這個表情，她若有所思的模樣。他錯了。這個表情只讓人焦躁難耐。過去他沒注意到挑眉讓她額頭掀起細紋。她習慣性地歪著腦袋等待回應，有種高高在上的氣味。

「沒問題。」他說。

她像是想說些什麼似地吸氣，卻在最後一刻改變心意，闔上記事本。

「很好。講師必須從我們在學期初排定的講題中選擇一項，並且要提早七天交出講綱，時間很緊迫。」

「我知道程序。」他暗自品味她的緊繃。她防備似地雙手環胸。她根本不知道這個動作是多麼適當，他想。要是能讓她見識到他的成果，他的能耐就好了。量身訂做的套裝和高跟鞋，俐落的完美短髮，要是換到他自家的領域裡就沒有現下的氣焰了。

「很好，相信你還有很多工作進度要趕，就先這樣吧。」她轉向電腦螢幕。他被打發了。她只會叫他退下。金有一次交出花了幾個月研究、撰寫的論文，希望能登上哲學系的期刊，卻遭到她當面回絕。他三度申請轉調到學術研究相關的職位，其中兩次在最初階段就被打掉，第三次他得到面試的機會。他還記得收到通知信時，那股飄飄然、接近羞恥的喜悅。他投注大量時間，細讀手邊每一本哲學著作，鑽研教案、系所歷史，只要能給審查委員會良好印象就好。他的才能即將獲得認可。他不會讓自己失望。

面試當天，他在男廁讓自己冷靜下來，捧起冷水往臉上拍。這時他聽到那幾個弱智格格嘻笑，以爲他聽不見隔壁女廁的動靜。

「他們幹嘛讓他面試？他讓我起雞皮疙瘩，而且他對學生的態度很糟，不會讓他們好過。妳能想像他教書的樣子嗎？要是他當上講師，我才不要待在這裡，替他打字、排行程什麼的。他八成會要求我們稱呼他『教授』。」那個頭髮漂成白金色的醜女總機說道。他總覺得她令人難以恭維。她體現了年輕女性最糟糕的一面，只在意打理門面、與人社交，投入其他低劣生物的懷抱，寫出的每一行文字都有錯字。

「說不定進他的辦公室還要行屈膝禮呢。」另一名比較年長的總機回應。是黛德芮。她更惡劣。在他面前，她總是很有禮貌，甚至稱得上和善。女人就是這樣翻臉不認人。他把擦手紙巾丟進垃圾桶，命令自己別再聽下去。他知道這麼做很蠢，只會在這輩子最重要的三十分鐘前摧毀他的自信、他夢寐以求的教壇資格。但他沒有離開。這是人之常情：想知道最糟的結果，渴求狠狠墜地的快感。他貼向牆面，豎起耳朵。她們嗓音壓得很低，他得要屏息細聽。

「不用擔心啦。」雙面人黛德芮悄聲說：「娜塔莎根本不想面試他，可是人資部說她應該給他機會。他們不希望破壞初選名單的公平形象。他的履歷書確實很亮眼。」

「妳怎麼知道這麼多？」金髮總機語氣訝異。「天啊，我完全沒聽說過這件事。」

「我負責打她跟人資部會談的摘要。法吉教授特地跟我說不能跟任何人透露，所以妳也別到處亂講。我想他也讓她滿身雞皮疙瘩吧。可以確定她不會給他這個職位。」

「眞的。」那個金髮賤貨附和道。

金一動也不動，直到她們補好妝，奸詐的笑聲往走廊移動。等到難聽的笑聲終於消失，他才放任憤怒吞噬理性，一拳搥向照出自己通紅臉龐、滿臉淚水的鏡子。第二拳，第三拳。他不斷搥打碎裂的玻璃，痛楚傳不到大腦，他周圍只剩下黑暗和嗡嗡聲。他不知道自己來這裡要幹嘛、爲什麼要來，只知道他要離開、離開、離開！

他拉出廁所衛生紙，包住手掌，掩蓋血跡，將手塞進口袋裡，再抹去汗水跟臉上不敢想像的液體，大步走出男廁。他強迫自己放慢腳步，抬起下巴，頂著頭盔一般的尊嚴，離開系所大樓。他不記得開車回家、打開家門、把所有的筆記文件丟進垃圾桶的過程。他不記得自己是如何清理包紮其實應該要去醫院治療的手掌。即便如此自虐，他還是沒有半點感覺。他也不記得自己怎麼會躺在臥室地上睡去，雙臂蒙面，像是要阻擋狠狠羞辱他的世界。過去他母親就在這個房間教導他跟姊姊代數、法文、化學，一切的一切。這棟充滿歷史的屋子。當年他希望父母以自己爲榮，就算他們已經過世，他相信只要能獲得教職，就能滿足他們的期許。然而他被設計了，遭到欺瞞、愚弄。他倒是清楚記得自己醒過來，深深了解到他比那些人都還要優秀。他要展現自己超凡的能力，令眾人俯首稱臣。他不會逃避，不會抱怨，絕對不會讓他們知道自己承受的恥辱。雷吉納・金生來就該獲得認可、仰慕，在達成目標之前，他絕對不會放棄。

回憶激起笑意。那眞是不得了的一刻，人生就在瞬間扭轉。在進行下一步之前，還是要好好上班，賺取生活所需。他不能丟了工作，家裡還有人等著吃飯。他到人資部遞交偽造的醫師證明（病名是慢性腸胃炎），寄出幾封電子郵件徵求講師。他刻意邀請反墮胎專業團體的成員。娜塔莎一向高舉女權旗幟，此舉肯定會令她渾身不舒服。他們不太可能常收到像愛丁堡大學這種頂尖機構的演講邀約，他過一兩天要再打電話追蹤。

那天下午他清理完堆了滿桌的雜務，回家路上去了趟超市。他需要添購一些女性日常用品，並不是值得期待的任務，但不做不行。他選擇自助結帳櫃台，避免愛管閒事的收銀員對他購物籃裡的東西大驚小怪。他開了一瓶不錯的白酒犒賞自己——若是那些女士表現夠好，或許他還會跟她們分享——動手替她們準備晚餐。今晚想必不會無聊。該讓她們好好認識彼此了。

11

卡倫納接受艾娃的提議，在約克廣場的一間酒吧與她碰面，轉個彎就是他家公寓。她拒絕透露店名，只說他看到就知道。

她說得對。看到高掛路旁的柯南．道爾，卡倫納就知道自己沒有找錯店。艾娃承諾要帶他去絕對碰不到局裡其他人的地方，只是喝一杯而已，他們都不想擔上被人說長道短的風險。酒吧布置得溫馨討喜，沒有僞裝的高級感，充滿舒服的椅子跟令人放鬆的氣氛。通納督察已經到了，捧著酒杯用手機收信。

「要幫妳點什麼嗎？」卡倫納問。

她笑了笑。「不用了，坐吧，我來幫你點一杯酒。我來得很早，沒想到那麼快就找到停車位。」

「妳喝什麼？」

艾娃端起玻璃啤酒杯，他聞到帶著蘋果和香料味的熱氣。「香料蘋果酒。我就是無法抗拒。你應該不會被這種東西誘惑吧？」

「我想來杯紅酒。」他說。她到吧檯點飲料，他雙手握住她的杯子，享受暖洋洋的觸感，同時忙著打量整間酒吧。門口台階頂端掛著夏洛克．福爾摩斯的創作者的巨幅肖像畫。塑造出如此古怪的英雄角色，不知道那位作家有沒有什麼心魔。

「你是福爾摩斯迷嗎？」艾娃遞來一大杯卡本內希哈。

「小時候我看過柯南．道爾的每一部作品。我立志成爲警察大概跟這個脫不了關係。妳呢？」

「我知道我該多看點書，可是每天上班都快累死了，專心看書感覺像是加班。我喜歡看電影。通常是自己抱著爆米花看午夜場。可以幫我放空。」

卡倫納舉杯，艾娃跟他碰杯。兩人默默喝酒，直到調酒師將菜單隨興地放在他們桌上。

「你說想聊聊你的案子。有什麼讓你在意的地方嗎？」艾娃說。

「其實也說不上在意。我只是很納悶爲什麼沒有進展、是不是我的問題。說不定轉調的變動讓我無法專心。要是先逮到殺害艾琳．布克斯頓的兇手，珍妮．瑪吉也不會遭到綁架了。」

「你又不能眞的確定犯人是同一個。」

「共通點太多，已經超出巧合的範圍。今天我研究過她們的個人資料。在校成績優秀，都拿到很棒的學位，在自己的專業領域表現卓越，工作認眞、全心投入。而且她們都是在自家附近消失，沒有留下任何蹤跡。」

艾娃放下酒杯。「你在國際刑警組織一定看過無數擱置多年的案件，因爲某個契機拼上最後一塊碎片，大家才看出全貌。現在只是還沒找到那個線索，責任不在你身上。」

「我們的職責不是尋找答案嗎？怎麼可以被動等待呢？」艾娃沒有回應。卡倫納發覺自己以多麼高傲的口吻回應對方的善意安撫，連忙改變話題：「妳爲什麼會當警察？」

「我五歲那年，姨婆被人毒死，要給我的遺產飛了，我發誓要逮到兇手。」

「我很遺憾。我不知道……」卡倫納一時手足無措。

艾娃哈哈大笑，憋不住從口中竄出的笑聲。

「你竟然會相信！」她嗆了一下，又爆出一陣狂笑，卡倫納挑眉等她笑完。「在我二十歲出頭那陣子，警察感覺還不錯。而且我大概是想堵住爸媽的嘴，讓他們知道我對結婚沒有興趣，也不想到處參加晚餐派對，無意幫他們生幾個孫兒。如果回到當年，我不太確定是否還會踏上這條路。你呢？離開國際刑警組織，加入市警隊是戲劇性的轉變，我猜我們沒有你的法國同事那樣光鮮亮麗。」

「不到光鮮亮麗啦。」他喝完紅酒。「我餓了，這裡的菜好吃嗎？」

「牛排超棒的。」艾娃說：「還有烤布里起司，我今天要點這道。」

卡倫納忍不住嘴角的笑意。這種感覺實在陌生，艾娃．通納坦率的直腸子個性讓他放下了戒備。兩人點餐後閒聊到餐點上桌。

「少來了，做任何事情一定有什麼理由。爲什麼會來這裡？」艾娃拿切片的法國麵包沾融化的起司。

卡倫納立刻後悔對艾娃提出如此私人的疑問。他早該預料到自己也得回覆同樣的話題。在他迎上艾娃的視線前，沉默已經充分表現出他的心情。

「你不回答也沒關係啦，我不是在套你話。如果我有什麼誤解或是說了蠢話，一定要告訴我。我只是照著平常的習慣而已，你問一個問題，我也問一個問題。我們在同一個局裡工作，更了解彼此可以增進信任。如果那天過得不好，就互相笑一笑，提醒自己這都是必經之路。」

「我懂妳的意思。」太過斬釘截鐵的回應一說出口，卡倫納隨即後悔莫及。他沒打算以這種方式度過今晚。他都準備好要道歉了。

「別再道歉啦。人的個性是改不了的。我很清楚硬要拿義大利麵穿針根本是白費力氣。不過你還是要找到更圓滑的溝通方式。不需要讓部下喜歡你，但他們必須尊敬你。重點就在這裡。如果你不對他們說聲請或是謝謝，交代的任務他們還是會做，只是他們會覺得沒有必要太過盡心。如果你的語氣老是那樣，整個調查小組會被你拖垮。如果你不讓任何人了解你，無論是我還是隨便哪個人，那你就沒有理由待在這裡，因爲沒有人願意爲你效忠，跟你同進退。警局就是這樣。同事讓你腳踏實地，步伐穩定。建立起良好的關係，我們才能勉強忍耐這份鳥工作。如果你想說你早就知道了，隨時都可以打岔。」

艾娃起身，拎起包包，大步離開。卡倫納發現她忘了外套，一把撈起，轉身要她留步。他望向門前的小台階，但她早已不見蹤影。他吐出一串髒話，回到桌邊，外套丟回她的椅子上，雙手抱頭。他以前眞的不是這樣的。他失去了一切——家、工作，甚至是母親——現在更成爲連自己都不喜歡的混帳。或許來到蘇格蘭是天大的錯誤，他誤以爲自己有辦法跑到別的國家當警察，跟以前一樣順利。如果他打算逃跑，就該逃得更遠，永遠不回頭。他穿上外套，站起來，這時一杯紅酒塞進他手裡。他愣愣看著艾娃。

「要去哪？」她問。

「我以爲妳……」他努力憋住話語，不想讓自己更顯愚蠢。

「以爲我怎樣？天啊，你以爲我走了？」艾娃眞切的笑聲中沒有半點惡意。卡倫納瞄了手中滿滿一大杯的紅酒，瘋狂期盼能操控時光，讓今晚重新來過。「你想走就走，不過我都下班了，可不想四處閒晃，毀了美好的夜晚。我只是去一趟吧檯，想給你一點時間思考要加入對話，還是繼續像顆檸檬一樣呆坐在這裡。」

「檸檬？」卡倫納的翻譯能力不差，但這個字眼跟上下文毫無關聯。

艾娃又笑了，這回她的笑聲柔和許多。卡倫納放棄追問，喝了一大口酒，逼自己坐好，假裝放鬆。或許展開新生活就是這麼一回事。或許他頂多就是假裝自己還能與人正常相處。或許過一段時間他會表現得更有說服力。他深吸一口氣，努力顯露出過去從不需要多想的自信。

「我們在蘇格蘭住到我父親過世。那年我四歲。我母親難以維持家計，於是我們搬到法國，住在她娘家附近。她必須要長時間工作賺錢，我學會保護自己。我很快就堅強起來，快嘴快舌地惹上麻煩，跟附近的男生打架。在他們眼中，我不是眞正的法國人，總是格格不入。於是我就把自己變成眾人心目中的自大混帳。上大學以後，我到處跟女人上床，夜夜笙歌。我母親說那是我的黑暗年代。我幾乎不回家，目中無人，渾身帶刺。然後我認識了一個人，改變了一切。整整六個月，我努力當個還過得去的人類，成績進步了，心裡很踏實。」

「然後你們分手了？」艾娃問。

「我們為了一點小事吵架。我跑出去喝醉了，那天晚上，她在她最要好的朋友床上找到我。她頭也不回地離開了。我再也沒有見到她，也沒跟她說過話。」

「這件事讓你改頭換面，變成現在這副出人頭地的模樣？」艾娃逗弄道。

「可惜沒有。我靠著當模特兒多賺了一點錢，所以我避開學校裡的人，沉溺在那個世界。那是充滿偷搶拐騙、毒品酒精的世界，大家都只顧著自己的利益。我週末跟一群瘋子到處跑，如果沒有喝醉或是嗑藥，就會跑去滑雪、潛水、玩帆船、跳傘。」

「真糟。」艾娃挑眉。

「過了一陣子，過度的刺激感覺像是家常便飯。我很後悔當時不夠清醒，不知道珍惜自己的好運氣。後來氣泡破了，我因為酒駕被一名女警逮捕。當她在警局裡替我做筆錄時，我對她的外表出言不遜，她狠狠甩了我一巴掌。」想起這件事，他忍不住揉揉臉頰。「她決定不要逮捕我，把我塞進車裡，開了兩百哩路到我媽家，當時我已經酒醒了。她叫我乖乖站著，聽她複述我對她說過的話。那是很多年來我第一次真正羞愧到無地自容。母親難堪得哭了出來。那名員警送我踏上人生十字路口的正途。假如換作是別人逮捕我，我現在不會坐在這裡。」

「她是你從警的原因？」艾娃問。

「一部分是。雖然這麼說太過簡化了，但當時看起來很合理。我在法國警界待到三十歲，接著轉調到國際刑警組織待了五年。」

「那你爲什麼要離開？」艾娃問。她的手機嗡嗡震動，她停下來看簡訊，眉頭緊鎖，喃喃自語。

「怎麼了？」他問。

「同一座公園裡又找到一個嬰兒，還活著，正在送醫途中，不過急救人員覺得情況不太樂觀。這種事情怎麼還會有第二樁？抱歉，盧克，我必須走了。沒跟你聊完我很過意不去。」

「別這麼說。至少我知道有個地方能吃到不錯的牛排。」

她勾起嘴角。「很高興知道你的喜好。」艾娃熱情地拍拍他的肩膀，快步離去。他下意識地縮了下，期盼她沒有感覺到，可是他看到她臉上的疑惑。「盧克，明天見。你好好保重。」

艾娃丟他自己一個人盯著裝飾牆面的書本、地球儀、黃銅檯燈。這是個喝酒放空的好地方，他又點了一大杯紅酒，茫然看著周遭客人，直到酒吧打烊。

隔天開始得太早。幾個禮拜以來，他第一次好好睡了一覺，被可惡的手機鈴聲吵醒。是崔普。

「不確定是否與案情有關，我整理過珍妮．瑪吉的鄰居的證詞。有人在我們預估她失蹤的時段看到了一名男子繞過街尾，拖著巨大的行李箱。我知道可能性不高，可是……」

「我半個小時內到。」卡倫納說。

他只花了二十分鐘。儀容不整，襯衫沒燙，兩只襪子完全不成對。崔普盯著跟前幾天完全不同的上司走進辦公室，沒注意到手中熱燙的咖啡有小半杯灑到自己的外套上。

「早安，長官。還好嗎？」

「拿筆錄給我看，記得跟地圖交叉比對。」

崔普在整箱資料夾裡翻了一陣，把幾份文件放到卡倫納桌上。「珍妮．瑪吉家在這裡。」他指著街道圖上的紅點。「鄰居目擊的男子往這裡走，大概離她家兩百碼。耶爾太太遛狗完回到瑞弗斯頓公園時，看到他走向瑞弗斯頓大道。她不知道他之後去了哪裡。你覺得他是我們的目標嗎？」

卡倫納陷入沉默，往辦公桌抽屜裡翻找。

「呃……長官，要我幫忙嗎？」

「不用，我找到了。」卡倫納挖出捲尺。「側躺在地上，盡量把腳跟頭縮起來。」

崔普望向門外，張開嘴巴，上身晃來晃去。

「拜託行行好。崔普，我要量你的尺寸，不是要宰了你。躺下。」

崔普照他的指示擺姿勢，卡倫納在地板上用膠帶貼出接近長方形的形狀。

「腳再縮一點。還有手肘。你一定可以縮得更小！」

「沒辦法，只要動一邊手腳，另一邊就會伸出去。」

「媽的！」卡倫納低喃，捲尺往地上一丟。「珍妮·瑪吉多高？」

「五呎三吋。」崔普放棄掙扎，翻成仰躺，伸展雙臂。卡倫納走向門邊。

「薩特！」卡倫納對簡報室大喊。

輕快的腳步聲傳來，她衝進辦公室。

「長官，怎麼了？」

「崔普會解釋。我們需要量妳的尺寸。」他把膠帶拋給他們，打開電腦。「妳縮成一團，我們要假設她被綁住。」

趁著兩人不斷調整姿勢，測量各處長度，卡倫納在網路上找到他的目標。「最大的行李箱是三十四吋。你們覺得裝得下嗎？」

「要看箱子深度。」崔普應道。薩特緩緩起身。「不過我覺得有可能。」

「薩特，妳去這些店家，把最深、輪子最穩的三十四吋行李箱買回來。」他遞出一疊鈔票。「崔普，我們去瑞弗斯頓公園。」

他們在目擊者曾見該名男性的街角停好警車。

「有兩盞路燈，都在他走過的人行道對側。」卡倫納觀察現場環境。「種了很多樹，灌木叢也長得不小。附近屋子的燈光不夠，離這裡太遠了。」

「他一定是轉向西側，不然他得要提早過馬路。」崔普說：「所以他不是把車停在附近，就是住在附近。」

「他不會冒著被人看見自己回家路線的風險。這一帶出門遛狗的民眾肯定不少。關鍵在於他使用的車輛。派員警在方圓四分之一哩內，挨家挨戶詢問有沒有人看見扛行李箱上車的男子。可能是小客車、廂型車或是小貨車。我們來問看看遛狗的證人是否能告訴我們更多。」

耶爾太太人沒到，聲先到，她從屋內大叫，要她先生讓卡倫納跟崔普進門。她拉著看起來很餓的賓利㹴。她體型龐大，年近八十，對於自己受到的關注興奮不已。

「別管阿奇。」她揮舞雙手。「隨便找地方坐，麥克會幫我們泡茶，親愛的，對吧？」她的丈夫乖乖鑽進廚房。

「耶爾太太。」卡倫納開口。

「叫我伊莎貝爾。你們要配餅乾嗎？」

「不用了，謝謝。妳看到一名男子推著行李箱離開這條街。可以再描述一下他的外表嗎？」卡倫納問道。

「當時又暗又冷，恐怕我沒看到多少東西。他穿著灰色或黑色的長大衣，戴著毛帽，圍巾蓋住嘴巴。親愛的，他看起來就像是影子。」

「妳注意到他帶著行李箱？」

「對，很大的傢伙，輪子的聲音超噁心。」

「可以仔細描述那個行李箱嗎？」崔普從托盤上拿起一杯茶。

「那是一個軟殼箱，比起硬梆梆的箱子，更像是巨大的背包。而且光看他拖拉的姿勢就覺得很重。箱子是黑色的，有很多拉鍊。我沒有看到任何標籤記號。」

「比起那名男子，妳對行李箱的印象似乎更深呢，希望妳不介意我這麼說。」崔普說道。

「因爲我離行李箱比較近。當那個人走過我身旁時，我剛好彎下腰處理阿奇幹的好事。我的第一印象是他的鞋子眞亮。現在沒有多少紳士會在意這點細節啦。黑色的綁帶皮鞋，不太適合這個季節。」

「耶爾太太，還有別的嗎？什麼都可以。」卡倫納追問。

「我當時不知道我看到了值得注意的事。」她拍掉滿手餅乾屑。「不過他身上有一股淡淡的味道。我想現在沒多少人知道那是什麼，但我很確定那是樟腦丸。」

「樟腦丸？」卡倫納沒聽過這個詞，向崔普提問。

「掛在衣櫃裡阻止蛾類吃掉衣服的東西。已經很少見了。」

「樟腦丸。妳確定嗎？」卡倫納向耶爾太太再次確認，她正忙著把餅乾屑餵給虎視眈眈的阿奇。

「那是我童年的氣味，我母親都靠這個。親愛的，戰爭時期我們可買不起新衣服，總是把手邊的東西照顧得很好。」

12

金博士很緊張。太荒謬了，他可是在自己家裡。他靠著追求崇高理想的意志力，將這些女性帶到此處，而他現在要與這名即將接受自己指導，共同踏上嶄新生活的女子首度正面交談。或許她能協助還在鬧脾氣的艾琳融入群體。

珍妮身上的藥力應該已經退了。她需要食物、飲水，還有解釋。她擁有超凡的堅定信仰，說不定她更能理解自己是如何落入他手中。如果真的有上帝，說不定珍妮就是上帝挑選給他的另一半。他放下托盤，打開門鎖。房裡有兩張床，兩名即將改變他人生的女子躺在上頭。

他原本只計劃帶走一人，鎖定了這兩人深入研究，從中挑選出最合適的對象。總要有個備案。珍妮．瑪吉是他的備案。他沒想過要把兩人都抓來，直到發現艾琳實在是難以調教。相信牧師更能服從他的指示，適應能力也更強。當他把她放到床上，束縛住她的手腕跟腳踝，小心地不讓她受傷時，他就感受到這一點。囚犯剛醒來時掙扎得最厲害，這是人性。他相信珍妮的性格更加崇高。

一踏進房間，最噁心刺鼻的臭氣朝他襲來。他無法呼吸，忍不住彎下腰，托盤落地，香瓜口味的蛋白質奶昔潑了自己滿身。這套衣服毀了。

「我特地爲了妳們打扮！」他大吼。「是誰幹的好事？是誰……我這就來確認！」他大步走向床邊，黏膩的粉紅色液體沿著臉頰滴落，與他的臉色相互輝映。他猛力掀開艾琳的被子，眞心期盼是她出的醜，然而她還是那副痴呆模樣，緊閉雙眼，身體不斷搖晃。

那就是珍妮了。他小心翼翼地扯下她的毯子，臭味變得更加難耐。他衝到櫃子前，拎出電風扇，拖到她床邊。這時他不禁質疑自己沒給這個房間裝設窗戶的選擇，但他只能這麼做。他從水槽下抽出手套戴好，開始清理床鋪。他知道她醒著，雖然她別過頭不看他，也沒有開口。還是等處理完爛攤子再來溝通吧。他必須原諒她，畢竟她還不知道他是誰、有什麼計畫。她可能以爲他是哪裡冒出來的瘋子，想對她做出見不得人的勾當。等到她知道眞相，理解他一切舉動的脈絡，狀況會好轉的。金整理好環境，沖個澡，重新弄了食物，回到密室好好介紹自己的身分。

珍妮．瑪吉牧師依舊別過臉，他拉來一張椅子。

「珍妮，我是雷吉納．金博士，在我們進入下一步之前，還是正式一點吧。希望妳能清楚了解我不會傷害妳。」

珍妮悄聲唸誦。

「妳說什麼？我聽不見？」他湊近一些，想看清她的嘴唇，但她把臉扭得更遠。他花了幾分鐘才聽出她口中冒出的詞句。珍妮正在背誦主禱文。

「這是我們將要爭辯的議題。上帝的存在與天性。這是我選擇妳的原因之一。我讀過妳在牛津唸書時寫的論文，之後再跟妳分享一些有意思的看法。」她仍舊毫無回應，即便他對她展現出眞誠的興致。他倦了。「請看我這邊。別人跟妳說話的時候不看著對方是很沒禮貌的行爲。」毫無反應。

金不想在珍妮剛抵達此處時嚴加懲戒。這樣會徹底毀了她的興致。他原本以爲艾琳已經失去價值，這時突然發現她還有別的用處，加速計畫的進展。

「珍妮，妳很了解人的生命有多麼脆弱，我們沒有多少時間可以揮霍。我想跟妳好好對話——」輕悄的禱告持續不斷，「——因此我要讓妳爲這個同伴的命運負起責任。維持紀律是我的義務，牧師，我的辦法很多。」

他打開水槽上方鎖住的櫃子，從急救包裡取出針頭，走到艾琳床邊。她都聽到了，雖然假裝陷入自己的世界，她還是聽得一清二楚，知道有事即將發生。當他握起她的手時，她放聲尖叫。

「這是消毒過的針頭，用不著大驚小怪，不會有持久的傷害。」他將針尖緩緩刺進她中指指甲縫，毫不動搖地推進，而她不斷掙扎，一邊尖叫一邊發出嘔吐聲，眞是不可思議。感覺像是她要被痛楚淹沒似的。

「住手！」珍妮尖吼。「住手，拜託。」

「妳現在要跟我說話了吧？」他沒有抽出那根針，他要等到目的眞正達成。

「對，我會，我跟你說話。」她大叫。

「艾琳，妳覺得呢？妳受夠了嗎？」艾琳吐出肯定的回應，瘋狂點頭，懇求珍妮的幫忙。

金再往艾琳的甲床深入一分，淒厲的尖叫令他心滿意足，這才抽出針頭。

「妳記得發生了什麼事嗎？」他向珍妮提問。她搖頭。

「我嘴唇好痛。脖子也很痛。」她說。

「抱歉，氯仿對皮膚有點刺激。之後我得在上班期間用K他命讓妳鎮靜一下，怕妳激動起來傷到自己。這個藥眞不錯，讓妳在有意識的狀況下聽從我的指示。這幾天妳可能會做一些怪夢，還有點脫水。」他端來托盤。「來，喝下去。」他將杯子湊近，她的臉不斷後退。「妳要喝點東西。我沒有那麼野蠻，不斷對妳下藥。妳來到這裡是爲了加深我們彼此之間的情感。今天我不想採取太過強硬的手段。對艾琳也不公平。」

艾琳在床上扭動撲騰，珍妮咬住吸管，小心翼翼地啜飲。

「很好。」金稱讚道。

「你到底要對我做什麼？」在這種情境下，珍妮竟能如此冷靜地提出疑問，他深感佩服。

「珍妮，我是受過教育的人，不是禽獸。我正在爲妳我打造出更美好的人生。」他像是在訴說陰謀似地在她耳邊低語：「不知道艾琳還能在這裡當多久的客人。她的表現不如我的預期。」

「你爲什麼要這麼做？」珍妮問。金凝視著她的雙眼，思索她究竟在想什麼。她是想獲得釋放、對他感興趣，還是怕到搞不懂自己的處境？她身上充滿令人興奮的可能性，蘊藏無限潛力。她讓他依稀想起自己的姊姊。愛蓮諾沒有機會長大，但若她活到這個年紀，或許會跟這位牧師頗爲相似。他們的父母總說愛蓮諾注定要靠著她超凡的學習能力成爲領導人，況且她還擁有音樂方面的天賦。她接近完美，有時候這份完美令人不太舒服。

「這是爲了我們兩個。爲了我們的未來，我們可以一起學習，珍惜彼此，向璀璨的領域拓展我們的心智。」

「如果我不想呢？」珍妮又問。金思考了下，判定她不是在頂嘴或是刁難。這是眞心的疑問，値得他眞心回應。

「到最後，妳會想這麼做的。我的任務就是引導妳。」

「你錯了。拜託，想清楚你在做什麼。」

「珍妮，別這樣。」他循循善誘。「艾琳試過了。天知道她求了多久，還是沒用。計畫就是這樣。某些人會渴求超越他們伸手可及的人生。我比周遭的人還要優秀，妳也是。肉體不重要。艾琳的手指會痊癒，痛苦只是一時。那是通往進步、啓發的途徑。」

「我懂了。」珍妮沒有多說什麼。他等待她再次開口，但她陷入沉默。他贏了。今天有這樣的成果就好。

忙著管教艾琳、清理床鋪令他精疲力盡。他鎖上門，聽見一絲低語，原本想退回房裡，最後決定離開。她們需要一點時間了解彼此。爬到樓梯最下方時，他疲憊的大腦才拼湊出剛剛聽到的字句。

「我們會死在這裡。」珍妮說得乾脆。

雷吉納・金心想燻鮭魚配蘑菇燉飯是絕佳的晚餐菜色。

13

崔普用棉質膠帶捆綁薩特警員的手臂之後，特大號行李箱恰好裝得下她。沒有證據指出瑪吉牧師就在那個行李箱裡，也無法證明拉行李箱的男子就是綁架犯，不過在卡倫納腦中，他很清楚事實便是如此，沒有其他解釋。伊莎貝爾．耶爾對鞋子的評價完全符合艾娃提到的犯人的偏執心態。誰會在動手綁架前在意自己的鞋子有沒有擦得發亮？

賴弗利敲門後直接進辦公室。「我們剛問完聖瑪莉那邊的人。只知道有個團體反對女性擔任牧師。珍妮．瑪吉好像收過幾封充滿惡意的信函，遇上一些威脅。她沒有報警，但我們在她的辦公桌上找到那些信紙。目前已經送驗了。」

「跟艾琳．布克斯頓遇害的模式不合。」卡倫納指出重點。「收集過去十二個月內，同一年齡層、事業有成的女性失蹤人口資料。我要看到手機的鑑識報告，應該昨天就放在我桌上才對。還有，聯絡布雷瑪警方，請他們回到山屋，確認周遭是否有類似行李箱輪子的平行痕跡。有點亂槍打鳥，但還是值得調查。」

卡倫納讓崔普割開薩特手臂上的膠帶，逕自來到走廊另一端的茶水間。咖啡機壞了，他毫無惋惜之意。他轉過身，對上朝他揮舞空杯子的艾娃。

「我來洗，你負責擦乾。」她從滴水板上拎起另一個髒杯子，讓熱水流進水槽。

茶壺裡的水煮開了，同時一名穿著制服的員警出現在門邊，她從一樓上來，才跑過短短一段階梯就氣喘吁吁。她把一個大紙盒放到角落的桌上，默默退出茶水間。

「畢德康，這是什麼？」艾娃叫住她。

「寄給重案調查小組的包裹，長官。沒有寄件人。來源是某間高檔花店，一定是對我們的服務很滿意的顧客。」

「我們的顧客不是死人就是神經病，畢德康。他們才不會送花咧。」艾娃大聲嚷嚷，捧起紙盒，狐疑地打量。「該打開還是丟出窗外？」她對卡倫納咧嘴而笑。

「有沒有滴答聲？」他問。艾娃誇張地將包裹舉到耳邊，搖搖頭。「打內線到一樓櫃台，叫畢德康回來幫妳開封。反正她也需要運動。」艾娃已經撕開膠帶。「只要大家都乖乖照著安全規章辦事就天下太平了。」他隔著艾娃的肩膀瞄向包裹內容物。

裡頭是一大束連著長長花莖的白玫瑰花。他伸出手，從精巧的金色封套裡抽出卡片。「督察，尖刺令蓓蕾更加寶貴。誠心贈送。」

「沒別的了嗎？」艾娃問。

卡倫納再次檢查卡片、封套、紙盒。

「沒有了。妳最近是否逮捕過跟爛詩或是病態相關的犯人？感覺妳正受到某人注目。」

「你怎麼知道這束花不是送給你的？我的仰慕者通常只會跟我要穿著制服的照片，讓他們裝飾在牢房裡，我猜是拿來當鏢靶。」

「不可能。塞爾特的女人不是都用棍子敲男人的腦袋，把他們拖進山洞裡？」

「對啦。前提是那些男人味道夠好，不然我們才看不上眼。」她抓起花束，塞進空蕩蕩的垃圾桶，往裡面灌滿水，然後放在桌上。「好啦，就算眞的是送給我的，那傢伙不知道我對花粉過敏，功課做得不夠。」

「妳至少跟上級報告一下吧？這種行爲有機會失控……」

「你以爲我現在沒別的事情要忙，區區一束花還比較重要嗎？」她哈哈大笑。「卡倫納督察，我拒絕採取任何無助於清除我桌上那疊文件的行動。」

「好吧，妳的喪禮由妳作主。」他說。「寶寶有好消息了嗎？」

艾娃瞬間切換回工作模式。「沒有。他們沒有任何共通處，除了包住他們的白色毛巾被是同樣的款式。一定有兩個壓力很大或是頭腦昏亂的媽媽。你那邊呢？」

「有點進展了，只有一點點，不過總比沒有好。」

「珍妮・瑪吉手機的鑑識報告。」崔普遞來文件。「實驗室說不好意思晚交了，他們忙著處理通納督察的嬰兒案件。」

卡倫納翻閱那幾張報告。「看吧。」他喃喃自語，把剩餘的咖啡倒進水槽，指尖滑過幾個以難解的科學語言寫成的句子。他把那個段落看了兩次，叫回崔普。「實驗室從珍妮・瑪吉的手機外殼驗出氯仿。他戴著手套。所以說這絕對是綁架案件，同時也印證了我們的推論：她被裝進行李箱前已經喪失行動能力。」

「是的，長官。負責探訪瑞弗斯頓公園附近住戶的員警剛才透過無線電回報，他找到一名固定沿著那條路線騎腳踏車回家的男子，五分鐘後我就可以報告詳情。」

卡倫納回到辦公室，打電話給瓊提・史普。病理學家低啞的嗓音透出濃濃的不爽，顯然他開著擴音一邊通話一邊工作。

「有空談談嗎？」卡倫納問。

「四個青少年死在同一輛車上。他們嗑搖頭丸嗑昏頭跑出來飆車。人們輕忽生命的程度眞是令人嘖嘖稱奇。」卡倫納沒有回應，因爲他無話可說。「好啦，你要幹嘛？」史普問道。

「這裡有一名女性遭到綁架，我相信犯人就是殺害艾琳・布克斯頓的兇手。犯人擄走她前，用氯仿把她迷昏。有辦法從艾琳・布克斯頓的遺骨上採集化學物質嗎？」

「骨頭或是周遭環境都不可能。要是有內臟就方便多了，但目前唯一的軟組織細胞來自在球棒附近找到的那顆牙齒。我無法給你任何保證，不過還是會做個毒物檢測。能驗出什麼要看她是在多久前吸入化學物質，以及吸入的量。」卡倫納聽見金屬器械被拿起放下的清脆聲響。

「還有一個問題。她一開始遭到綁架時，氯仿的效力能維持多久？」

「氯仿的效力有許多變數，比如說受害者的體型、體重，還有劑量。假設他沒有使用過量害死她，那她可能不用一個小時就能清醒，如果他夠小心，大概十五分鐘吧。施用過量會灼傷皮膚，肝腎也會受損。這不是長時間鎮靜的安全藥物。」

「一般人要從哪弄到氯仿？」卡倫納知道他是在碰運氣。

「這是第二個問題了，而且你們在愛丁堡也有病理學家吧。答案是網路，不過大概是從海外送來的。在東歐某些國家可以買賣氯仿，那是常見的工業原料。很難鎖定源頭，但只要夠堅定就有辦法弄到。」

「謝了。我欠你一個人情。」

「別食言啊。」史普說完就掛斷電話。

崔普站在辦公室外等他講完。卡倫納對他大喊：「崔普，我不是你的校長，你不用在走廊等我。有什麼發現？」

「員警說對方沒有提供詳細的描述。連恩．格蘭傑下班後沿著瑞弗斯頓大道旁的果園南路騎腳踏車回家，剛好與一名男子擦身而過，他會特別注意到對方是因爲那人以相當激動的方式自言自語。格蘭傑多看一眼，看到那個行李箱。沒有注意到他的長相或是衣著，當時太暗了，只看得見輪廓。腳踏車騎士猜那個人不是精神有問題就是喝醉了。」

卡倫納抓起紅筆，快步走到貼了地圖的牆面前。他把珍妮．瑪吉家跟果園南路連成一條線。

「他的車一定是停在這一帶。」卡倫納一指。「拖著沉重的行李箱，這段路要走上五分鐘。假如在她恢復意識前只有十五分鐘空檔，他不能冒險把車停得太遠。」

「這一帶人口密集，路旁隨時停滿車。我們問過每一戶人家了，沒有人注意到異常的車輛。」崔普補充道。

「派員警去艾琳．布克斯頓家附近問看看，有沒有人注意到在她回家的時段，有個男人拖著大行李箱經過。這是他的犯案手法。他知道如何彎曲人體，順利裝進行李箱，也準備了氯仿。可以幫我調出艾琳．布克斯頓家中的照片嗎？」

五分鐘後，照片出現在卡倫納桌上，同時薩特警員找到一輛車送他們去艾賓廣場。

「通納督察的嬰兒遺棄案有進展嗎？」卡倫納問。

「沒有，長官。」薩特答道。

「現在電影院在演什麼片子？」他又問。薩特臉紅了。「我只是想轉換一下心情。」他希望她沒有把他的疑問誤解成邀約。

「不知道。我男朋友什麼都從網路上下載。」卡倫納暗暗感謝她提到自己的男友。「希望你不介意我這麼說，不過感覺你不像是會去電影院的人。」

「那妳想我週末都在幹嘛？」

「去不錯的餐廳吃飯、喝紅酒、看報紙、參加晚宴。之類之類的？長官，我把車開過來。」她逃離現場，卡倫納意識到他又讓她下不了台了。她的回應讓他充分了解旁人是如何解讀他的言行。部分或許是與他的國籍息息相關的刻板印象吧。她的猜測太過接近正解，令他不安，只是過去一年來，他不再過那種生活。他關上了每一扇門，只有過往派對的幽影相伴。

艾琳．布克斯頓的公寓掛上醒目的「出售」招牌。卡倫納猜想是因爲艾琳的母親養不起這間公寓，又或者是她不願睹物思人。

「繞到後面去。」他指示負責開車的薩特。他認出艾琳的車庫，與犯罪現場的照片比對一番。先前造訪過她的住處，大致摸清她是什麼樣的人，但他還沒有進過車庫。他從證物室拿到遙控鑰匙，按鈕打開自動門，鑽了進去。「鑰匙是在通往她那間公寓的大樓走廊找到的，對吧？」薩特看了看紀錄，點點頭。「假設是她自己弄掉鑰匙，抓走她的人當時是在大樓內埋伏，可是沒有住戶放他進去，或是看到他的身影。沒有扭打跡象，沒有喧鬧聲，沒有留下半點痕跡。太乾淨了。我認爲他是在車庫下手，打開通往大樓走廊的門，刻意把鑰匙丟進去。」

「根據她母親的說法，車庫一直都鎖著。被害者非常注重安全。」薩特說。

「外頭有些樹叢。他一定很清楚她的作息。越簡單的手法越容易成功。他早她一步抵達。天色昏暗，他躲在樹叢後的陰影裡，等她打開車庫的門，跟在車後面一起鑽進去。」

「他必須確定她是獨自返家。」薩特表示。

「她不會帶男性回來。他非常了解她，對此相當有信心。等她停好車，車庫的門關上，他拿出氯仿準備出手。」

「你的意思是無論她如何防備，都無法躲過這一劫。對我們其他人來說還眞是沒有安全感。爲什麼要把鑰匙丟向走廊？」

「不讓警方注意到他是如何從車庫的後門脫身，說不定還拉著巨大的行李箱。來吧。」

他領著薩特來到車庫側邊的門外，這裡有一條通往大街的碎石泥土小道。她走上前去，卻被他一把拉住。

「別靠近。」他說：「叫鑑識人員過來。我要他們尋找平行的長條印痕，還有深深陷入泥地裡的碎石。她的重量肯定會讓輪子陷下去。」

⚕

電影不是他隨口亂扯的話題。他一回到家就先查好當晚上映的片子，接著傳簡訊給艾娃。

「我桌上還有兩三個小時份的文件要處理。」她回道：「如果你十一點半還醒著，要不要到柯南．道爾酒吧後面那間電影院看晚場的《恐怖之砂》？」

他不知道那是什麼片子，也查不到近期影評。原來是一九五八年的老片。跟艾娃會合時，她雙腿架在前排的空位上，身穿牛仔褲、格紋襯衫，抱著卡倫納這輩子看過最大盒的爆米花，視線黏著片頭字幕。

「這裡會重播老片。」她悄聲說明。「比電影台好看一百倍。不用什麼見鬼的高畫質、高彩度、環繞音響。電影就該是這樣。故事最重要，其他先別管。」她遞出爆米花，他搖搖頭。

「妳要自己吃完？」他問。

「廢話。不吃的話會喪失很多樂趣喔。」

「案子進展如何？」卡倫納拎起一顆爆米花，夾在指間滾動。

「噓！」他只得到這聲回應，不得不把注意力凝聚在銀幕上。艾娃．通納督察已經潛入二戰的北非沙漠了。

過了一個半小時，看過約翰．米爾斯和席薇亞．塞姆斯兩人奧斯卡獎等級的精湛演技，卡倫納的視線離不開片尾的卡司表，直到艾娃起身輕咳示意。

「可以說話啦。」她說。兩人移動到萊斯街上也供應不錯咖啡的深夜酒吧，坐在角落，努力忽視隔壁高聲爭辯婚禮方案的男女。「你覺得如何？」艾娃把托盤放到黏答答的桌上。托盤上是卡倫納點的咖啡跟他沒點的白蘭地。

「既然壓力那麼大，我認爲他們乾脆跑到拉斯維加斯結婚算了。」

「我在問電影啦。」艾娃舉起白蘭地酒杯。他忍不住挑眉。「你可能沒注意到，現在可是星期五晚上呢。我需要來一杯，可是自己喝酒不是蘇格蘭人的作風。好啦，別嘴硬了，這部電影可以說是登峰造極之作，對吧？」

「跟我預想的不一樣。我是說比我想的還要好看。」

「敬好電影。」她喝了一大口白蘭地。在橘色霓虹燈下，她的灰眼帶了明顯的藍色調。她看起來很興奮，彷彿是在期待下一刻，下一次的挑戰。一瞬間，卡倫納眞想披上她的外皮，想起那種心態。「你想靠著聊工作來毀了美好的觀影經驗吧？」

「妳才認識我沒幾天，就把我摸得這麼透嗎？」他問。

「這是你的防護網。」

「那妳的呢？」話才剛出口，他立刻後悔再度刺探她的私生活。艾娃毫不動搖。

「我假裝充滿自信、講話犀利又逗趣。」她說。

「有必要這麼做嗎？」白蘭地的滋味超出他的想像。

「這樣就不會被人發現我平常有多怕，多麼力不從心。」她笑了笑。「還是聊工作吧。」她乾了那杯白蘭地，端起自己的咖啡杯。「兩個毫無瓜葛的女性爲什麼要把自己的孩子丟在同一間公園等死？我想不到任何理由，除非城裡有個到處偷嬰兒的神經病，可是這樣的話，那些媽媽一定會出面的。」

「如果不是模仿犯案——以這個案子來說也接近不可能——那麼，那兩個母親曾經見過面，說好一起下手。她們有某種訴求。」卡倫納說。

「什麼？」艾娃問。

「公然遺棄嬰兒。」卡倫納說。「或許她們根本不想要孩子？」

「你想到強暴受害者。」她低喃。

「有可能。當然還有其他可能性。在懷孕期間遭到綁架販賣的女性，她們的孩子往往會被人口販子奪走。這可以解釋爲何生母沒有出面報案。」

「有可能，只是人口販子沒必要將孩子放在容易尋獲的地點，這只會留下ＤＮＡ紀錄。不過確實值得往這個方向思考。別人的案子怎麼都比自己的案子還要容易看透啊？」

「距離跟角度吧。我則是要逮到這個身分不明的綁架犯兼謀殺犯，他一切計劃妥當，對於情緒和行爲具備高度控制能力，但同時他也會在公開場合自言自語，也許甚至沒有意識到這點。」

「捫心自問和潛意識的確認。」艾娃說：「他很孤單，沒有談話對象，也沒有人肯定他的行爲。有個理論是說我們需要旁人的讚美和挑戰，如此一來才能合理化自己的行爲。缺少這種對象的人就製造出第二種聲音，把自己的心聲說出來。」

「這會不會是他擄走艾琳跟珍妮的原因？」卡倫納問。

「這樣說不通。」艾娃應道。

「爲什麼？」卡倫納將椅子往艾娃靠近一些，遠離剛才還吵得不可開交的情侶，他們已經和好，陷入熱吻，發出各種不必要的聲響。

「如果他想找她們作伴，那幹嘛殺了她們？」艾娃問。

「目前爲止他只殺了一個人。不過假如綁架的動機眞是如此，珍妮·瑪吉可能還活著？」

兩人的談話被門邊的騷動打斷。一名二十歲出頭的酒醉男子撞了進來，滿嘴髒話，背後跟著兩名同樣蓬頭垢面的同伴，搖搖晃晃地接近隔壁吻得火熱的男女。

卡倫納瞄向以眼神向四周客人求助的酒吧女侍。

「蘇西，妳搞什麼鬼？我這麼愛妳，別跟我說妳要嫁給這個廢物？」

「是喔，蓋瑞。」隔壁桌的女孩沒被激怒，只是一臉無奈。「我早就說過了，我爸也說過了。你離我遠一點。我們已經結束了。」

「我知道妳還愛我。妳說妳永遠愛我。他是賣保險的，這算什麼鳥工作？」

卡倫納對艾娃挑眉，她呼了口氣，喝完咖啡。

「老兄，請離開吧。」拉保險的未婚夫宣告主權，儘管他的氣勢不如語氣強硬。

「我女朋友叫我走我就走，你識相的話就乖乖閉上狗嘴。來吧蘇西，我們去外面談談。」

前男友抓住蘇西的手臂，把她扯離座位。圍觀的客人明顯後退了好幾步，安靜下來關注事態發展。

「我不想跟你到外面去。我不想跟你有任何牽扯。我們已經結束了。我愛羅伯特。」

「妳到外面跟我好好討論一下。小妞，讓我來教妳一點道理。」

前男友拉得更用力，扯破蘇西連身裙的袖子，她猛然收手，手臂上被他抓出傷痕。她揉揉發紅的皮膚，雙眼泛淚，痛楚轉變成憤怒，她往他臉上吐了口口水。

「妳這個臭婊子。」前男友大吼。

卡倫納起身。

「不行，別動手。」艾娃制止他。

「他要傷害她了。」卡倫納說。

「如果你出手的話，警局就會收到警察施暴的投訴。由我出面的話，他會覺得太丟臉，根本不敢通報。」

艾娃走到蘇西跟瘋狂怒罵的前男友中間。

「你該回家了。時間跟地點都不對。」艾娃低聲勸戒。

「妳誰啊？給我滾遠點，不干妳屁事。」

「沒錯，跟我無關。我只是想靜靜喝一杯，在我看來，沒有人希望這裡上演全武行。你覺得如何？要不要出去走走，冷靜一下？」

「妳要不要滾到旁邊去？還是要等我把妳跟那個羅伯特一起揍爛？」

「我不建議你這麼做。」艾娃的音量和平時沒有兩樣。

「破麻還眞會說話嘛。」前男友朝她逼近。

艾娃看似紋風不動，只是稍稍側身避過對方的攻擊，接著抓住他伸出的手臂往下一扯，同時壓低重心，移到男子身旁，一腳掃過他的腳踝，讓他跌了個狗吃屎。卡倫納還沒想到要插手，艾娃已經將男子制服。他愣愣地看著艾娃壓上醉漢，以背部抵住他的身側，箝住他的雙臂，朝他的頭部壓制。雖然男子盡全力掙扎，顯然在艾娃鬆手前，他絕對無法脫身。讚許的低語轉爲口哨聲，笑聲響徹整間酒吧。

「你們打算送朋友回家嗎？」那兩個來撐腰的小夥子看傻了眼，看來他們一點都不想落得同樣的下場。

「好，交給我們。」其中一人低喃。

「你冷靜下來了嗎？還是想在地板上多躺一下？」艾娃問。

字。

「我要回去了。反正她也不是什麼好東西。」艾娃多看了他幾眼，確認他是否會反悔，但他已經鬥志全失。幾分鐘後騷動完全平息，眾人回到座位上點飲料、滑手機打字。

「要走了嗎？」艾娃向卡倫納提問。

「謝謝。」兩人離開途中，蘇西叫住她。

「待在羅伯特身邊，暫時避開那傢伙。」艾娃說完，走出門外。「我的褲子沾到啤酒了。也不是什麼新鮮事啦。幸好我從不買只能送洗的衣物。」

「嗯，眞是出乎意料。那是警察訓練課程教的招數嗎？」卡倫納說。

「柔術。中學的時候我媽要我上禮儀課，我寧可她拿魚鉤戳我眼睛。折衷方案是我每乖乖上一門課，她都要讓我參加一種我自己喜歡的活動。」

「寫在履歷表上一定很亮眼。」

「現在我會調酒、打鼓、搭上跑車不怕露內褲、打架不怕丟臉、在正式餐會上逗外賓開心，對了，目前還沒有男人射飛鏢贏過我。」艾娃哈哈大笑。卡倫納總是抓不準她的哪句話是在尋他開心。他喜歡這樣的她。「感謝你沒有插手。沒被人瞧不起的感覺眞好。」

「我看到地上那灘啤酒。」卡倫納說：「我跟妳不一樣，要送洗的衣服還不少。」

「哈，你進步不少嘛。原來你還會說笑話。」艾娃笑著說。

「我哪裡像是在說笑話？」卡倫納說著，替她拉開計程車的門。

隔天是卡倫納來到蘇格蘭後參加的第一場記者會。瑪吉牧師的父親先開口，懇請掌握線索的人士出面，說他的女兒有多麼熱愛生命，多麼心胸寬敞，多麼善體人意。珍妮的面容牢牢印在每一名觀眾腦海裡，剩餘的說明由卡倫納接手。

「我們有理由相信珍妮很有可能還活著。尚未確認本案與艾琳·布克斯頓的謀殺案有何關聯，我要提醒各位，這仍然是一起綁架案。這陣子警方會搜索瑞弗斯頓公園周遭的住家建築，希望各位能盡力配合。」

發言機會回到警方的公關人員手上，他報出通報專線跟電子信箱，卡倫納對此不抱太大期望。綁架犯太狡猾了，必須逼他露出破綻，希望他會試著把她移到別處，驚慌失措，躲藏起來，這樣或許會有人——房東、郵差、同事——通報他失蹤。卡倫納要讓他感受到追捕的壓力。如果這個案子太早退燒，他們可能再也找不到她。

14

雷吉納．金撕碎紙張，丟進垃圾桶。反墮胎專業團體無法派代表前來演說。他們怎麼可能熱門到抽不出時間，他想。他們的理念哪有那麼受歡迎。娜塔莎要求他交出講者的名字跟演講內容，他想起自己當時是如何誇下海口，不由得心底發寒。他知道她會深深嘆息，不把失望掛在嘴邊，只透過臉色顯露出來。

他走進她的辦公室時，法吉教授抬起頭，她忙碌到連笑容都沒空僞裝。

「金博士，我不斷跟你詢問講師的姓名，到現在還是沒有收到任何資訊。上回談這件事已經是十天前的事情了，你敲定哪位講者了嗎？」

「我一直努力聯絡某個非常有意思的團體，然而他們遲遲不回覆我。有點棘手……」他一陣結巴。

「我眞的很急，就直接跳過不相干的小事吧。你要找誰來講？」

「反墮胎專業團體。」他說。

「你在想什麼？」她起身。「你知道我們大學極度注重兩性平權。你是想激起暴動嗎？」

「妳總是說應當探索正反雙方的論點。我以爲妳會樂於踏出封閉這個系所的象牙塔。其他學院不斷在刺探界線，去年我聽過好幾場令人目瞪口呆的演講。」

「跟他們取消。」法吉教授說：「必要的話，我會負擔他們已經支出的費用。只要別讓我聽到他們向我的學生灌輸女性無法控制自己身體的觀念。」

「反正他們沒辦法派人過來。」他的語氣比想像的還要尖銳，換得她難以置信的眼神。

「那我們幹嘛……算了。回答這個問題就好：你找到這個禮拜的講師了嗎？」她沉聲問道。

他心中藏了千言萬語：他不喜歡被人限制回話內容。她上衣有顆釦子沒扣（透出一抹黑色蕾絲內衣，令他難以專心）。他跟她是對等的地位，她不該以這種口氣對他說話。他也能跟她一樣冷酷無情，喔，他眞想帶她進那間密室，向她介紹艾琳跟珍妮。

「沒有。」他只能吐出這個答案。「我今天下午就搞定這件事。等妳午休回來……」

「我自己來。你去確認下個年度的申請內容都沒有問題，然後安排教師會議來審查學生輔導政策的改變。我已經遲到了。」說完，她拎起手提包，大步離開辦公室，留下金獨自凝望她辦公桌後的空白。

他輕手輕腳地鎖上門。她之前從沒放他一個人在自己的辦公室裡。被她的書籍、文件、牆上的幾幅畫、孩童的照片（其實是她的外甥和外甥女）包圍，他心中湧現奇特的親密感。他繞到辦公桌的另一側，指尖撫過光滑的木紋，帶著宛如她髮絲般的柔軟質地。她的椅子很穩，經過長時間的使用，已經形成她身體的形狀。金深深坐進椅子，想像她的臀部緊貼皮墊，將它坐暖，在椅面上滑動尋找最舒服的角度。他的慾火燃起，美妙又羞恥的感官。跟艾琳和珍妮共處時，他從未有過這種感受。他跟她們之間的關係很純粹，心智的交會，享受她們的智識。他試著壓制褲襠裡的腫脹，納悶娜塔莎爲何帶給他如此低級粗糙的影響。

「這是她的本性。」他對著空蕩蕩的辦公室說道。「男人無法抗拒她的誘惑。我必須提升到更高的層次。」他按住緊繃的胯下，電話鈴聲嚇得他跳了起來，衝向門邊，心想她一定會回頭接電話。他在走廊上絆了一跤，站穩腳步，竄回自己的辦公室。金聽見吃吃笑聲，鎖上門，拉下百葉窗。「是娜塔莎讓我產生這種感覺。這是她的意圖。我比她還要優秀。我擁有比她優秀的女性，比她聰明。她們不會把我當白痴看待。」

他提高音量，說得太過大聲。一手拚命控制胯間的欲望，另一手探向頭頂上的架子，打開收音機。裝模作樣、發音太過標準的男性嗓音溢滿整個房間。金一開始還聽不懂他在說什麼，接著，他聽到她名字。他一直避開媒體，深知自己會陷入被害妄想。現在有人——他猜對方是法國人，同時也是愛丁堡的警察——告訴全世界珍妮．瑪吉很可能還活著。他們正在城裡四處搜查，請求社會大眾協助。全都是因爲他們沒有看到屍體。

如此強烈的逼迫使得他火冒三丈。他還沒準備好。他還得弄來一輛車，中古車行的鼠輩開始問東問西，不顧他多塞的封口費。這些車輛都是贓車或是報銷車，轉了好幾手，磨掉零件序號，破舊到沒有人會多看兩眼。它們頂多再跑個一千哩就要壽終正寢，這樣最好。他跟自己說好了，一輛車只給一名女性使用，不留下任何痕跡。之後再把車子退還給中古車行，交給下一位可疑的車主。

問題在於他沒想過要同時擄走珍妮跟艾琳。他已經用了三輛車，現在還需要第四輛。他的事前調查不夠周全，還沒找好珍妮的替身，倉促計畫只會曝露出破綻。這已是無法挽回的事實。當務之急是阻止警方追查，既然他們急著找到屍體，那他也不得不滿足他們的需求。

金盯著時鐘，直到能離開辦公室的那一刻。他躲進正式屬於自己的車子裡，打電話給那個他只知道要稱呼爲路易斯的男子，約好去他的車庫，途中繞去提個款。路易斯只接受十鎊和二十鎊紙鈔，雖然麻煩了點，卻也相當合理。一個小時後，金訂好一輛車，它會停在堤道街附近的暗巷裡，走路就可以到他租用的車庫，如此一來，他就能將自己的車停進車庫，開新買的車子到格拉斯哥。

他在晚間十點出發，天色早已暗下，酒吧尚未散場，街道安靜得恰到好處。這輛淺灰色紳寶的風扇皮帶發出令人神經過敏的呻吟。他在連身工作服外套著慈善二手店買來的雨衣，鴨舌帽蓋住稀疏的頭頂，他情緒緊繃時會忍不住伸手猛摸那一塊頭皮，這個習慣自然加快了落髮速度。

前往格拉斯哥的車程不到一個小時，這座城市充滿矛盾，金心想。玻璃與金屬的建築物、鑲上霓虹燈的橋樑、嶄新的表演廳藏不住構成「格拉斯哥效應」的貧困、剝削、低劣生活環境。歷史悠久的街景、典雅的大學校舍，比起幫派重鎮，此處更像是兒童小說裡的場景，然而這些全是幻象。金知道他即將讓格拉斯哥的犯罪數據錦上添花，在現代主義和赤貧藍領階級的衝擊之下，沒有人會注意到他的所作所爲。他可以輕鬆欣賞到格拉斯哥的美景，造訪觀光景點，感受城市的美妙喧囂，但這些都不是眞的。格拉斯哥是靠著死亡繁盛的城市，金心想。

抵達戈凡希爾區時，雨下了起來，他對著雨刷間模糊視線的水幕喃喃咒罵。天氣這麼糟，妓女肯定都跑去躲雨了。他在艾利森街街尾的紅燈區試探性地繞了一圈，只看到幾名流鶯的身影。街道兩側宛如有生命的歷史博物館。住商合併的四層樓公寓，商家掛起各種語言的招牌，販賣各種民族的食物。這是眞正的全球化區域，金暗自品味其中的諷刺之處，思考蘇格蘭是如何被他沒空、沒興趣學習的語言攻占。路旁有幾間刺青店、所謂的設計師暢貨中心——金自顧自地笑出聲來——錢莊、髮廊、慈善二手店，什麼都有，什麼都沒有。太多店面住家掛上招租的牌子。太多建築物被鷹架包圍。太多廉價品。當然了，他正是爲此而來。

他試著估測路旁女子的年齡與身高，她們眼中透出防備與興致。珍妮·瑪吉長得不高，這些女性腳蹬高跟鞋，難以一較高下。他得用年齡來決定了。他繞了第二圈，瞥見一名化著濃妝的女子，試圖讓尋芳客誤以爲她才二十幾歲，儘管她平直發灰的髮根和鬆垮的乳房完全瞞不住年齡。他靠邊停車，按下副駕駛座的車窗。

「晚安，親愛的，你想玩什麼呢？」

「多少？」他演好今晚的角色。

「用手三十，用嘴四十，下面五十。」她說。

「手就好。」金打開車門。她的身材跟珍妮差不多，不需要繼續冒險兜圈了。她有些猶豫。「怎麼了？」他問。

「你車裡的燈沒亮。爲什麼？」她後退一步，比他料想的還要惶恐。這只是他的防護措施。他不想讓車外的人看見他的面貌，在出發前就拆掉燈泡。

「燈泡燒壞了。」他說。「雨都噴進來了，妳趕快上來。」

她凝視車內的黑暗，似乎是想看清他。下一秒，她甩上車門。

「老兄，我今晚就不幹了，你早點回家吧。」

金狠狠搥了方向盤一拳。操他媽的白痴婊子。他沒空跟她玩下去。他深深吸氣，逼自己冷靜下來，向她的背影呼喊。

「我付妳兩倍，可以嗎？用手就好。六十鎊。回來！」

「還是不要的好。」她轉頭大叫，越走越遠。「你這傢伙不太對勁。」

這時，一名男子從陰影中冒出，扯住她大衣袖子，推她回到金的車子旁。

「你要付六十對吧？只用手，沒別的服務。錢先給我。」他的手探進車窗，金往皮夾裡翻錢，聽皮條客斥責不甘願的妓女。

金付了錢，沒有探頭，壓低嗓音。

「來吧。」他遞出三張二十鎊。今晚的開銷眞大。皮條客——從他的口音判斷他是羅馬尼亞人——把妓女推進車裡。

「半個小時內回來。別去酒吧混。」皮條客告誡道。

「聽你在放屁。」車子開出一小段，她喃喃唸著，沒讓皮條客聽見。「在這裡右轉，我知道附近有個地方可以停車。你應該想在車上做吧，今晚外頭有點冷。」

「車上就好。」他照著她的指示找到停車位。他趁她忙著拉下他褲襠拉鍊時，打開大衣口袋裡的夾鍊袋，掏出一塊碎布。

「眞是有備而來啊。」她打趣道。「我還有得忙呢，你的小手帕晚點再上工吧。」

她被自己的玩笑話逗得格格輕笑，金用那塊布掩住她的口鼻，直把她的腦袋按向座椅的頭枕。她的雙腿堪比踢踏舞者，手臂四處揮舞，不時抓上金的手掌，想扯開他的箝制。掙扎到最後，她只能輕輕抽搐，癱倒在座位上，下巴垂向胸前。

「再笑啊。」金的拳頭重重打上她的臉頰，頸子傳來抗議的聲響。她還算清醒，必須動用比氯仿還強的藥物讓她昏迷久一點。他把她捆綁起來，堵住嘴巴，塞到後座，拿毯子蓋上。

等到他扛著容納她身軀的布袋，爬上地窖牆後的隱藏樓梯時，他已經疲憊萬分。眞正的筋疲力盡。肌肉痠痛，腦袋抽痛，肚子裡像是塞了整頭在火堆上旋轉的烤豬似的翻騰絞痛。他需要食物和睡眠。

「惡人無法安息。」他打開門鎖。「妳或許會這麼想。但這並非我的本意。若不是警方執意追查珍妮的下落，妳也不會被我找上。妳太老又太胖，跟珍妮差得遠了。至少我可以對皮肉做點處理。來聽聽妳還有什麼話想說吧。」

艾琳跟珍妮與他離開時沒有兩樣。「眞是美好的景象。」他輕快地說著，將布袋拖到房間中央，倒出緩緩掙動的人體。兩名女子投以不安的目光。他知道她們在想什麼。她們要被取代了嗎？這個新來的女性是不是比她們優秀，使得她們成爲多餘的累贅？他想延長她們的誤會，看她們要如何討好他、鞏固自己的地位。然而珍妮決定在這個時刻開口，他繃緊神經，預期聽到更低聲下氣的哀求。

「她是誰？」她問。今天她很安靜，接近從容。他記錄她的情緒，追蹤它們的模式。珍妮迅速跨越了恐懼、懷疑、憤怒的階段，證明她比艾琳還要堅強許多。

「妳的替身。我帶這個女人來救妳一命。」他拉扯女子的頭髮，讓她仰頭露出面容。臉上的瘀青不怎麼好看，反正她原本就不怎麼好看了。「別太爲難她。相信她一定能解釋自己爲什麼會落到這個境地，若是時間足夠，她可以爲我們說幾個故事。喔，失禮了。妳們今晚過得如何？」

珍妮眉頭緊鎖。他不喜歡這個表情，會讓他想到娜塔莎。

「我們被鍊在椅子上一整天，只有一隻手能自由活動，要用尿壺方便。很難說這是美好的一天。」珍妮應道。

「再過一陣子妳們就能獲得更多自由，只要讓我知道妳們能乖乖聽話。艾琳，假牙如何？」金在艾琳面前一彈手指，她立刻張嘴。「有點瘦吧，但這是可以預期的症狀。用藥水漱口會有幫助。希望妳們沒有閒著。」他看了看放在兩人之間，讓她們打發時間、刺激心智的棋盤。正如屋裡的一切物品，這個棋盤也屬於他的雙親，是他們特別鍾愛的一樣東西。以前放學回家，他常看到母親或是父親在陪愛蓮諾下棋。他的姊姊在家裡自學，父親是科學作家，母親是全職家庭主婦，這個安排可說是理所當然。他母親總說任何一間學校都無法將她的潛力開發到最大限度。雷吉納在附近的學校唸書，錯過了固定在午後舉辦的家庭棋賽。直到愛蓮諾過世後，他父親才騰出時間教他下棋，花了一點時間把他培養成差強人意的棋手。父親毫不吝嗇地教導他各種戰術。下棋是休閒活動，必須要排在作業跟考試後頭，金每天最期待的就是這段時光。

艾琳現在急需休閒活動。她幾乎整天垂著頭，幾乎不與人溝通。棋子沒有離開起始位置，不過他留下的食物和飲料都清空了。

「你今天過得如何？」珍妮反問。艾琳抬起頭，驚慌地張著嘴。

金試著回答，又不得不先回想一下，結結巴巴地重新開口。

「感謝妳的關心。今天挺折騰的，老實說我很累了。」

珍妮點點頭，露出近似同情的表情。

「你要不要先去睡一下。如果你讓我離開椅子，我可以照顧這個女生，幫你省點麻煩。」

一瞬間，他很想答應。這樣會輕鬆不少。他好想直接鑽進被窩。肯定是應付那個皮條客帶來的壓力，他想。不該生出那些枝節——有人接近他，聽見他的聲音。都是爲了珍妮．瑪吉，她感激他的付出而做點事也是應該的，可惜這都是幌子。女人的軟化都是爲了欺瞞，把你吸進甜美的陷阱。她根本無意幫助他，儘管他眞心期盼能夠信任她。金硬起心腸，接受自己的命運。他是老師也是朋友，但他不能同時扮演兩個角色。

「若妳真的有意幫忙，我會很感激。不過事實不是如此。牧師，我不樂見像妳這樣聰明又有道德水準的人竟是表裡不一。妳自然會想幫助這個女人，可是別假裝妳是爲了我好。」

「他要殺了她。」艾琳低喃。「妳做什麼都沒用。只能別看。我無法再看第二次了。」她抖得厲害，腳鐐陷入皮膚。珍妮隔著桌面握住艾琳的手，直到她稍稍平靜下來。這是昭示人性堅韌與脆弱的寶貴時刻，兩名女性對自身處境的反應差異如此龐大。金思考是否要爲此寫一篇論文。局內人觀點肯定就如同他本人，是絕無僅有的。

「是這樣嗎？」珍妮冷靜詢問：「你曾打算殺了這名女性？」

她用了過去式，彷彿深信她能說服他停手，不需要用現在式來描述眼下情境，如此自以爲是的口吻令他煩躁不已。

「她跟妳還有艾琳沒有半點瓜葛，不是嗎？」他狠狠回應。「把流鶯跟高尚的律師和神學家相提並論，只是在侮辱妳們兩個罷了。」

珍妮放開艾琳的手，穩穩坐回原位，神情從容。金驚覺這是他夢寐以求的互動——良性的爭辯，心智的交鋒——但她太固執己見，對自己的立場深信不疑。她哪有傾聽他的意圖？

「沒有人知道其他人有什麼能力，能做出什麼樣的貢獻。不能從外表或是謀生方式來評斷一個人的本質。我們不是該先跟她聊一聊，探索她的人生嗎？或許會聽到出乎意料的故事呢。」

「生活方式驗證一個人的本質。教會不是教導大家最終會因爲我們的行爲受到審判？」金說。

「那麼你的行爲又怎麼說？」珍妮的嗓音幾不可聞，臉上只有眞摯的好奇。倘若她透露出絲毫的無禮，他將更享受他即將要做的事。

「我與宗教無緣。」金說：「我信奉科學、事實、教育。雖然我佩服妳的努力，不過妳說什麼都無法引誘我偏離軌道。」

他從肩上的提包裡取出電動剃刀，擱在女子身旁地板上。她笨拙地試著坐起未果，腳掌滑過地面，無法控制雙腿的肌肉。他穿上塑膠圍裙、橡膠手套，準備好垃圾袋，剝掉她骯髒的衣物。這時艾琳發出獨處太久的狗兒般的惱人嗚咽聲。

「我們不能談談嗎？」珍妮問。

「不行。」金斷然拒絕。「我不想再談了。早上還要上班，我需要睡眠。建議妳專心讓她閉嘴，不要逼得我親自動手。」他朝艾琳歪歪腦袋，不想多看她一眼，她一定又開始流口水、搖晃身子了。珍妮的椅子腳刮過地面，金知道她忙著安撫身旁的悲慘靈魂。與心靈殘破不堪的艾琳相比，珍妮毫無畏懼的態度令他陣陣不悅。「那種狀態不會持續太久的。」他說。

「什麼?我沒聽清楚。」珍妮問道。

金把女子的衣物塞進垃圾袋，丟到門邊。

「沒事。我不是跟妳說話。」

「那你在跟誰說話？」她的語氣澄澈無邪。他已經受夠旁人高傲的臉色。牛津大學的學位、社會大眾的讚賞並沒有讓她高人一等。然而她卻把他當成教會的信徒看待。

「妳看著就好。」金拉直女子的身軀。

他粗魯地剃掉她的頭髮，這時她終於完全恢復意識。她的雙手被綁在背後，腳踝也遭到束縛，如同巨大的粉紅色蚯蚓般蠕動掙扎，前後扭動，在地板上滑行。塞在她嘴裡的東西讓她說起話來像是醉鬼，不過她還是清楚表達了自己的意思。

「操你媽的！我他媽的早就知道你這傢伙有問題。畜生，放開我！你他媽的別拉我頭髮！」她掙扎得更激烈，金坐在她腦袋後方，兩腳膝蓋夾住她的頭顱，剃掉剩餘的髮絲。珍妮在說話，但他聽不清楚內容。若她想爭取他的關注，她該做的是掙脫高傲自持的態度，放聲尖叫。等到女子的頭髮一根也不剩，他發覺珍妮稍稍失了冷靜，不禁暗自竊喜。

「妳叫什麼名字？」珍妮向地上扭曲的身軀詢問。

「葛瑞絲（Grace）。」她說。金笑出聲來。他知道這是惡毒的笑聲，像是以前男同學在操場取笑他那樣。沒有笑意的冷硬聲響，就是爲了惹他心煩、帶來侮辱。他笑得越來越大聲，眼淚都流出來了。

「葛瑞絲？」他啐道。「葛瑞絲！喔！妳的雙親對妳的期望眞是不得了。眞想讓他們看到妳舔男人的私處賺錢，病入膏肓、臭氣薰天的模樣！」

「我爸媽死了。」葛瑞絲低吼。

「阿門。」金說：「至少他們可以少丟點臉。」

「別說了。」珍妮開口。金停口。「你太過分了。」

金博士凝視他帶進自己家裡的怪物。珍妮．瑪吉跟娜塔莎一樣惡劣，把他踩在腳底下，瞧不起他。

「是妳阻止我。」他在她面前低語，轉身走向五斗櫃，以顫抖的雙手開鎖，挑出一把鉗子，回到葛瑞絲身旁。

「嘴巴張大。」他坐回原位，抽掉葛瑞絲口中的破布，將一小片木板塞進她不斷尖叫的嘴裡。當他夾住她的左下門牙時，他唱道：「奇異恩典（Grace），何等甘甜，我罪已得赦免。」葛瑞絲發出嘔吐聲，不知道是被木板噎到，還是因爲恐懼與痛楚，這些都不重要。能以歌聲蓋過雜音眞是太好了。他提高音量。「前我失喪，今被尋回，瞎眼今得看見。」

他停下來喘口氣，珍妮揚聲壓過葛瑞絲野獸般的哀號。

「你想要什麼？」她大吼。「告訴我你的目的，我會照做。」門牙隨著一陣血花落下，葛瑞絲翻起白眼昏了過去。金將泛黃的牙齒丟進玻璃杯，抹掉她下巴的血絲——這份差事眞是難辦——又箝住隔壁的牙齒。

「如此恩典，使我敬畏……」唱出恩典兩字時，他用力迴轉鉗子，讓葛瑞絲從毫無痛楚的昏迷回到現實。「使我心得安慰。」他再次拉扯，她雙腿搥向地面。艾琳往面前的桌子猛敲腦袋，珍妮對他大叫。他繼續歌唱。他們可以組成另類樂團，他想。「初信之時，即蒙恩惠，眞是何等寶貴。」

另一顆牙齒落入杯中，鮮血濺上地板。金察覺自己漸漸失控，他調整姿勢，鉗子握得更緊，對付刁鑽的左下犬齒。

「歷經艱險，阻隔萬重，我今來到主前。」這回他得要扭轉鉗子，一用力就唱走音。他咳了幾聲，準備重唱這段歌詞，這時珍妮尖聲叫嚷。

「來下棋吧。我贏的話，你別再碰她。如果你贏，那就……你要我學習。我很想見識你的戰術。相信你可以教我幾招。好嗎？」

金博士一邊思考她的挑戰，一邊對付那顆犬齒，手勁稍微放輕了些。「好吧。」他放下鉗子。「可是我累了，可能沒辦法拿出最好的表現。」他抹抹手掌，可不能弄髒了棋子。生命中總有某些需要尊重的事物。他丟下葛瑞絲，爲了維持安靜的環境，把手帕塞進她嘴裡。他拿布袋套住她的上半身，下棋時不能分心。「都是主恩，扶持保佑。」他把艾琳從珍妮對面的座位解開，抱她到床上。她翻成趴姿，一動也不動。「……恩典帶進永久。」

15

在同一個公園裡又找到一個嬰兒，媒體絕對不會放過這個案件。這個寶寶不知道是比另外兩人健壯或是幸運，還是說生母並不是眞心想置其於死地，細心包裹襁褓，使得他活到一名遛狗民眾經過。

卡倫納前來關切調查進展時，貝格比總督察正在跟艾娃開會。已經很晚了。在凌晨四點工作，靠著加油站便利商店的三明治跟碳酸飲料維生是違反人權的。但他依舊不打算回家。自從珍妮．瑪吉從自己的人生消失的那一天起，睡眠也從他的人生離家出走。他回到自己的辦公室，傳簡訊給艾娃，邀她在簡報後過來喝杯咖啡。她在半個小時後現身。

「你知道不能一天工作二十四個小時吧？」

「輪不到妳說我。狀況如何？」

「那個寶寶撐過去了。他有點脫水，不過待在外頭的時間不長。毯子是一樣的，所以他們肯定有關係。」

「沒有人出面通報嬰兒失蹤嗎？」卡倫納問。

「沒有，但我們找到一點線索。鑑識組說嬰兒手臂下沾到乾燥的血塊，小兒科醫師認爲不是嬰兒的血。」

「生母的嗎？」他問。

「我們是這樣想的。就算催實驗室加快腳步，也要兩三天才能知道結果。重點在於這些母親究竟是如何認識彼此。我們沒有接獲家庭醫師、助產士、健康探訪員，或是其他醫護人員的通報，說他們與手邊的個案失去聯繫。」

「沒在使用公共醫療資源的妓女？」卡倫納猜測。

「如果她們不想生，應該早就打掉了吧？」艾娃的臉皺成一團，雙手抓過頭髮。

「我想有些男人對於懷孕末期的女性懷抱強烈的性幻想。說不定有皮條客逼她們做到生產，從中獲利，最後丟掉嬰兒。」

「我就知道不該跟你多說，直接回家就好。這個想法也太可怕了吧。」艾娃穿上大衣。「要搭便車嗎？」

「妳手邊有兩個死掉的嬰兒，一個活著的嬰兒，沒有生母也沒有名字。這絕對不會導向幸福快樂的結局。好，請妳送我回家吧。」

兩人默默下樓，心思沉浸在自己的案子裡。艾娃打開車門時，背後的聲響讓他們立刻回頭，只看到一片黑暗，確認沒有任何動靜才上車。快到卡倫納的公寓時，他才開了口。

「妳有沒有聯絡花店追查訂花的人？」他問。

「沒空。你怎麼會想到這件事？」她回答。

「剛才有種像是被監視的感覺，所以我才想到妳那個神祕愛慕者。」

「你想像力太豐富啦，肯定是咖啡因惹的禍。」艾娃說著，車子在奧巴尼街停妥。

「小心點。」卡倫納下車前低聲提醒。他思考是否該基於禮貌，邀請艾娃上樓喝杯咖啡，不過看了看錶，他決定作罷。運氣夠好的話，回警署前他還可以睡上四個小時。他還來不及道謝，她已經揚長而去。

鑽進被窩時，他驚覺自己差點邀請女性進屋。一個月前的他絕對無法想像自己能與女性同僚輕鬆相處，可是通納督察不一樣。她總是自在從容，不執著於任何事物——除了好電影。除此之外，她開始給他朋友的感覺。他已經很久沒與人產生過這樣的情感了。他翻成舒服的姿勢，一手滑進枕頭下，摸到冰冷堅硬的物體。他一把掏出在他掌心旋轉的小東西。就著穿透窗簾縫隙的月光，它泛起銀光，而床邊檯燈照出更繁複的色澤和線條。這顆迷你地球儀是沒有串上鑰匙的鑰匙圈，原本放在珍妮·瑪吉牧師的梳妝檯上。卡倫納心想：她是否每天晚上看著它，想像自己能去的地方，在她教區外的廣闊世界的景色與聲音？還是說它只是普通的紀念品，出國旅遊的父母帶回來的土產，證明他們在外地曾經想到她？他望向床邊桌上、壓著一本書的紙鎮，將兩名女性的面容逼進自己的腦海。這兩樣眞實存在的物品是他膜拜的神像，留在他身邊，讓他無法忘卻、無從迴避。他握著小小的地球儀睡著時，心裡掛念著珍妮·瑪吉究竟身在何處。

⚕

隔天，鑑識組證實艾琳・布克斯頓車庫外有兩道鑲在碎石子間的輪子軌跡。他應該要得意才對，但是女性遭到捆綁、塞進行李箱的畫面太過鮮明，令他開心不起來。卡倫納要調查小組到專案會議室集合，報告最新進展。房裡宛如立體拼圖，艾琳・布克斯頓的資料占滿整片牆，貼出她的住處、辦公室、警方手邊的鑑識證據。另一面牆則是貼上珍妮・瑪吉的照片。這位牧師的相關資料更多，包括剪報、她的論文、教會的信件，以及賴弗利警佐查出的幾名反對女性神職人員的人士照片。

卡倫納請賴弗利警佐開場。「我們知道兩名女性都在返家時遭到綁架。男性綁架犯拿氯仿迷昏被害人後，把她們裝進行李箱，移動到其他地點。今天早上鑑識組從艾琳・布克斯頓牙齒軟組織上驗出氯仿。各位手邊拿到的是目擊證人的筆錄。警方在凱恩戈姆地區嚴加戒備，以防他試圖以同樣的手法棄置珍妮・瑪吉的屍體。」

「有沒有嘗試過側寫？就算無法找到珍妮・瑪吉，我們是否有辦法更了解抓走她的男性？」後排一名警員問道。

賴弗利警佐以眼神催促卡倫納回應。

「單從一起謀殺案件無法歸納出嫌犯的特質。」

「有那麼難嗎？」賴弗利問。

「必須具備某些條件才能申請協助，這個案子還不符合標準。」

「因爲我們只找到一具屍體？還是說側寫貴到不可思議？瑪吉牧師被瘋子關起來，她還能存活幾個小時？」賴弗利提高嗓音。卡倫納看出他只是嘴硬，事實上受到的影響更深。

「不光是預算的問題。」卡倫納解釋道：「要有兩具以上的屍體才能進行側寫，因爲這樣才有模式可言。在目前的階段，對於兇手抱持任何先入爲主的想法只會自亂陣腳。單憑一起謀殺案不能推測兇手是怎樣的人。現在接受各種可能性才是關鍵。」

「說什麼屁話。」賴弗利痛罵。「該死的規定。」

卡倫納及時避免又跟警佐發生衝突，因爲一名穿著制服的員警探頭要找另外兩人出來。這是暫停會議的大好藉口。卡倫納從門外刻意壓低音量的對話中聽出「威脅」、「封鎖」等等關鍵字，這時崔普遞來一疊加班登記文件。

「長官，文書部把這些文件打回來。你只簽了縮寫，沒寫全名。如果沒有更正，會計不會核准加班費。」

卡倫納喃喃咒罵，從警員手中接過那疊紙張。

「一直都是這樣嗎？」

「其實不是，只是剛好由新人處理到這部分，所以格外嚴謹。」

「也是啦。發生了什麼足以打斷簡報的大事？」卡倫納問。

「通納督察收到一封塞進她辦公室門下的威脅信。事情鬧得很大，目前正在確認警署內外的監視攝影機。督察在總督察辦公室。」

一分鐘後，卡倫納來到艾娃辦公室門外，卻被鑑識人員領到一旁去。他們忙著採集指紋，拍下信件的照片，之後要送去分析。他移動到貝格比總督察辦公室門外，直到她現身。

「今早挺忙的嘛。」他問。

「眞的。你來這裡幹嘛？」艾娃說。

「試著搞清楚爲什麼我的簡報會被打斷。我以爲我會取得第一手情報。基本上警察不是什麼可靠的情報來源。」

她嘖了一聲。「他們只是在大驚小怪，維護自己的地盤。某人留了張紙條說他討厭我。最麻煩的副作用是害我進不了辦公室。我是不介意啦，只是早知道我可以多睡幾個小時。」

「可能跟那束花有關。留下紙條的人說不定是想用更極端的手法吸引妳的關注。」

「你不覺得從玫瑰花跳到死亡威脅有點誇張嗎？不是第一次有人想幹掉我，也不會是最後一次。不過呢，今天早上還是有好消息的。實驗室取得血塊的ＤＮＡ，檢驗後確認不屬於嬰兒，但很有可能是母親的血。他們現在要丟進資料庫比對。」

「機會很低。」卡倫納說：「她有可能跟司法系統毫無瓜葛。」

「你不是有一整群下屬可以讓你挫挫志氣嗎？」艾娃問。

「妳還沒說那封信的內容。」他應道。艾娃翻翻白眼，裝出臭臉。卡倫納知道她在掩飾自己成爲目標的反感。

「大概就是要拿冰錐把我的臉戳爛，讓我後悔自己生在這個世界上。總督察命令我等到鑑識結果出來才准回家。最好是啦。」

「妳就乖乖聽話吧。很多事情眞的難以預料。」

「謝啦，督察，我會記住你的忠告。」她俏皮地揚手敬禮，大步離開。

16

棋局僵持了四十五分鐘。金疲憊萬分，興致缺缺，也察覺到瑪吉因此占了上風。一開始他很享受這場競賽，兩人在沉默中聚精會神。葛瑞絲困在布袋裡，偶爾翻個身，悶聲呻吟，意識在昏迷和清醒間游移。就連歇斯底里的艾琳也一聲不響，臉埋進枕頭，不是睡著就是昏過去了，總之他一點都不在意。瑪吉是充滿魅力的類型，他沒料到她能夠如此勇敢（或是大膽），拿旁人的性命與他對賭。願意背負另一條生命實在是難以想像的舉動。他並沒有因此失了冷靜。他父親要求他鑽研專業棋士的比賽，大量閱讀。他非常清楚自己的棋力完全比不上姊姊，但他確信自己有辦法打倒這個被他輕鬆綁架回家的女子。

開局後的頭半小時，他還能假裝自己是故意讓她占上風，給她虛假的安全感。珍妮居於劣勢，緊張在所難免，先放點水又何妨？然而他很快就發覺她有多麼高明，努力想挽回局勢卻無能爲力，只能維持表面上的冷靜。過了四十五分鐘，他的勝算越來越低。明明眼睛都快睜不開了，他不該答應下這盤棋的。她很清楚這不是公平對決。這個騙子，引誘他上鉤，裝出可憐兮兮的模樣，其實她心知肚明他根本無法專注。當她把國王移到棋盤中央時，他知道棋局即將結束。他費了好大功夫才忍住雙手的顫抖。一定是因爲缺乏食物和睡眠，再加上針對這個占他便宜的婊子的怒氣。他不會承認，不可能。她不可能打敗他。

又走了幾步，她宣布將死，語氣中毫無歡喜或是自負，這點讓金更加惱怒。她如此勝券在握，所以對結果絲毫不感到驚訝或是高興？她認爲他完全比不上她，早就料到能把他擊潰？

「妳爲什麼一點都不開心？」他壓細嗓音。「妳贏了這場賭局。雖然是看準我疲憊不堪的時刻，但妳還是打倒我了。這不就是妳的企圖嗎？讓我瞧不起自己？妳贏了，我輸了，至少妳可以有點肚量，文明一點。」

「解開她。」珍妮說。「讓我替她清理身體。」

「就這樣？」他吼完，猛然起身，桌面瞬間傾斜，棋子散落在他腳邊。「妳就只有這個目的？拯救她？我帶妳來這裡是爲了我！」他尖叫耍賴的語氣活像是小孩。他察覺到了，也討厭這樣的嗓音，卻還是無法控制。「妳應該要對我感興趣！我們下了棋。跟妳共度時光的人是我。我的時間！不是她！」

「我們說好了。你也同意了。你從一開始就知道條件是什麼。」

「不要跟我說什麼條件！」他大叫。「重點是我，妳有沒有聽懂？我這輩子難得一次可以當個大人物。妳照我的指示做事，全都是爲了我！」

看得出珍妮的冷靜漸漸崩落，她眼中凝聚的淚光令他洋洋得意。他要她哭，哭個不停，直到最後一刻。

「拜託。」她說：「請冷靜。對不起，你想跟我說話就說吧。你下得很好，如果不是你累了，我絕對贏不了。」

「必須要懲罰妳。」他說：「而且必須符合罪行。」他從翻倒的桌子下撿起黑色皇后，懸在珍妮面前。

「你要做什麼？」她臉上掛著淚水。他愛極了這副景象。

他掀開罩住葛瑞絲上半身的布袋，坐在她背後，雙腿夾在她臀部兩側，一手環上她的腰，將她按向自己胸前。即便意識混沌，雙手雙腳無法動彈，她依舊奮力掙扎，腦袋前後左右擺動。他握起一把棋子，放到自己身旁，接著把她的頭往後扳，讓她仰頭靠上他的肩窩。金撬開葛瑞絲的嘴巴，發覺珍妮的視線投向那把鉗子。

「我不會再用那個了。是妳爲她選擇這樣的下場。妳明明知道我贏不了，卻還邀我下棋，就等於選擇了這條路。是妳害她落入這樣的境地。」

金把皇后丟進葛瑞絲嘴裡，又撈起一枚城堡。士兵和騎士。一個接著一個落入她嘴中。他瞬間想到若是雙親看到他是如何糟蹋這套寶貝棋子，他們肯定會勃然大怒，但他們也從沒讓他贏過。看來這才是這套黑檀木和象牙的古董的最佳去處。這套玩具已經帶給他夠多羞辱了。

呼吸道遭到堵塞，葛瑞絲恢復清醒，身體使盡全力嗆咳，想阻止這些異物深入喉嚨。她眼球突出，抵抗力道越來越弱，卻又因爲缺氧而不由自主地扭動。金判定該在此時跳到他最愛的歌詞段落。

「身心可朽。」他一次塞進兩枚主教，狠狠刮過她裂開的牙齦，鮮血與棋子一同塡滿她的口腔，珍妮陷入恐慌。「生命可絕。在主殿堂……」最後他握住身旁剩下的棋子，全部壓進她喉嚨深處。葛瑞絲四肢抽搐，口中格格作嘔。他按住她的嘴巴，闔眼靜聽。這是死與生平起平坐的聲音，他想。等到珍妮的淚水激發的喜悅漸漸消退，葛瑞絲不再動彈。金唱出最後一句：「……平安喜樂。」

「我說過了。」細細的聲響飄出。他完全忘記艾琳的存在。她坐在自己的床鋪上，膝蓋收到胸前，左右搖晃，輕輕喘息。「我說過了。」

金走到她面前。「親愛的，妳確實說過了吧？妳跟她說注定會有這種結果，但她就是不聽。我想從現在起，她會更留意的。」他幫她拉起毯子，阻隔夜晚的低溫，順順她的頭髮，讓她躺下。「早上我會來清理垃圾。」走過葛瑞絲的屍體旁時，他隨意踢了一腳。「女士們，請好好休息。」

隔天，他希望娜塔莎沒有發覺他上班遲到，沒被他皺巴巴的襯衫、身上的體味嚇著。昨晚他倒頭大睡，起床後沒空沖澡。儘管他想睡上一整天，但再繼續請假肯定會引人側目。行政辦公室的女職員瞪著他看，她們平時就沒什麼教養，不會跟他打招呼或是噓寒問暖，但今天她們無禮到了極點。他打量自己全身上下。她們究竟是看到什麼他沒注意到的細節？他穿著平時的西裝，沒忘記打領帶。等他進辦公室看到自己的鏡影，才意識到她們看得目不轉睛的原因：他右眼外緣的黑色瘀傷，正漸漸變成更精彩的色澤。他記不得什麼時候受的傷，八成是葛瑞絲扭打反抗時的傑作。不去碰就不會痛，但絕對不能讓娜塔莎看到他這副模樣。她一定會見獵心喜，享受他的狼狽姿態，想追問究竟是發生了什麼事。他好想逃回家，卻又知道這只會讓自己的處境更惡劣——承認自己眞的不對勁。

他的電話響起。聽見線路另一端的嗓音，他嘆了一口氣。

「金博士，我們約好要開會。你忘了嗎？」

「沒有，法吉教授。我遲到了，路上遇到車禍。」

「你現在能過來吧？」娜塔莎說話速度很快。跟他說話時她總是如此，彷彿是希望對話快點結束。他聽過她跟其他人說話的語氣，更柔軟，更緩和。在他面前，她總是緥緊神經，自從他們認識的第一天起，兩人之間的氣氛總是劍拔弩張。她跟他一樣清楚，唯一的差異是他有勇氣承認這點。

「可以直接跟我說妳需要什麼嗎？」他不想被她看見這樣的自己，無法勉強自己接近她。讓娜塔莎聞到身上的汗酸味——他連想像都不敢。

「請來我辦公室。我要給你講者的簡歷跟照片製作講義。」電話掛斷，對話結束。金多看了自己臉上的瘀青一眼，編好等會要用的藉口。

他直接走進她的辦公室。

「我曾經請你先敲個門，讓我知道你要進來。其他人都這麼做。可以麻煩你努力記住這個要求嗎？」她頭也沒抬地替桌上的文件標記重點。等到她終於望向他，視線射向那塊瘀傷，這一刻令他超乎預期地享受其中。或許偶爾挑戰她對他的觀感也不差。他等待必然的疑問。

「這是本週講者的詳細資料。」她的注意力回到桌面，將資料夾遞向他。

「我的眼睛……」他開口。

「不需要解釋。」她的手伸得更長。

「其實還滿好笑的。」

「這是你的私事，我想我們討論工作就好。照片不需要全彩，黑白就好。還有她的頭銜不能出錯。演講七點半開始，會後要在前廳準備飲料。由我負責介紹她，最後參加者有十分鐘發問時間。」

金從她手中接過資料夾。

「我知道格式。」他說。她沒打算問他的眼睛出了什麼事。要發生多悲慘的事件，她才會投注半點關切？

「很好。」這兩個字同時也意謂他該退下了。他走向門邊。「對方是我朋友，我們交情很好，請確保流程一切順利。她很忙，不能有任何延誤或是狀況。了解嗎？」

面對她的無禮，金沒有回應，只是任由她辦公室的門板狠狠關上，咬住自己的舌尖。

娜塔莎．法吉是個沒血沒淚的女人。第一次聽到她談論哲學是否能當成專科來教導，還是自然而然地從其他學科體悟，他以為自己再也聽不進其他人的話語。這個女人跟他母親完全相反。就他有記憶以來，他母親很少出門，總是在煮飯、醃漬蔬果、打掃、寫清單、吹毛求疵。娜塔莎．法吉作風俐落，渾身上下透出專業風範，連灼灼目光中都充滿尖銳的智慧。她的人生與持家、育兒無緣。金相信她只在外頭吃飯，從未打掃過自己的房子、洗過自己的衣服。她的人生奉獻給學術，不斷追求心智的啓發。她是他來哲學系應徵的原因。一開始她還算熱情和善，隨著兩人相處的時間增長，娜塔莎越發冷淡。他聽說某些女人就是這樣——對你的興致與你投注的熱情形成反比。不過他完全無法否認娜塔莎天賦般的智識。

申請教職失敗後，他集結了自己寫過的哲學論文，做成書籍出版。現在個人出版已是常態，越來越多知名作家都採取這種方式。這代表他可以把這本書寄去某間美國大學，取得博士學位。她總該對他刮目相看了吧。然而當他出示文憑，要求把自己的頭銜改成「博士」時，系內其他職員全都難掩笑意。他聽見他們在背後交頭接耳。線上大學又怎樣？他支付的費用純粹是行政作業所需，學位全是靠自己的努力換來，靠的是他用來閱讀、寫作、編輯的大把時間。認可他的成就的大學名稱跟文憑用紙的厚度一樣不重要。這是貨眞價實的學位，是他的學位。

他不耐地嘆息，翻開娜塔莎交給他的資料夾。再不開工就要錯過送印期限了。他盯著娜塔莎這個寶貝朋友的照片。她那頭鬈髮讓臉蛋看起來更加稚氣，難怪要特地要求印成黑白雙色，肯定是爲了讓面容成熟一些。負責〈懲罰罪犯的社會道德與法律權益〉講題的講者是艾娃．通納督察。

17

「長官，已經過了二十四小時，我沒有遭受更進一步的威脅，那只是某個想紅的神經病罷了。」艾娃跟貝格比總督察在卡倫納辦公室門外交談。他徒勞地假裝沒在偷聽，其他賴在走廊上的警官也一樣。

「通納督察，那個神經病潛入這棟警署，找到妳的辦公室，卻沒有半個人注意到。相信妳還記得信中那些令人反感的威脅。在我們逮到那個幻想殺害妳的傢伙前，警署都會派人隨行保護妳安全返家，直到妳設好保全系統。」總督察不肯妥協。

「我只是要去酒吧跟朋友喝一杯，有那個偽裝得很爛的保鑣護送，唯一的傷害就是讓我覺得自己像是宇宙無敵大白痴。」艾娃也不願讓步。卡倫納瞄了時鐘一眼。他該下班了。

他從辦公室裡探頭。

「如果你們不介意的話，讓我陪通納督察一起過去。」

兩人盯著他看。艾娃的神情既困惑又驚喜，總督察卻是一臉狐疑。卡倫納沒有多想，他猜這是貝格比的一號表情。

「就這麼說定啦。」艾娃套上大衣。

「先等一下，卡倫納，你不能離開她身邊，這是命令。在確定她家安全、鎖好門之前，這位督察的安全都是你的責任。我管你是不是待過國際刑警組織，給我好好幹。」

「遵命，長官。」卡倫納拎起鑰匙。

「我總能自己去女廁吧？」艾娃刻意問。卡倫納挽起她的手臂，帶她離開警署。

「妳應該聽過見好就收這句話吧？」他說。艾娃這才安靜下來。

半個小時後，他們抵達梨樹酒吧，在人潮中擠向吧檯。

「人也太多了吧。」卡倫納呻吟。

「這裡離大學總校區很近。」艾娃遞來一杯紅酒，指著剛好空下的位置。兩人在桌邊坐定，大衣掛在第三張椅子上占位。「感謝你主動陪我過來，我才不想背後跟個保鑣，好像我沒辦法照顧好自己似的。」

「妳知道我就是來盯著妳的吧？妳想惹毛總督察隨便妳，我還不打算跟他鬧翻，所以妳別亂跑。」艾娃翻翻白眼，接著朝他右肩後方燦笑。

「塔莎！我已經幫妳點好琴通尼了。來坐這邊。這位是盧克．卡倫納，我們署裡的新人，剛從國際刑警組織調過來。盧克，這位是我的老朋友娜塔莎．法吉，大學的哲學系系主任。」

「幸會。妳們是怎麼認識的呢？」卡倫納向同時開口的兩名女子提問。

「騎馬俱樂部。」兩人異口同聲地回答完，哈哈大笑。卡倫納一頭霧水。

「笑點在哪裡？」他問。

「我們都超討厭那個地方。我們的爸媽只是想找個地方打發我們的週末，他們好去打高爾夫球或是逛街什麼的。第一次見到塔莎的時候，她溜到馬廄後面抽菸。我馬上就看出她跟我是同一類人，加入她的行列。」艾娃說。

「我們幾乎每個週末都這樣過，穿上馬褲、戴上安全帽，然後溜得無影無蹤。我好像從頭到尾都沒有坐在馬背上。那些動物太可怕了。竟然有人幻想牠們希望被人類騎在背上。我被踢過一次，再也不想靠近馬匹。」娜塔莎接著說明。

「妳們的父母都沒有發現嗎？」卡倫納問。

「有一天我們被叫進馬術學校校長辦公室，她要我們好好解釋。艾娃說只要她跟我們的爸媽說我們學得很好，我們就不會惹麻煩。我們每個週末都能碰面，爸媽可以擺脫我們，馬術學校平白得到大筆學費。後來艾娃去讀寄宿學校，我待在這裡度過無聊的時光，不過我們放假都賴在一起。那些年的暑假好像永遠過不完。」

卡倫納看她們笑著回憶過往，看得出當年那兩個自由自在的叛逆女孩。玻璃杯摔碎的聲響惹得艾娃猛然回頭。她比自己承認的還要焦躁緊張，連忙以滔滔不絕的話題來掩飾。

「對，明天晚上。我已經準備好講稿了。妳想會有多少人來聽？現場有麥克風嗎？我該穿什麼？制服還是便服？」

「哇，妳先喝一杯吧。」娜塔莎笑道：「沒什麼大不了的，至少對妳來說不是。這半個月妳都上新聞兩次了。妳想穿什麼就穿什麼，最大的問題是結束後要怎麼脫身。我要偷偷送妳從後門離開，避開源源不絕的提問。」

「妳們在說什麼？」卡倫納問。

「我受邀演講。」艾娃裝模作樣地抬起下巴。「老實說是去救火的。到底是誰臨時取消，讓妳急著找我上場？」

「沒有人取消。」娜塔莎搖搖頭。「我們的行政人員請了一陣子病假，有點疏失，但這不代表妳不是我的首選講師！」

「那你們還有找誰？」艾娃問。

「某個白痴想跟反墮胎專業團體接洽，以爲這對我們思想自由、受過良好教育、心智健全的學生有幫助。幸好這次有妳救我，眞的是感激不盡。」

「反墮胎專業團體？」卡倫納問道。

「某個假裝重視專業勝過道德的宗教團體。他們經營懷孕諮詢中心，把青少女唬得一愣一愣，以爲中止懷孕會導致不孕或是感染或是死亡。諮詢人員隱瞞許多事實，神祕兮兮，就我所知，他們的建議全是胡說八道。」娜塔莎說道：「好啦，我要鼓起勇氣擠去吧檯，還是喝一樣的嗎？」

娜塔莎在人群中奮鬥的同時，卡倫納喝完紅酒，盯著艾娃。她出奇安靜。

「還好嗎？」

「嗯。」

「妳知道總督察明晚也會派制服員警隨行。」

「好啊。」她根本沒在聽。

「妳要跟娜塔莎說清楚妳遭受的威脅。學校裡應該有保全人員，如果聽眾夠多，演講後又有交流時段，一名員警可能無法好好保護妳。」

「你是想升官嗎？你的語氣跟貝格比有得拚耶。」

娜塔莎把酒杯放到桌上。

「你們怎麼面色凝重？」她問。卡倫納決定用自己的方法來處理。艾娃擺明了不想承認現下潛藏的危機。

「艾娃收到死亡威脅。所以今晚才有我這個電燈泡。」他說。

「跟妳目前的案子有關？」娜塔莎問。

「有可能。」艾娃說：「又或者是過去十年來某個恨透我的無聊罪犯。天知道？塔莎，妳不用操心。」

「妳要不要來我這邊待一陣子？」娜塔莎提議道。

「妳沒辦法忍受我的音樂品味，而且我都在半夜進進出出，妳一定會抓狂。我愛妳，不需要妳替我擔心。我們什麼都不該說的。」最後的「我們」意有所指。他沒留給艾娃餘地，她氣炸了。

「妳當然要讓我知道這件事啊。如果妳來我這裡，我會好過許多。」娜塔莎說。

「這樣會讓我覺得那個混帳贏了。妳知道我的個性。跟妳說，我要早點走了。」艾娃突然中止話題，拎起包包，穿上大衣。「抱歉讓妳掃興，我現在不回家不行。盧克，你不介意吧？塔莎，明天見，我會努力別出醜。」

娜塔莎親了親她兩邊臉頰。「妳一定會表現得很好。盧克，很高興認識你。」

艾娃住在西區某條安靜街道上連棟住宅的中間棟。卡倫納切換回警察模式——只要幾年時間，要忘記那些原則實在不容易。他檢查每一個房間，打開每一盞燈，確認後門的門鎖沒被動過手腳，樓下的窗戶也都沒事。結束這一連串檢查，他才讓艾娃進屋，要她當著他的面設定好保全系統。

「妳離開酒吧的決定很突兀。」他一邊確認室內電話的撥號聲正常一邊開口。

「娜塔莎說的話讓我想到案子。我需要好好睡一覺，跟她喝酒總是沒有好下場。她喜歡你。」

「妳怎麼知道？」他問。

「如果她不喜歡你，你一定會知道。她最痛恨蠢貨，每次都在兩分鐘內判定眼前的男人是否值得信任，就我所知，她的直覺很少失靈過。她對女人的品味就沒這麼好了。」她把水壺放到爐子上，鞋子丟向腳踏墊。

「是嗎？」卡倫納說。

「塔莎是蕾絲邊，雖然她沒有表明。她在學校保密到家，不希望被人貼上標籤或是冠上刻板印象。」

「我懂。好啦，屋裡沒事。如果有什麼問題就先報警，然後打我的手機。」他在門外聽她鎖好門，掛上門鍊。儘管在外頭虛張聲勢，她其實還是相當謹慎。

18

卡倫納經過簡報室門口時，發現艾娃跟她的組員都在裡頭，氣氛凝重。他忍不住好奇心，悄悄坐到最後面。

「一個小時前DNA比對結果出爐了。倖存的嬰兒生母名叫露西．柯斯提洛，她跟雙親瑪莉和約翰住在莫萊菲區。請各位記好，這是一名脆弱的年輕女性，最近剛生產，或許罹患了產後憂鬱。我們會請醫療人員陪同，包括一位婦產科醫師。除非有意外狀況，我們不會強制執法。我們要封鎖他們的住家，尋找與其他嬰兒的連結。請拿出最謹慎尊重的態度。」

「長官，她的DNA資料爲什麼會登記在案？」一名穿著制服的員警問道。

「提供毒品，一年前的案底。屬於行爲犯，她在銳舞派對上買了幾顆搖頭丸，轉手給幾個一起湊錢的朋友。有臥底警官涉入這個案子，等他們發現她才十四歲，決定只給予她警告，但這個案子嚴重到必須登記她的DNA資料。走吧。」

卡倫納在半路攔截她。

「妳終於有進展了，眞是太幸運啦。」

「沒錯。如果你能保持安靜一個小時，要不要跟我們過去？我想趁這個機會讓我的組員更了解你。」

「沒問題，繼續待在這裡一籌莫展會把我逼瘋。我跟妳搭同一輛車嗎？」

「好啊。」她說。

莫萊菲是比較富裕的區域，從當地對休閒設施的投資不難看出。就算刻意忽視橄欖球場，這裡還有溜冰場、網球場、高爾夫球場、地段極佳的私人醫院（運動時受傷就診很方便）。不太像是擁有毒品前科、把孩子丟著等死的小女生會住的地方。

爲了防止打草驚蛇，警車停在一個路口外，只有艾娃、醫生，和一輛載著四個便服警官的路華越野車停在柯斯提洛家門前。艾娃敲門時，從敞開的樓上窗戶飄出吸塵器的運轉聲。過了一兩分鐘，一名應該是瑪莉．柯斯提洛的婦人匆忙應門。

艾娃亮出警徽，報上姓名。

「我們要找露西．柯斯提洛。她在嗎？」

「不在。怎麼了？露西惹上什麼麻煩了嗎？」

「我們需要盡速見到她。可以請妳告知她最近的下落嗎？」艾娃的語氣強硬又不失禮。柯斯提洛太太一臉不安。

「我女兒去上學了，她今天早上要考試，是我親自送她到學校。我想我有權知道你們的來意。」

「我們相信令嬡最近生下了一名男嬰，並將他留在某間公園。她也可能掌握其他相關案件的資訊。」

「妳說這是什麼話！」柯斯提洛太太有些結巴，雙眼泛淚，顯然深受打擊。

「可以請妳陪我們去露西的學校一趟嗎？」

「我要打給我先生，他會在那裡跟我們會合。」柯斯提洛太太說。

「妳可以在路上用我的手機。先上車吧。」聽到艾娃的指示，柯斯提洛太太抖著手抓起大衣跟手提袋。艾娃還來不及提供手機，她已經用自己的手機打出一串訊息。

聖加百列中學離柯斯提洛家開車大約十分鐘，警車不得不一台一台開進校園。大批身穿藍色百褶裙和西裝外套的好奇女學生盯著車隊駛過。艾娃領著柯斯提洛太太下車時，一輛灰色捷豹ＸＪＳ衝進她們旁邊的停車格。

「你們是什麼意思？」開車的男子大發雷霆。柯斯提洛太太快步走到他身旁。

「親愛的，請冷靜一下，他們只是要跟露西談談。」

「先跟我談。」他氣勢逼人地站到艾娃身旁的警員面前。「這裡的負責人是誰？」

「是我。通納督察。你是約翰·柯斯提洛先生對吧。我們需要跟令嬡說幾句話，兩位可以陪著她，但我得要請你保持冷靜。」

「小姐，別叫我冷靜，妳舉出那些荒謬的指控，還大搖大擺進入我女兒的校園，害我太太心神不寧。我要怎麼跟校長解釋？」

一群穿著白色網球服的女生跑過車旁，頭髮在風中飄揚，老師扯著嗓門要她們快走。這時一道聲音從卡倫納胸口的高度傳來。

「爹地，媽咪，怎麼了？」

露西．柯斯提洛身材苗條，非常苗條。這是卡倫納的第一印象。除此之外，她渾身上下充滿運動氣息，或許曾經一時鬼迷心竅，偷吃搖頭丸，但她看起來很健康——皮膚光澤飽滿，頭髮綁成馬尾，手握網球拍——一副無憂無慮的模樣。

「妳就是露西嗎？」艾娃說：「我是警察，可以跟妳談談嗎？」

卡倫納從艾娃的語氣聽出她的心情。出錯了。這個女孩不可能剛生過小孩。

「那個嬰兒大概是在哪天出生？」約翰．柯斯提洛問道。

艾娃說出案件細節，瑪莉．柯斯提洛緊緊攬著女兒。

「露西當時參加校外教學，住在一間外展訓練中心。在審問我的孩子前，希望妳先確認所有的事實。」

艾娃向一名組員點點頭，要對方進學校問個清楚。

「介意讓露西給這位醫生做個簡單的檢查嗎？只要幾分鐘就好，沒有侵入性的醫療行為，你太太可以陪在旁邊。」

約翰．柯斯提洛的表情顯示他介意到不行，但他的妻子點頭安撫他，陪著露西到舍監辦公室接受檢查。

「我該去跟校長處理好這件事了。通納小姐，我要妳為這件事丟掉飯碗。」說完，他大步離開。

「一定是處理ＤＮＡ資料的時候出了錯，檢體污染或是軟體有問題。」卡倫納說。

「你有沒有聽人說過天底下沒有白吃的午餐？我早該知道事情沒有這麼單純。」艾娃回答。

警員前來報告露西上禮拜確實不在愛丁堡。不只如此，這個女孩在校外教學期間玩了獨木舟、攀岩、健行，全都有照片能證明。他們一點也不意外醫生證實露西沒在幾天內生產過。艾娃向那一家人道歉。

「露西，柯斯提洛先生，柯斯提洛太太，感謝你們配合警方調查。若是造成你們的不快，我深感抱歉。實驗室比對出露西的ＤＮＡ，所以我們才會打擾你們。」

「我想是毒品那件事吧。」約翰．柯斯提洛對他女兒皺眉，咬牙切齒。這個女孩才剛接受警方醫師的檢查，即將要面對學校裡永無止境的八卦，卡倫納覺得這名父親太過嚴厲了。

「這是重大的缺失，我們非常的抱歉。露西，希望不會害妳惹上麻煩。」艾娃鑽回車上，卡倫納跟著她上車。她的冷靜維持到車子開上大馬路。

「天啊！爛透了！」她猛搥方向盤。「我浪費了時間跟資源，還要被人投訴，案情又沒有任何進展。」

「妳只是基於到手的情報行動。不然妳還能怎麼辦？露西的特徵完全符合——小女生，到了可以發生性行爲的年紀，同時居於弱勢，又住在愛丁堡。妳只是要請鑑識組重來一遍。」

「今晚還要去說那個該死的演講。要是記者沒闖進講堂，逼問我怎麼搞砸了，那算我走運。媽的！」

「停車。」卡倫納開口。

「幹嘛？」

「停車，然後下去。」艾娃把車停進小巷，卡倫納打開駕駛座車門，指示她換到副駕駛座，由他開車。

「我還沒有氣到變成危險駕駛的程度。」

「回警署前妳有二十分鐘的時間。別再浪費力氣，拿起手機叫鑑識組重做所有的檢驗。這是我在國際刑警組織學到的，有問題的時候還管它什麼要先冷靜，趁著怒氣衝上來的當頭處理事情，可以讓每一個經手的人員都火燒屁股。開工吧！」她開始撥號。

等到卡倫納停好車，艾娃能做的只剩下向總督察說明狀況。

「別道歉，跟貝格比說妳做了什麼事情就好。」卡倫納建議道。「讓他了解露西的父親很可能會投訴，警告他柯斯提洛先生是什麼樣的人。要他做好心理準備，然後來找我。我陪妳去演講，就不會有個制服員警跟著妳到處跑了。」

「好，你在現場一點都不突兀。」

「還是說妳要找員警陪同？」他比出投降的手勢。

「不了，抱歉，感謝你的協助。不過我相信你晚上還有別的事情要做。你也知道總督察不付加班費的。」她笑道。

卡倫納在專案會議室找到瘋狂翻閱資料的崔普警員。

「這些是什麼？」他向忙得一塌糊塗的部下提問。

「失蹤人口檔案。我擴大範圍到其他大城市，用性別、年齡、相似的特徵來篩選。老實說沒有查到什麼目標。」

「沒有人跟我們手邊的失蹤者特徵一致嗎？」

「沒有。兩名年齡差不多的女性毫無預警地離家，但她們不像瑪吉或是布克斯頓那樣社會地位崇高，而且她們都有憂鬱的現象。沒有綁架的跡象，沒有屍體冒出來。除此之外，一名格拉斯哥的皮條客宣稱他手下有個女生不見了，但她完全是不同類型的對象。」崔普說。

「好吧，幫我把這些失蹤案件的細節整理成一份報告。我再一個小時就要離開，陪通納督察到愛丁堡大學演講。關於她收到的恐嚇，有其他消息嗎？」

「鑑識組什麼都沒查到。沒有指紋，紙張跟墨水都是很常見的品牌，沒有任何微物跡證。送信的人一定很清楚要如何脫身。沒有人非法闖入警署，監視攝影機什麼都沒拍到。」

講堂坐得很滿，艾娃害怕的媒體記者不見蹤影。他們在前廳與娜塔莎．法吉教授會合，她看起來比前晚還要拘謹，但接下來她擠擠眼睛，遞上一杯雪利酒。

「艾娃還好嗎？」娜塔莎低語。「她好像有點心不在焉。」

「今天挺忙的。不過她撐得過去。」卡倫納說。

娜塔莎歪頭打量他，卡倫納知道她正在給他打分數。「是沒錯，但她終究沒有鑽石那麼堅硬，你留意點。」她領著艾娃進入講堂，兩人一同登台。

卡倫納首度窺見這位同事的過人才華。艾娃舉重若輕地從蘇格蘭的司法體系講到各國懲戒模式的比較，接著轉向懲罰的道德觀。聽眾全程屏息聆聽，沒有人在座位上扭來扭去、把原子筆弄掉，或是溜去上廁所。等她說完，學生們起身鼓掌致敬。站在她身旁的娜塔莎對此似乎毫不意外。

「太了不起了。」跟艾娃一起回到前廳時，卡倫納悄聲讚美。

「閉嘴。」她的臉頰泛紅。

崔普警員帶著一名穿著制服的警員從人群中現身。「我打過電話，可是你沒有接。」他說。卡倫納嘆了口氣，演講開始前他把手機調到靜音了。「在格蘭頓港那邊發現一些東西。你趕快過去。總督察叫我帶這位警員護送通納督察。」

「是屍體嗎？」卡倫納問道。

「也不是……老實說目前還無法確定。」

卡倫納回到艾娃身旁，垂頭在她耳邊說明狀況，不讓其他人聽見，然後轉身離開。排隊等著跟艾娃寒暄的是一名身高普通、有些過胖的男子，鞋子擦得雪亮，西裝筆挺。卡倫納沒有多看他兩眼。

不過雷吉納・金多看了他好幾眼。他發覺他比廣播新聞傳達出的形象還要自命不凡。他發覺女性不會在卡倫納靠近時閃躲。他看出娜塔莎的好朋友跟卡倫納相當親近。金凝視著娜塔莎。期待她望向自己的眼神和通納督察投向那個法國人的目光一樣。他眞想在她耳邊呢喃，恭賀她的成就，在簇擁她的人群中與她共享私密的瞬間。他凝視娜塔莎好半晌，想傷害她的衝動幾乎淹沒他的理智。

19

現場沒有屍體。說得準確一些，現場沒有稱得上「人體」的事物。卡倫納一走進那間倉庫，淚水瞬間湧出。鑑識人員遞給他整套防護裝、眼鏡、面罩。

崔普在他套上裝備時向他說明。

「今晚的夜班保全在巡邏途中聞到怪味，找到味道的來源，覺得事情不簡單，連忙呼叫支援，從碼頭管理員辦公室找來另一名保全。兩人打開那個塑膠桶，看到整桶紅棕色液體。」

「不過是一個桶子而已，味道怎麼會這麼重？」卡倫納調整面罩，給予口鼻舒適的保護。

「他們慌了，桶蓋邊緣卡了一束人類的頭髮。他們知道裡頭的東西肯定不對勁，其中一人握住撬棍，想把它拔出來，卻卡到桶子邊緣，把整個桶子掀翻了。」

「智障。他們在哪？」無論那兩個傢伙受到多大的震撼，卡倫納都沒有心情可憐他們。

「在急救員那邊。裡頭的化學物質濺到他們身上，兩個人都要送醫檢查。派了幾名員警跟他們一起過去做筆錄。長官，請往這裡走。」崔普指著橫跨地下儲藏室的金屬走道。卡倫納只能用一片狼藉來形容走道另一端的現場。

桶內的液體擴散範圍極廣，鑑識人員努力維護尚未被污染到的區塊。原本倒在那灘液體中央的空桶子已經移開，攝影師拍下各處細節。

「你們知道這是什麼藥劑嗎？」卡倫納詢問正在撈取樣本，往試管上貼標籤的男子。

「很可能是氫氧化鈉。根據骨頭被破壞的程度，我敢說犯人有拿水稍微稀釋，讓腐蝕過程更快、威力更大。也就是俗稱的鹼液。少量的氫氧化鈉很容易入手，如果要大量購買，也只需要提供身分證明。」卡倫納看他用鑷子夾起一樣物體，對光仔細觀察。

「這是什麼？」崔普問。

鑑識人員轉了幾個角度，才開口回答：「有點受損，不過我相信這是人類的牙齒。會交給鑑識牙科專家確認。」他裝好那顆牙齒，交給登記證物的員警。

不用他們多說，卡倫納很清楚要採集到犯人的腳印是不可能的任務。現場臭氣薰天，滿地黏膩。他更在意那兩名保全。

衛生小組已經抵達倉庫外，準備清理現場，降低對周遭環境的影響。卡倫納瞄到救護車正要開走，連忙衝上去，擋在車子前面，駕駛猛然扭轉車頭。

「我不知道你在想什麼，我們正要前往醫院……」急救員開口。

「暫停一下，我要跟目擊證人說幾句話。」卡倫納大吼，舉起警徽。「打開車廂。」門板蕩開，車上坐了兩名戴著氧氣面罩、身披毛毯的男子。

「你們是保全嗎？」他問。右側的男子點點頭。

「現場有沒有監視攝影機？」男子搖頭。「日班的保全呢？是誰跟你交班？」

他拉下氧氣面罩。「老兄，經費不足。我們只有晚上才會過來，不讓小鬼跟毒蟲跑進來鬼混。我一直跟公司說早晚會出事，他媽的根本沒人聽。」他咳了起來，戴回面罩。卡倫納爬下救護車，甩上車門。

「崔普，檢查碼頭周圍所有的監視攝影機。道路、停車場、私人保全系統。追查桶子究竟是從哪冒出來的。現場蒐證完畢後，我要跟病理學家開會。」

「是的，長官。」崔普抄下指示。「我想可以派人在這一帶搜索棄置的手推車。」

卡倫納挑眉。「這回他總不能用行李箱吧。一定有手推車，可是沒在倉庫裡看到這類工具。」

「你認為這是珍妮．瑪吉的屍體。我們沒有證據，這可能是完全無關的案子。」在考驗手下警員的同時，卡倫納也在考驗自己。他有同樣的預感，這正是他們等待的發展，但狀況跟第一具屍體差距太大了。

「感覺很像他又動手了，解決屍體、摧毀證據。純屬巧合的可能性有多高？」崔普問。

「好吧，派兩個人去找手推車。問問隔壁棟的工人，看他們有沒有碰到陌生人。我不覺得我們的兇手能混進這種地方。」

這裡是典型的暫放集散貨物的倉庫，室外的大型起重機早已拆除，不過倉庫的門很大，方便貨物進出，各個樓層都設置走道，辦公區有廁所跟休息室。進出倉儲區不難，四周的鐵絲網很好鑽，窗戶破了，可以鑽進去之後再打開防火門。最大的問題在於運送桶子，裡頭裝滿危險物質，不可能橫擺著滾進來。爲什麼挑上這間倉庫？裡頭只有幾個箱子跟廢棄機具。絕對不是隨機棄置。犯人必須知道車子停哪、如何闖入、保全的值班時段。要是現場沒破壞得這麼嚴重就好了。這裡取得的一切證據肯定會在法庭上受到被告刁難。他忍不住覺得冥冥之中有一股力量拚命阻撓警方調查，桶子翻倒只是火上加油罷了。媒體肯定會一擁而上，再過不久，記者會找上某個保全，加油添醋地報導目擊證人看到的血腥場面。他現在只能靜觀其變。卡倫納拍完倉庫外觀的照片，退回自己的辦公室。

⚘

深夜的警署應該是鴉雀無聲。今晚能處理的工作不是在現場就是在實驗室。他沒料到賴弗利警佐會在專案會議室召集幾乎所有的組員，還有幾張生面孔。卡倫納進門時，沉默厚實得如同磚牆。

「是她嗎？」賴弗利問道。卡倫納思索究竟要提供官方說法，還是分享他自己的觀點。最後他選擇折衷的說詞。

「雖然有證據指出桶內裝的是人類屍體，還無法確認被害者身分。實驗室會徹夜檢驗遺體，看能不能採集到可以使用的DNA。在鑑識調查完成之前，不該抱持任何先入爲主的猜測。」卡倫納說。

「他們找到的頭髮顏色跟珍妮·瑪吉一樣。」賴弗利嗓音拔尖，雙手握拳。卡倫納很想叫大家解散，找賴弗利私下聊聊。

「在化學藥劑的影響之下，不能確定被害者的髮色。我們甚至無法斷定被害者是女性。今晚沒有我們能使力的地方，我要各位明天一大早來報到，先回去休息。早上八點會有更詳細的簡報。」

「現在就該全力搜捕殺害珍妮的兇手，幹嘛多浪費一晚？我才不要等著看會發生什麼事。這些人都願意出力。」

「警佐，在行動前，你必須考慮到死者可能不是珍妮·瑪吉。」卡倫納警告道。

「是嗎？」賴弗利嗓門太大，離卡倫納太近。房裡其他人不由得憋住呼吸。「長官，如果沒有你那場記者會，說不定那個狗娘養的混帳就不會被逼得動手殺害珍妮·瑪吉。要搞清楚狀況的人是你。」

卡倫納知道賴弗利心裡難受，但鬧到這個程度實在太超過了。無論他有多想發洩滿腹鳥氣，順著賴弗利的意跟他大打出手，然而在眾人面前失控一點都不値得。他後退一步。

「警佐，注意你的語氣。我說過了，回去休息。或許明天你會想起指揮系統的意義。如果到了早上你還轉不過來，我們要來好好談一談。」卡倫納頭也不回地回到辦公室。調查行動最要不得的就是放任情緒高漲。他照著自己的建議返家。

隔天早上七點，卡倫納被簡訊吵醒，得知病理學家能在九點半跟他碰面。真是太感人了。鑑識組肯定忙了一整夜，雖然這代表總督察又要對加班時數皺眉了。他猜今天八成沒空吃午餐，炒了一大盤蛋儲備能量，這時傳來第二封簡訊，他無視鈴聲，往吐司上塗奶油。若是緊急事務，電話會比簡訊確實。八點前應當要在家裡好好享受早餐。

他嘴裡咀嚼，眼睛不時瞄向手機，過了一會才正視螢幕顯示。寄件人是賴弗利警佐，他壓下直接刪除簡訊的衝動，一探究竟的渴求占了上風。他按下簡訊的圖示。賴弗利通知貝格比總督察找他開會，還神祕兮兮地提到「其他與珍妮．瑪吉謀殺案相關的人士」也會參與。尚未正式確認實情就替被害者命名，卡倫納心頭一陣不快，只能逼自己站在賴弗利警佐的立場思考。認定桶子裡裝的就是牧師的遺體也不算無的放矢。

「去他媽的！」他對著面前冷掉的咖啡咒罵。「鬼才要去開會。」從卡倫納腦海中浮現的第一個想法是他的思緒和言語轉換成英文的速度比他預期的還要快。父親過世後，他母親堅持要他使用兩種語言，即便如此，搬離只說法語的國家依舊是不得了的變化。顯然他的潛意識比他的胃還具備適應能力。第二個想法是人們無意識間說出口的自言自語大多是真話。他想到腳踏車騎士聽見那個綁架犯——可能已經升級成謀殺犯了——在街上喃喃自語。卡倫納暗自決定一進辦公室就要找出腳踏車騎士的筆錄。

一個小時後，薩特警員在走廊等著陪卡倫納進總督察辦公室。房裡除了艾娃，還有一名他沒見過的女性。

「盧克．卡倫納督察，這位是艾爾莎．藍伯特博士，愛丁堡的首席鑑識病理學家。我想你們還沒有見過面。」貝格比總督察替兩人引介。

等到艾爾莎．藍伯特起身，卡倫納才發覺她有多麼嬌小，可能還不到五呎高，瘦得像竹竿。她仰頭看清他的面容，伸出手。

「我應該是比你晚一步抵達倉庫，接獲消息時我剛好在驗屍，所以才晚到了。瓊提．史普跟我提過你。」

貝格比輕咳一聲，示意卡倫納坐下。「艾爾莎，我們兩件案子一起討論吧。我知道妳很忙，但我希望手下團隊知道另一邊的狀況，彼此支援才不會出問題。妳打算從哪裡說起？」

「謝了，喬治。」她盈盈一笑，點開手中平板電腦的資料夾。「就從嬰兒案開始吧。眞是悽慘又悲傷的案子。兩名嬰兒在失溫而死之前都相當健康。我跟小兒科醫師聊過了，倖存的孩子也沒有受傷，恢復得很好。艾娃，我知道妳認爲DNA檢體有問題，所以我請鑑識人員再驗一次，結果還是一樣。因此我又找了一位認識的教授看報告。妳的想法一半對一半錯。」

「我不懂。到底血液的DNA是否與露西．柯斯提洛相符？」艾娃說。

「根據實驗室一般使用的標記法，答案是肯定的。他們通常會比對十五到二十個DNA節點，正確性相當高。他們仔細檢視後，找到四個名叫單核苷酸多態性的突變。換句話說，露西．柯斯提洛的DNA跟殘留在嬰兒身上的血液之間，只有四個幾乎無法察覺的差異。這代表血液的主人雖然不是露西．柯斯提洛，只有一個可能性：同卵雙胞胎。如果不是這樣，一開始的檢驗就會出現明顯差別。」

「露西有個雙胞胎姊妹？」艾娃一邊回話一邊傳簡訊。換作是卡倫納，他也會這麼做——派警員去查出生紀錄跟所有能取得的資料。「可是那對夫妻什麼都沒提……」

「妳在他們家中有沒有看到什麼？」貝格比問道：「全家福照片之類的？」

「我們沒有機會進屋。嫌犯露西當時在學校，所以我們直接移動過去。等到醫生確認她沒有生產過，學校也證實她的不在場證明，我們更沒有理由繼續搜查。」

「那對夫妻沒在我們面前提過雙胞胎姊妹的存在，他們一定察覺到我們要找的不是這個女兒。」卡倫納說。

「長官，約翰．柯斯提洛有沒有投訴？」艾娃問。

「沒有。」總督察驗證了她的想法。

「露西的父親一點都不單純。」艾娃的臉頰越來越紅。「他明明清楚得很，還在那裡裝腔作勢。再跟那對夫婦談話前，我會先查出她讀哪間學校。謝啦，艾爾莎。介意我先走一步嗎？我要趕快去找我的組員了。」

「去吧，親愛的。」藍伯特博士應道。「幫我向令堂問好。」在艾娃衝出門外前，病理學家輕吻她的雙頰。卡倫納非常好奇愛丁堡的上流階層社交圈有多小，首席病理學家竟然與督察的母親熟識。難怪艾娃會認爲她的部下討厭她高人一等的出身。

「好啦，盧克。」艾爾莎流露出善良阿姨的氣息，指尖滑過螢幕，切換到另一個資料夾。「桶子裡的遺體。肯定是人類，骨盆碎片證實死者是成年女性。殘留的骨頭腐蝕得太嚴重，無法檢測出DNA，不過卡在蓋子邊緣的頭髮屬於失蹤者珍妮・瑪吉。從你的表情來看，你似乎不太意外。」

「確實如此。人體融化到這個程度需要多少時間？」

「大部分的液體都滲入地板了，很難提出可靠的調查結果，不過我推測大約兩天。化學藥劑經過處理，讓分解速度提升到極限。要是幹下這件事的人加入的水量沒這麼準確，或許還會留下一點軟組織。」

「好吧。我去通知家屬，準備召開記者會。藍伯特博士，感謝妳在短時間內取得檢驗結果。」

「有件事情滿有意思的。」她補上一句。卡倫納收拾筆記本的手停在半空中。「牙齒。沒有收集到完整的齒列，桶子裡的牙齒勉強還能請鑑識牙科專家跟珍妮・瑪吉的牙醫紀錄比對。他確定是她的牙齒沒錯，只是我們只找到下排的牙齒。上排牙齒不是不見了，就是完全融化了。」

卡倫納記下這件事，想了想背後的意涵。「既然上排牙齒融得精光，下排牙齒怎麼可能只受到輕微損傷？」

「好問題。」她說。「還有一個問題，爲什麼找到的牙齒分解程度不像其他骨頭一樣徹底呢？」

「骨頭跟牙齒通常會以同樣的速度分解嗎？」他問。

「還是有點差異，但依照兇手對化學藥劑的認識，我想牙齒應當會融得更嚴重。目前還無法解釋這個現象，我們正在測試分解速度，不過要花上幾天時間。到時候再跟你報告。」

卡倫納放病理學家跟總督察繼續聊犯罪率跟政治話題。他得先找賴弗利警佐談談，這不是什麼值得期待的差事。沒走幾步路就發現目標——賴弗利坐在卡倫納的辦公室裡，身旁有一名穿著花呢西裝的白鬍子老先生和套著牧師立領的男子，兩人都是生面孔。崔普站在門邊，緊張兮兮，顯然正在等他回來。

「我說應該要找間會議室。我很抱歉……」警員說。

「我說在這個狀況下，你不會在意。」賴弗利警佐打岔道。他雙眼通紅，頭髮扁塌，一看就知道缺乏睡眠又疏於打理。雖然嗓音緊繃，他把音量跟措辭控制到比上回兩人交鋒時還要文明的程度。不是顧念到他，卡倫納心想。比起他，警佐更尊敬另外兩名陌生人。

「別擔心，崔普。你可以離開了。」聽到這個命令，崔普一副如釋重負的模樣，一眨眼就溜得不見蹤影。「我是盧克·卡倫納督察，相信兩位已經知道了。」他向那兩人伸手。

「這位是珍妮的同僚，保羅·邱吉爾法政牧師，還有艾德溫·哈里斯教授。」賴弗利介紹道。「我們要來討論下一步調查行動。」

卡倫納深吸一口氣。向相關人士解說案情是常見的作法，然而讓他不爽的是賴弗利沒事先知會他一聲。

「謝謝你，警佐，不過我還沒告知被害者家屬昨天的事件，因此目前還不適合討論此事。」

「請先緩一緩。」哈里斯教授開口道：「我跟執法機關合作多年，很清楚警方的程序。保羅牧師昨晚已經和珍妮的家人談過了，我們不用在這件事上頭浪費時間。」

「你跟她的家人談過了？沒有經過專業訓練的員警陪同？」卡倫納直瞪著賴弗利。「昨晚我們沒有掌握任何實際證據。你等於是公然違反規約，警佐，你知道自己幹了什麼好事嗎？」

哈里斯一手擋在卡倫納和賴弗利之間，阻斷他們的對峙。賴弗利的視線回到教授身上，卡倫納繼續狠狠瞪著他的部下。

「督察，就先別拘泥於誰在什麼時候說了什麼話吧。我們都是專業人員，遺體屬於瑪吉牧師的可能性極高，我希望你可以採取更實際的作法。重點在於時間寶貴，我是來幫忙的。」

卡倫納覺得自己被甩了一巴掌。「你打算提供什麼協助？」

輪到保羅牧師上場，他的發言像是經過精心排練，教授假惺惺地垂頭表示謙虛。

「卡倫納督察，哈里斯教授是世界知名的側寫專家。他已經退休了，但還在全球各處演講，撰寫相關著作。他也是我們教會多年以來的虔誠信徒，與珍妮相當熟識。教授願意提供協助，相關費用由教會支出，希望能讓賴弗利警佐口中陷入瓶頸的案情撥雲見日。」

「恕我無法接受你們的好意。」卡倫納說道：「你沒有取得機密資訊的權限，通常也不會靠著兩起謀殺案進行側寫。」

「上回哈里斯教授與我們部門合作時，貝格比總督察表示他能給予教授權限。既然聖瑪莉教會願意負擔支出，我們可以馬上開工。」賴弗利說。

「我們晚點要針對這個案子開會。」卡倫納應道。

「總督察要我協助你加快腳步。我已經獲得艾琳．布克斯頓母親的同意，將資料交給哈里斯教授。」賴弗利一副大事底定的模樣。

「我希望能立刻取得所有的情報。」經過兩人替他打包票，哈里斯教授掌控局面。「有一間專屬的辦公室是最好不過，可以省下我四處走動的時間。」他摸摸鼻翼，嗓音輕柔如低語，笑容充滿自信。這名男子並不是要取得同意。

「在釋出調查情報前，我要先見總督察一面。」卡倫納說：「我還有其他更要緊的事情等著處理。感謝兩位特地跑一趟。」他走到三人之間，拉開辦公室的門。

「督察，相信你很清楚越早讓我接觸證據，我就能盡快告訴你們該鎖定哪個目標。」哈里斯臉上笑容不變，語氣更加強硬。

「我會記住這一點。」卡倫納回答。

賴弗利整張臉漲得發紫，牧師按住他的手臂安撫他，以卡倫納聽得見的音量說道：「馬修，別自找麻煩。讓我親自跟總督察談這件事。」

三人浩浩蕩蕩地離開，哈里斯高聲警告時間有多麼寶貴。卡倫納拎起話筒，按下艾娃的手機號碼。找總督察說話前，他需要情報和驗證自己想法的對象。

「艾娃，方便說話嗎？」

「我再三分鐘就要上車。如果你到我車上，抵達聖加百列高中前你要說什麼我都聽。我只能做到這一步囉。」他立刻拎起外套衝出門外。

20

卡倫納在艾娃踩下油門的前一秒跳上車，輪胎轉動時，他的腳還掛在車門外。他試著不要太用力巴住椅墊，專心提出他需要解答的疑問。

「妳知道艾德溫．哈里斯教授這個人嗎？」在其他人面前，他還會考慮一下措辭，不過他很清楚對艾娃不需要拐彎抹角。

艾娃的視線離開路面半秒。「看起來像是穿著獵鹿裝的上帝的傢伙？」卡倫納忍不住笑出聲來，緊繃的情緒瞬間破裂。標示時速的指針掉了一格，他鬆開抓住椅墊的雙手。「他在我升上督察前就退休了，但我當警員期間有看他參與幾個案子。你怎麼會跟他扯上關係？」

「有人找他來幫我。可是幫忙的定義是我不接受不行。他跟珍妮．瑪吉的教會關係匪淺，他們已經說服總督察了，因爲警署不用出錢。假如我拒絕後又發生命案，我會變成全民公敵。」她猛然右轉，卡倫納的顴骨瞬間貼上車窗。

「要不要換個角度想想？跟警方合作多年的專業人士要免費提供服務，你幹嘛不領情？又不會少一塊肉。」卡倫納膝蓋抵住置物櫃，好不容易坐穩。

「我不相信側寫能帶來多少進展，同時也擔心遭到側寫誤導。最糟的情況就是我們放過應當要列爲嫌犯的可疑傢伙。而且哈里斯也有私心，他想跟教會邀功，說不定還會太過努力追求不存在的答案。」

「那就讓他當顧問，提出側寫，然後丟到一旁去。」艾娃說。

「我可能沒有太多選擇權。我只想知道是否能信任他的專業判斷。」

「你的本能已經告訴你別這麼做。相信不用我多說，你也知道要順從自己的直覺。」她瞄了手錶一眼，對著紅燈低咒：「混帳。」

「是沒錯啦，只是我希望妳能替我的直覺擔保。」

「他太享受辦案的過程了，這點讓我很不爽。他不只是長得像小孩子塗鴉出的上帝，簡直是把自己當成上帝了。第一次聽到他發表簡報的時候我就有這種感覺。他每句話都在自吹自擂。我認識的優秀警官老是擔心自己的判斷出錯、不夠認眞、錯過了什麼線索。他完全不是這種人。」

「謝謝。」卡倫納說。「我就是想聽到這種話。」

「不客氣。可是你要小心。他在警界混了夠久，深得幾個大老的心。那副目中無人的模樣就是這樣來的。盡量跟他劃清界線。如果是我，我會放總督察對付他。你要謝我的話就幫我說話吧，有個高階證人陪我面對接下來的投訴，我就能安心了。」她第二次駛進聖加百列中學的停車場。雨中的校舍宛如空城。卡倫納跟著艾娃進入接待區。

「需要幫忙嗎？」女性職員展現出超乎必要的不悅，眞的像是回到學生時代。

「我是通納督察。」艾娃亮出警徽，不過接待員很清楚她眼前的人是誰。「費莉希蒂．柯斯提洛留有就學紀錄的最後一間學校是這邊。她目前還在這裡唸書嗎？」職員還來不及回答，從辦公室後方的門內走出一名男子。

「本校學生的資訊屬於高度機密。請問妳是否擁有相關權限呢？」他像是緊張兮兮的嚙齒動物，扯出僵硬的笑容掩飾戒備。卡倫納很想請他乖乖站好，手腳別亂抖。

「有。」艾娃遞出一份文件。

「請給我一點時間聯繫本校的律師，讓他們確認文件內容。我不希望背上瀆職的指控。」

「抱歉，請問你是？」艾娃問。

「賈斯丁．柯里。本校校長。」

「柯里先生，我正在執行重大案件的調查。你想聯絡貴校的法務顧問請自便，我現在就要取得費莉希蒂．柯斯提洛的資料。」艾娃的語氣毫無起伏，其中蘊含貨眞價實的堅持。柯里的笑容漸漸消退。

「取得學生的資料可能要花點時間，請兩位稍坐一下，我這就去處理。」卡倫納知道艾娃沒打算坐下。如果這位校長相信他能混過去，那麼他眞是太不會看人臉色了。

「雖然你能聯絡貴校的律師，你的接待員不該向其他人士提及我們的來意，希望我說得夠清楚。卡倫納督察和我會陪同你。」艾娃說。

柯里收起笑臉，一瞬間，卡倫納以爲他會板起臉抗議，不過校長終於恢復理智，意識到眼前的鐵板有多厚實。

「請進。」他指著自己的辦公室。

房裡放著柔軟的皮椅、胡桃木家具、軟綿綿的地毯。辦公桌後方牆上懸掛惹眼的鍍金相框，鑲著校長年輕時跪在某位主教跟前的照片。卡倫納不太關注宗教界的新聞，認不出那人是何方神聖。

俯瞰操場的窗前擺了兩個大型檔案櫃，今天窗外看得到飛舞的樹枝。看來這是在私人教育機構服務的好處之一。柯里走向左側的檔案櫃，拉開標示A至D的抽屜。

「柯里先生，你的資料整理得很好，我就從這裡接手了。」艾娃氣勢逼人。無論柯里謊稱找資料很花時間的理由爲何，肯定都不是爲了協助警方。艾娃抽出兩個標記「柯斯提洛」的資料夾，其中一個的名字是費莉希蒂。

「請問妳要查什麼呢？」柯里問道。艾娃沒有回應，她忙著翻閱內容，專心尋找她需要的情報。

「這間學校有多少學生？」卡倫納引開他的注意。

「包括第六學級在內，總共四百二十人。」他答得乾脆。「你們在調查什麼案件？」

艾娃淩厲的眼光射向他。「費莉希蒂已經五個月沒來上學了，對吧？」他點頭。

「在她的資料最末尾只寫了GM兩個字母。這是什麼意思？」

校長頓了一下，咳了一聲，又陷入沉默。卡倫納看艾娃狠狠瞪著柯里，推敲她會給他多少時間。沒有太久。

「柯里先生，你保持沉默的理由是什麼？」艾娃問。

「我不回答這些問題會犯法嗎？」柯里奮力掙扎，但他臉上寫滿挫敗。

「你何必迴避這些簡單的問題，阻撓警方調查刑事案件？」艾娃把資料夾塞到腋下。

「這是另一所學校的簡稱。聖哲拉．馬則中學。」柯里臉色陰沉。

「這間學校在愛丁堡嗎？」卡倫納向艾娃問道。

「我沒聽說過愛丁堡有這間中學。」她的視線轉向柯里。

「在愛丁堡沒錯。你們問完了嗎？」他回答。

艾娃沒空閒聊，她已經取得需要的資訊。離中學的放學時間大概還有兩個小時，他們不到一分鐘就坐回車上。卡倫納用無線電傳遞情報，很快就取得住址。

「難得有我沒聽過的本地學校。」艾娃說：「我知道路名，只是從沒注意過那裡有間學校。」

回到主要幹道，艾娃打開警示燈。卡倫納沒有打擾艾娃思考，兩輛警車跟在他們後頭。她找了一名社工跟先前替露西．柯斯提洛檢查的醫師到那間學校會合。隨便校方要不要聯絡柯斯提洛夫婦。艾娃前一次對他們已經算是手下留情了。

聖哲拉．馬則中學是一棟老舊的市區外圍大宅，這條路過去肯定住滿了該區的有錢人家。建築物外頭沒有任何標示，告知訪客此處的名稱或是用途。氣勢不凡的老房子，邊角有些年久失修，雖然乍看覺得它需要好好修繕一番，但仔細觀察可以看出門窗都是新品，把他們擋在金屬柵門外的保全系統也非常先進。

兩人把車丟在路旁，徒步挺進。艾娃派兩名穿著制服的警員守住前門，請另一名警官繞到大宅後側，確保沒有人溜出校區。沉重的木門終於敞開，一名修女站在門口。

「有什麼事嗎？」她連好臉色都懶得偽裝。比起柯里令人作嘔的討好姿態，卡倫納更中意如此直接的表現。艾娃再次亮出警徽，被修女接過去仔細檢查。

「我們要跟費莉希蒂．柯斯提洛談談。」艾娃說：「妳可以打電話通知她的雙親，不過我們有兒福人員陪同，也希望她接受醫師檢查。」

「跟我來。」卡倫納打量修女的面容，看不出半點端倪。她臉上沒有驚訝，連一絲好奇都沒有，她半個問題都沒問。

「柯里已經打電話警告他們了。」艾娃悄聲道。修女從腰帶解下一大串鑰匙，翻找一陣，打開一扇內門。門後是往左右延伸的走廊，另一扇上鎖的門正對著眾人，透過門上的玻璃可以看到一道樓梯。

「左轉。」她領著他們來到一間辦公室，房裡只有四張給訪客坐的直背木椅、樸素的桌子，還有她的高腳凳。唯一證明現在是二十一世紀的物品是桌上的通訊器材。她按下一個閃著紅光的按鈕，對別間辦公室的人下令：「把他的電話接過來。」

艾娃正要發難，修女豎起手掌阻止她。

「柯斯提洛先生。」修女說道：「我這裡有兩位警官在場，因此我們的對話並非完全保密。我要請你證實最近你讓費莉希蒂離開本校，目前她由你照顧。」

「沒錯。」約翰．柯斯提洛的語氣少了先前的咄咄逼人。

「費莉希蒂在你身邊嗎？」艾娃起身，站得比修女伸出的手臂還高。

卡倫納似乎聽見背景傳來悶悶的啜泣聲，不知道柯里是先聯絡這間學校還是費莉希蒂的雙親。無論如何，約翰．柯斯提洛的態度轉變都很可疑。「她在這裡。」他說。

「我們這就過去。請不要離家。我們馬上就到。」艾娃已經走到門邊。

「記住你的職責。」修女補上一句。線路彼端的哭聲更加響亮。柯斯提洛太太的忍耐已經到了極限。

掛斷電話前，約翰．柯斯提洛先生壓低音量應道：「是的，艾涅斯丁修女。」

「費莉希蒂一直都在家裡。希望下回惹出這種鬧劇前，警方可以搜查得更加徹底。」修女對艾娃說。卡倫納注意到她桌上有一根教鞭，隨手拎起來把玩。

「讓人想起痛苦往日的小道具嗎，修女？」他問。

「警員，這只是個古董罷了。」修女話中帶刺，或許她沒受到驚擾，但顯然心情大受影響。兩人跟著艾涅斯丁修女沿走廊回到原處，途中她屢次停下來開鎖。

「以學校來說，這裡的保全系統格外嚴密——那麼多監視攝影機、柵門。」卡倫納說出他的觀察。

「這裡是私人學校，我們要維護許多年輕女孩的安全。若是惡意人士闖入，只靠著我跟其他修女能保得住她們嗎？我還以爲員警能夠理解本校的處境。」他還來不及回應，她已經關上前門。艾娃大步走向她的車。卡倫納仰望樓上的窗戶。說重視安全太輕描淡寫了。這些窗戶四周全都封死，沒有設置開關的鉸鍊。至少有四支攝影機從不同的角度對著他，等待他離開此處。這是一座要塞。什麼樣的父母會把女兒送來這裡受教育？一上車，他馬上說出心中疑惑。

「露西・柯斯提洛已經因爲毒品交易有了前科，或許這對雙胞胎太過叛逆，柯斯提洛夫婦認爲把她們分開比較好。」艾娃猜測道。

卡倫納的手機響了。崔普正在幫總督察追蹤他的動向。仔細想想也挺合理。他原本以爲只要暫時離開警署半小時，沒想到狀況變得如此複雜。他請崔普派車到柯斯提洛家外頭載他回去。艾娃的調查不會這麼快結束。

他們比崔普派來的車早一步抵達柯斯提洛家，卡倫納看著艾娃敲門。兒福社工先報上自己的身分，接著艾娃柔聲向臉色蒼白的費莉希蒂說明來龍去脈。費莉希蒂只開口確認自己的身分，說她身體狀況還好，能夠接受偵訊。沒有叛逆的表現，沒有青少年的臭脾氣，沒有高漲的氣焰。她只是個沉靜又羞愧的小女生，視線從沒離開地面。或許費莉希蒂・柯斯提洛眞把她的寶寶棄置在公園，但她也還是個孩子，比起犯人，她的立場更像是受害者。艾娃輕輕攬住她的肩膀，帶她搭上警車。

⚘

卡倫納回到警署時，總警督已經讓哈里斯教授跟賴弗利警佐乖乖坐在辦公室裡。眞可惜。卡倫納原本想提前私下說明狀況的。賴弗利警佐肯定都預料到了。

「督察，我還以爲你失聯了呢。」哈里斯說。

卡倫納沒有心情回話，狠狠瞪著哈里斯膝上的資料夾。「我沒有同意在這次會面前釋出機密情報，這是非常不恰當的行爲。」他說。

「我不想浪費一整個早上，因此總督察答應讓我審閱你的警員彙整的失蹤人士資料。我也跟你的組員說過話了，接下來要全速前進。督察，你目前的調查方針是什麼？」

「主要是鑑識證據。我們知道他使用氯仿，花了很長的時間觀察被害人，規劃路線。在珍妮．瑪吉家附近的遛狗民眾提供很模糊的目擊報告，但還不足以畫出犯人的長相。」

「你是打算等他再次出擊，希望下回比較走運嗎？幸好有我加入。」哈里斯說。賴弗利喃喃贊同哈里斯的說法。

卡倫納聽從艾娃的建議，沒有回嘴。如果哈里斯只是要看失蹤人士資料，也不會有太大的害處，崔普也可以少一件事了。

「請隨意翻閱這些證據再跟我報告。」卡倫納說：「就約在後天早上九點吧。」

哈里斯搖搖頭，嘖了幾聲。「明天早上八點。督察，我閱讀速度很快，就算是這麼多文件也花不了我兩天時間。之後我要重新訊問你的目擊證人。」

卡倫納放任哈里斯教授提出各種要求，希望能早點結束這場會面。等其他人離開，總督察把他叫住。

「我知道你不喜歡這樣。」貝格比說：「不過還是請你跟他合作。不會有什麼損失。」

「如果你需要側寫專家，我可以去找人。以前我跟一位很厲害的瑞士心理學家合作過，可以打個電話給她。」

「我們負擔不起。老實講，這傢伙也讓我渾身不舒服，可是讓他參一腳的利益比拒絕他還要省事。」

「我以爲你站在他們那邊。」卡倫納說。

「不要瞧不起我。」貝格比說：「你聽好了，要是再拖下去，我會排在你前面上斷頭台。不要有壓力喔。」

「好吧。不要有壓力。」卡倫納說。

21

崔普警員幹得好。卡倫納從他傳回來的照片裡看到專門搬運油桶的手推車傾倒在格蘭頓港的防波堤下。若不是潮水將它沖到泥濘的沙岸邊緣，他們絕對找不到這個東西。手推車本身可能採集不到多少證據，不過握把上掛著一個厚實的塑膠袋，裡頭裝著珍妮·瑪吉的衣物。這些東西直接送到實驗室，但這只是形式。衣服上的血跡肯定是她的。手推車幫不了什麼忙。正當他要寫電子郵件給艾爾莎·藍伯特博士時，她的電話剛好打進來。

「關於珍妮·瑪吉的牙齒，我們調出跟融化骨頭一樣濃度的氫氧化鈉做實驗，發現牙齒會出現不同的分解速度，就算是這樣，桶子依舊不該留有這麼完整的牙齒。而且我們完全不知道上排牙齒爲什麼會消失。」

「妳的結論是？」卡倫納問。

「下排牙齒一定是跟下顎骨分開放進桶子裡。我們認爲之間有幾個小時空檔。」

卡倫納走到窗邊，眺望下方的灰暗街道。兇手爲什麼要分批融解屍體？或許他在處理屍體的過程中遭到打擾，又或是有其他儀式性的意圖。

「艾琳·布克斯頓的屍體附近有一根棒球棍，是敲爛頭骨、打碎幾顆牙齒的兇器。

瑪吉有沒有類似的傷勢？」他問。

「我想沒有。琺瑯質外層分解了，不過牙齒本身很完整。下顎骨有可能遭受球棒打擊，我們手邊只有碎片，其中好幾片無法拼湊回原本的位置。」

「藍伯特博士，感謝妳通知最新消息。」

艾娃走進他的辦公室時，他正好放下聽筒。

「婦產科醫師證實費莉希蒂．柯斯提洛最近生產過。」她說：「費莉希蒂跟社工說她沒事，還說她生產時有醫生在場，然後就什麼都不說了。我不想逼得太緊，她已經飽受折磨了，可是我還是要問出一些答案。」

「妳問過她的父母了嗎？」卡倫納把剛抄好的筆記釘到珍妮．瑪吉的照片旁。

「我無法提出任何指控，而且他們找好律師了。可以用證人的名義訊問他們，但他們應該不會合作。」

「從接生的醫師那邊下手呢？」卡倫納提議道。

「沒有你想的那麼容易。她接受的可能是私人的醫療服務。」艾娃重重坐進椅子。

「順著金錢的流動。那對夫妻一定直接或是間接付了錢。假如他們不肯說，妳就有理由追查柯斯提洛先生的戶頭，明天早上可以得到答案，跟我這邊相比，可以說是突飛猛進啦。」他說。「來吧，我送妳出去。我現在要去格蘭頓港一趟。」

兩人在樓梯間與哈里斯教授擦肩而過，他正和賴弗利警佐聊得忘我。

「所以說你還沒擺脫他嗎？」艾娃問。

「我在等候時機。妳的死亡威脅有什麼頭緒了嗎？」

「沒有，而且我也沒空多想那件事。就連總督察也放棄派人護送我了。但我還是想不透那封信究竟是怎麼塞進我辦公室門縫。跟我家相比，知道對方能自由進出警署讓我更不安。」

「妳有沒有想過對方可能是某個員警？」卡倫納問。

「我不敢往這個方向想。」她說。「這樣我不管在哪裡都不安全，我會瘋掉的。先別管這件事了，希望寫那封信的人也決定這麼做。費莉希蒂跟社工在那裡，可以等我一下嗎？」

「沒問題。」卡倫納站在一旁，看艾娃跟兒福社工談話。

「如果妳決定今晚將她安置在安全的地方，我就去聯絡兒福單位，找個空房間給她。」社工低聲詢問。卡倫納盯著費莉希蒂。女孩垂頭聽她們說話，充滿戒備。

「可能不會吧。」艾娃應道。「她很脆弱，就算她的雙親不配合調查，我還是想讓她回到自己的房間休息。我去跟柯斯提洛夫婦說明。」

「不要。」費莉希蒂低喃。卡倫納只看到她的嘴唇輕輕開啓，發覺艾娃完全沒聽見。艾娃走向雙開玻璃門，柯斯提洛夫婦在門後等待他們女兒的消息。費莉希蒂雙眼泛淚，她先望向忙著打電話的社工，接著是已經走遠的艾娃，最後看著卡倫納，以嘴型告訴他：「我不想回家。」

「通納督察！」卡倫納大喊。艾娃隔著緩緩關起的玻璃自動門回過頭。他打手勢要她退回來，替費莉希蒂找了張椅子，接著拉艾娃到安靜的角落說明狀況。兩人坐在瑟瑟發抖的女孩身旁，告訴她接下來會發生什麼事。

「妳眞的確定嗎？我無法保證妳今晚要在哪裡過夜，然後妳要接受警方的管束，直到我們確定下一步作法。」艾娃解釋道。

「費莉希蒂，妳有危險嗎？」卡倫納詢問。女孩搖搖頭，退回沉默的厚繭裡。社工講完電話，回來加入三人。

「我改變心意了。」艾娃說：「費莉希蒂今晚還是待在我們可以掌控的地方比較好。有什麼選擇嗎？」

「兩哩外有一間空房，不過那裡是用來安置有暴力行爲的孩子。」

「不行。還有別的地方嗎？」卡倫納看著艾娃湊向社工耳語道：「如果是錢的問題，我來負擔所有的費用。」

「不是的，我只是要找到有受過相關訓練的大人管理的地方。」社工看了看手錶。「有一個經驗豐富的寄養媽媽，如果只是一兩個晚上她或許幫得上忙。這不符合正常程序，可是……」

「太完美了。費莉希蒂，妳不會自己跑掉吧？」艾娃說。

女孩第一次直視她的雙眼。「不會的，我保證。謝謝妳。」她說。

卡倫納獨自開車到格蘭頓港。圍上犯罪現場封鎖膠條的倉庫化爲突兀的花園，與周圍的工業區景色格格不入。舉目所及，花束、花圈、泰迪熊、卡片、信件，還有被狂風吹熄的蠟燭——恰如珍妮太過短暫的生命——包圍了整棟建築物。他花了點時間打量滿地的哀悼與祈禱，沒想到一個人竟能觸及那麼多人的心。他從地上撿起一張卡片，上頭的文字很簡單：「妳已離去，但記憶永存」，另一張則是「妳走得太快」。還有各式各樣的感激與悲痛，有人曾與她親身相處過，也有單純仰慕她的陌生人，在這片充滿愛情的海洋中央，一張邊緣塗黑的卡片上布滿墨水字跡：「婦女在會中要閉口不言，像在聖徒的眾教會一樣，因爲不准她們說話。她們總要順服，正如律法所說的。她們若要學什麼，可以在家裡問自己的丈夫，因爲婦女在會中說話原是可恥的。哥林多前書第十四章三十四至三十五節。」他把那張滿是惡意的噁心卡片塞進口袋，起身時差點撞上一名婦人。她放下一束花，一邊哭著，一邊柔聲哄著掛在她胸前的嬰兒。

「妳還好嗎？」卡倫納反射性地關切。

「眞不敢相信她已經走了。」她低聲回應。「你是怎麼認識她的？」

他不知該如何回答這個問題。事實太過殘酷。「朋友的朋友。」最後他選擇這個答案。「妳呢？」

她順了順寶寶被風吹亂的稀疏頭髮。「這是維多利亞。這個星期六滿六個月。她是珍妮的孩子。」婦人親親孩子胖嘟嘟的臉頰，雙手緊抱襁褓。卡倫納愣愣看著，她的回應太過出乎意料。女子在他開口前繼續說明：「至少我先生跟我是這麼想的。我們想要孩子想了好幾年，就是沒錢做人工受孕。我們負擔不起那麼龐大的支出。在珍妮轉到聖瑪莉之前，我們在她原本服務的教會做禮拜。我跟她提起這件事情時，她說要幫我們出錢。我們先是拒絕，可是努力了這麼多年，那份痛苦越來越難以忍受。最後我回去請她幫忙。」

「她的薪水也付不起啊。」卡倫納說出心中想法。

「那筆錢來自信託基金。她父親有在投資股票，她說她無法把錢花在自己身上，幫助我們生小孩是最理想的用途。」她想對孩子微笑，卻難掩滿臉悲痛。「誰會殺死這樣的好人？太無情了。你知道嗎？她一定會叫我們原諒他。我絕對做不到。我祈禱能放下心中的憎恨，但就是做不到。」或許是感染到媽媽的負面情緒，嬰兒放聲大哭。「警方卻是束手無策。」她繼續道：「還要有多少女性喪命，相關當局才會正視這件事？」

他覺得自己像個替身，無法替自己辯護。他知道已經來不及透露自己眞正的來意。

「我很遺憾。」說完，他轉身離開，覺得婦人在安撫孩子、擦眼淚的同時也注視著他，或許是在他臉上看出他不願多說的眞心話。

卡倫納凝視了這片悲傷與感恩交融的浪潮，從倉庫移動到手推車棄置的地方。倉庫周圍很安靜，距離不遠。兩起命案的棄屍手法和地點沒有明顯關聯。調查團隊找不出布克斯頓跟瑪吉有任何交集。她們遭到同一名男子擄走——她們都是工作勤奮、飽受敬重、在自己的專業領域發光發熱的女性。艾琳．布克斯頓與母親關係良好，不過珍妮．瑪吉出身富裕家庭的消息還是頭一遭聽到。兩人都是成功人士，都是受人景仰的女性。瑪吉更是獲得眾人緬懷。換作是別人，卡倫納會覺得方才那位婦人的用詞——把她的孩子稱爲「珍妮的孩子」——太過誇張了。然而極具衝擊性的悲痛帶來強烈的情緒起伏，使得每一段回憶格外鮮明。若瑪吉沒有經歷如此波瀾，社會大眾可能沒有注意到她的善行，而現在她被昇華成接近聖人的程度。

卡倫納四下張望，風從海上吹來，往他臉上留下一絲鹹味。這個地方沉悶到了極點，沒事不會有人跑來閒晃，只有無聊人士想爬到牆頂取樂。可是兇手勢必數度造訪此處，選上那間倉庫，決定在哪裡停車，判斷丟棄手推車的最佳地點。這個人殺害兩名事業處於巔峰時期、正值人生黃金期的女性，他曾站在這裡，眺望同一片海面，規劃一切細節。卡倫納看著波浪起伏。自從愛丁堡成爲繁榮的國際城市後，海水洗去了多少罪惡？他俯視保住些許珍妮．瑪吉遇害證據的泥濘海岸。潮水帶來更多戰利品——海灘椅、車牌、汽車輪蓋、購物車、被蘇格蘭狂風摧折的傘骨，甚至還有一台嬰兒車。

「他肯定看過這裡不止一次。」卡倫納對著下方的海面說道：「也看到退潮時的景象。」海浪沒有回應，又吐出了一樣物品，歪七扭八的捕蝦籠，大概已經漂流好幾年了。「心思如此縝密的謀殺犯怎麼可能忽略他想丟棄的證物有機會被沖回來的事實？」卡倫納想破了頭。一隻海鷗降落在他身旁，嘎嘎大叫，把他嚇了一跳。倘若他想像力再豐富一點，八成會以爲這隻鳥在笑他蠢。卡倫納掏出手機，打給薩特警員。

他回到家，想起冰箱裡沒有半點食物，思考要不要買個外帶，獨自坐在電視機前吃飯，接著他傳了封簡訊。一個小時後，艾娃．通納走進離他家十分鐘路程的牙買加餐廳。兩人說好今晚不聊工作。她看起來疲憊到了極點，他也是。她頭髮沒綁，棕色的鬈髮在臉頰兩側彈跳。艾娃．通納素著一張臉，從沒想過要花心思討好任何人。待在如此不加掩飾的她身旁可說是無比自在。卡倫納已經幫她點了琴通尼，遞給還沒坐定的她。等她脫下大衣時，酒杯已經空了一半。艾娃要他點餐，過了二十分鐘，他們忙著把香辣烤雞配著米飯跟豆子塞往嘴裡。

「我沒吃過這麼棒的一頓飯！」艾娃含著滿嘴食物讚嘆，吞下之後又說：「天啊，抱歉，我眞沒禮貌。我到現在才知道自己有多餓，大概有一個禮拜沒好好吃東西了吧。豆子在哪？」

「他們用的是紅豆，不知道爲什麼菜單上會寫成豌豆。我曾經派駐到牙買加，跟當地警方合作追查一名疑似在歐洲各地殺害競爭對手的毒梟，就在那陣子發現那裡的飯菜有多美味。有時候我會夢見自己窩在海邊小屋裡，每天享受溫暖的天氣跟牙買加菜。」

「你會胖到兩百磅，皮膚被曬成鱷魚皮。而且你會懷念永無止境的壓力跟身旁的神經病。」艾娃揮舞空杯子，招來女服務生。

「妳說的是犯人還是警察？」卡倫納問。

「都有。不過今晚不聊工作。後來你們有沒有逮到那個牙買加毒梟？」

「在當地警方逮捕他之前沒多久，我已經回到法國。當然了，黑社會版圖少了他，馬上又有同樣邪惡的傢伙遞補上來，擺弄那些想要逃離貧困生活的人。」

「你那時候爲什麼要回法國？」艾娃終於丟下叉子，原本堆積如山的食物消失得無影無蹤。

卡倫納心中浮現那名階級高他一等的國際刑警組織探員，出其不意地搭車從機場來到他面前。他陰沉的表情顯示肯定有什麼地方不對勁。

「盧克，原諒我。請你直接回里昂。」他的上司說道。這段回憶令卡倫納皺起眉頭。

「抱歉，換個話題吧。」聽到艾娃的聲音，卡倫納才意識到他展現出心底的不安。「要喝咖啡嗎？」

「看妳。」卡倫納乾了眼前的酒。「要不要到外頭走走？」他把信用卡遞給服務生。

兩人默默走向北橋，很有默契地在橋中央駐足，眺望威瓦利車站。白天這一帶是煞風景的工業區，到了晚上，閃耀的河面又是另一番風情。卡倫納靠著橋緣矮牆，從口袋裡掏出皺巴巴的高盧菸盒。

「我都不知道你會抽菸。」艾娃說。

「現在我不點菸了，可是晚上站在橋邊嘴裡不叼根菸實在是說不過去。我就是改不掉這個習慣。」

「還眞有法國人的味道。」她語氣輕快。

「好啦。到我家喝咖啡吧。就算以蘇格蘭的標準來看，這裡的風還是冷到讓人受不了。」他們掉頭走向奧巴尼街，一路上艾娃指著沿途地標，像是導遊一般講述愛丁堡波瀾萬丈的過往。這座城市的灰黑磚牆和尖銳的建築營造出歌德電影場景的氣氛。然而觸動卡倫納內心的不是城堡或教堂，也不是富麗堂皇的宅邸。而是暗巷。被陰影滲透的巷弄不經意地進入他的眼角餘光，若是定睛直視，在蜿蜒窄路的彼端是純然的黑暗，陷入周遭建築物鋪天蓋地的包圍。深夜的街道宛如時光機——街景幾乎與數百年前一致。在激發靈感的同時也讓人不安。愛丁堡是一顆巨大的老洋蔥，維持著同樣的核心，只是包上一層一層的新房子、現代建築。聽著艾娃的介紹，卡倫納第一次覺得自己或許會愛上此處。畢竟這裡跟他稱爲家鄉的法國城鎮沒有太大差異。

卡倫納打開公寓門，讓艾娃進屋。他還沒脫掉大衣，她已經鑽進廚房煮起熱水。她把咖啡遞給他，踢掉靴子，盤腿坐上沙發。眞有意思，卡倫納心想，女性沒有刻意賣弄風情時更加性感。他看了看地上那雙樸素的短靴，又看著她抱住馬克杯縮成一團，毫無顧忌，自在舒坦。

「妳呢？」他問。「妳沒結婚，沒有未婚夫。妳都沒想過要跟誰共享人生嗎？」

「兩百名警察，一天十二個小時，我覺得這樣的分享已經很足夠了。」艾娃開玩笑。

「我是認眞的。妳自己看電影，工作的時間比在家的時間長。妳的生活肯定不只如此。」

「朋友。」她說。「當然也有男朋友啦，只是他們都不了解我的工作。不只是工時，還有那種腦袋裡永遠有案子在跑的感覺，無論是洗澡、看電視、睡覺都不會改變。最現實的選項是跟警察交往，結果注定是一場災難。約會很辛苦的。我一開始是忙到沒空努力，之後就完全脫離一般人的生態。常常要中斷約會，或是臨時取消。我想我現在已經忘記要怎麼做了。不然就是懶得多想。不確定哪一邊的比例比較高。對了，你家的咖啡眞不錯。」

「妳都不覺得寂寞嗎？」卡倫納知道這是在玩火。長久以來，他總是與旁人保持距離，心裡某個角落怕得不敢放下戒備。但他同時又好想終止這份無盡的孤寂。

「你的語氣好像我姑媽。」艾娃大笑。「獨處的時光很奢侈的。我是不是要請幾天病假自己賴在家裡呢？」她放下馬克杯。「輪到我啦。據說是某個國際刑警組織的超級高層大力推薦你來這裡。無論你有多優秀，加入其他國家的執法單位可沒有那麼簡單。有什麼內情嗎？」

卡倫納嘆氣聳肩。「不能說這完全是謠言。上面一定磋商過。我個人也很意外這裡會收我。他們在推薦的同時也順便把我踢出去。這叫什麼來著？雙贏嗎？總之比我預想的還要順利多了。」

22

金已經不需要束縛艾琳的手腳。她只在使用衛浴設備時下床，拖著腳步，抓著伸手可及的家具。他不會在進房時率先關注她，只是稍微防備，說不定她突然鼓起勇氣，埋伏在門後攻擊。他已經將她擊潰。徹徹底底。艾琳像是被踢過太多次的小狗，早就放棄撲向他的腳。他無意讓她傷得這麼重，也很訝異這事竟然如此輕易。他如此大費周章地把她弄來這裡，卻只換得畏縮崩潰的空殼子。

珍妮．瑪吉牧師就不一樣了。他沒有看走眼。她的韌性究竟是源自信念還是基因呢？說不定這是測試兩種理論的大好時機。不過不是今晚。今晚他要看看兩人的俄語學得如何。他很少參與她們的教育過程，但他不能太苛責自己。感覺像是要在雙手綁在背後的狀況下演木偶劇。

在通納督察的演講後，娜塔莎的心情好到極點。金還沒看過她如此生氣蓬勃的模樣，臉頰泛紅，事後收到針對那場演說的讚賞讓她無比愉悅。

他把好幾樣蔬菜放進果汁機，再加入雞湯。菜色有些貧乏，但她們今晚吃這樣就夠了。至少她們不會攝取太多熱量。金努力消除自己擠在學生之間跟艾娃．通納見面的記憶。因爲娜塔莎再次顚覆了他的情緒。她很擅長讓他覺得自己一無是處。如果那一刻在他腦中縈繞不去，他肯定會拿艾琳跟珍妮出氣，而他不希望自己墮落到這個地步。

他把湯放進微波爐，隨著收音機高唱，把回憶趕出腦海。他不時摸摸湯碗，確認溫度不會太高。珍妮的牙齦還很脆弱，高溫食物只會讓情況惡化。他必須使用大量的抗生素來防止感染，不過他對自己很滿意，比起艾琳那次，他的拔牙技術更上一層樓了。不能怪他先前手法拙劣，一般牙醫花上好幾年鑽研的技術，他只能從書本跟來源可疑線上教學影片學習。不過呢，他很訝異寥寥幾次的實際操作就能帶來長足進步。他只希望她們的俄語也有這樣的進展。他要她們開始鍛鍊心智，艾琳已經浪費太多時間了。金拿杯子分裝雞湯，插進吸管，走向通往地下室的樓梯。他站在牆邊豎起耳朵，什麼都沒聽見，他裝設的防音裝置眞是了不起。在密室之外完全聽不到裡頭的聲響，彷彿她們不存在似的。

「嗯，她們確實不存在。」說著，他打開門鎖。「在法律上，她們已經死了。屍體的集合名詞叫什麼來著？」

艾琳動了。這算是小有進步吧。珍妮坐在自己的床上，只有一手銬住床柱，可以翻身使用他貼心添購的移動式馬桶。艾琳離開她的床鋪，躺在珍妮大腿上，讓珍妮撫摸她的頭髮。當他送上晚餐時，兩人都僵住了。

金扶艾琳到桌邊，杯子放在她面前。她早已放棄抵抗，馬上喝起她的濃湯。

「我在妳床上放了乾淨的睡衣，髒衣服就照我的指示，丟到門邊的籃子裡。」他說：「妳要清洗得更仔細。既然我允許妳在房裡自由行動，我希望妳能好好使用各種設備。建議妳一天沖一次澡，如果妳做不到，那至少用水槽擦澡。」艾琳沒有抬頭，專心喝湯，跟平時一樣安靜。他把另一個杯子交給珍妮，她接過後直接放到床邊桌上。

「我嘴巴好痛。我需要止痛藥。」她說。

「張開。」他說。沒錯，她下排牙齦處處潰爛，抗生素藥效不夠強。

「你拿我的牙齒去幹嘛？」她問。

「跟葛瑞絲的屍體放在一起，取代她的牙齒。他們需要妳已經死亡的證據，從妳身上抽的那一點血被我灑在妳的衣服上，丟在警方能找到的位置。」

「他們會知道那具屍體不是我。鑑識技術已經很進步了。」

「我沒有留下太多東西。妳想我是那麼隨便的人嗎？我研究好幾個月了，很清楚警方能從什麼地方採集到ＤＮＡ。」

「科學的進步難以預測。再過一個月，或是一年，你不知道他們會取得什麼樣的新技術。」今晚珍妮特別有精神。他喜歡跟她爭辯，好強的她生氣蓬勃，正如他第一次見到她時，她在公開場合與人熱烈辯論的模樣。

「不過他們沒有理由再次檢驗妳的遺體。妳已經死了。還沒舉辦葬禮，但社會大眾已經認定了。」金往水杯裡丟了兩顆可溶性阿斯匹靈，遞給她。看得出她想把整杯水潑到他臉上，可是她沒有。痛楚太過強烈，她不得不壓抑脾氣。他很佩服她的冷靜。「珍妮，放下妳的過去吧。妳已經跌到谷底了。接受現實。擁抱現實。妳只能往上爬。跟我在這裡共度人生會帶給妳許多收穫。」

「這不叫人生。」珍妮說。

艾琳噎到了。他聽見她喉嚨深處咯咯作響。果汁機的效能不夠好。他不情願地離開珍妮床邊，幫艾琳用力拍背。她吐出一團灰色的蔬菜渣，落在金的鞋子上。他皺起臉，把菜渣甩到地毯上，掏出手帕狠狠擦拭光亮的皮面。

「妳這個可恨的生物。」他斷聲咒罵。「給我安分一點，不然就等著被我處理掉。」

艾琳嚶嚶啜泣，緊緊抱住自己。

「甜心，別理他。」珍妮說。

又來了。忠告般的口吻用詞。金的世界霎時一片通紅。

「娜塔莎，給我閉上臭嘴！」他撲向珍妮，甩了她一巴掌，聲響猶如炸裂的氣球。艾琳放聲尖叫，像是身旁有炸彈爆炸似地在地上縮成一團，雙手抱頭。

珍妮抬起頭直視他。「娜塔莎是誰？」她問。

「什麼？妳怎麼會知道這個名字？」

珍妮緩緩眨眼，皺起眉頭。

「你剛才叫我娜塔莎。你打我的時候。你不記得嗎？」

是的，他完全沒有印象。他記不得自己剛才說過任何話。

「妳聽錯了。」他說：「妳不知道自己在說什麼鬼話。」

珍妮沒有退讓。這是她優秀韌性的可怕副作用。「我沒有聽錯。或許你沒意識到說出她的名字，但我聽得很清楚。她讓你不開心。她做了什麼？」

洶湧的回憶向他襲來。

他向通納督察伸手，準備和她打招呼，打算替她端杯飲料。

「艾娃。」他說：「我是金博士。妳的演說還不差呢。」通納正要與他握手，娜塔莎卻按住他的手臂把他推開，拉著她的朋友轉到別處。他聽見她在艾娃耳邊的低語。

「抱歉，別理他。」娜塔莎這麼說：「他不該直接叫妳的名字。」

「我不在意啦。」艾娃如此回應，但也沒有回頭，自然地遠離他。他的手懸在半空中，活像個小丑。遭到遺忘。娜塔莎要的就是這個。

「金博士，你還好嗎？」珍妮開口。

「少給我玩心理學家的辦家家酒！」他狠狠掐住她的脖子，把她扯到自己面前。

「也別再當地上那個可憐蟲的媽咪。」

珍妮試圖掰開他的手指，卻拚不過他的力氣。金努力壓抑高漲的情緒，同樣敗給自己。「妳應該要心懷感激。我讓妳留下上排牙齒，妳不會像艾琳那樣辛苦。我沒有用同樣的標準要求妳！我只要妳尊重我，而妳卻把我當白痴看。」他把她甩向枕頭，用床單擦掉沾濕手背的淚水跟唾液。

金坐下來，刻意將雙腳擱到艾琳蜷縮顫抖的背上。

「我不該受到影響。娜塔莎只是要吸引我的注意。我以爲我能把她取代掉，可是我錯了。珍妮，妳自以爲高尚的堅定信仰也無法像她一樣讓我動搖。現在我懂了，我不該繼續抵抗。這是她要的。」他往艾琳下顎一踢，逼她抬頭看他。「這裡可沒有空間擺第三張床，妳得要爭取留下來的權利。」他拖著艾琳到她床上。「所以聰明一點，這是一場比賽。珍妮，妳一定會喜歡這種模式。我覺得妳的競爭心很強。最合我意的人可以留下。妳們都是聰明人，不需要我多說也知道另一個人會有什麼下場。我想獲得些許善意。我期待與妳們對話、辯論。我不要看妳們哭哭啼啼的！」

金湊向艾琳面前，唾沫飛進她眼中，汗水在他前額凝結。他的精神太緊繃了。他告訴自己，這是因爲他終於知道必須直接向娜塔莎發洩怒火。他再也無法隱藏這份情緒。雷吉納．金博士的思路漸漸恢復清晰，他很清楚自己的目標，以及達成目標的手段。

23

「費莉希蒂．柯斯提洛說她願意開口，但她只跟你說話。」艾娃說道。卡倫納把手機換到左手，右手忙著在連恩．格蘭傑的證詞上標記重點。目擊珍妮．瑪吉綁架犯自言自語的腳踏車騎士即將抵達警署，卡倫納想做好準備。

「我不懂，爲什麼是我？」卡倫納說。

「她說第一個出手幫助她的人是你。訊問可以交給你嗎？」

「妳不介意？」他問。

「只要費莉希蒂肯說，我不在意功勞歸誰。」艾娃的語氣充滿幹勁，雖然她在卡倫納的公寓聊到凌晨兩點才離開，但隔著手機完全聽不出她昨晚的疲憊。

「我很樂意幫忙。不過還要先撐過哈里斯教授的簡報。」不需要多說，艾娃肯定猜得到他的想法。「我九點可以下去，可以請妳幫她找點事情做，分散一下注意力嗎？」

「看來我可以出去吃個早餐啦。」艾娃說。

卡倫納走向簡報室，他很想坐在後排，可是薩特警員指著前方替他保留的空位。

「妳昨晚有沒有聯絡瓊提．史普？」卡倫納問道。

「有。我還在布雷瑪訂了兩間房。」

「我都忘記住宿的事情了。」卡倫納咕噥。

「別怕，那間酒吧被巴士旅行團包下了，我們要住的是同一條路上的民宿。如果沒有問題的話，我們明天下午四點就得出發。」

「就這樣吧。大家在等什麼？」

「教授喜歡由人介紹出場。賴弗利警佐說應該由你負責這件事。」

卡倫納只想黏在位置上看戲。他勉強又僵硬地感謝哈里斯教授提供協助，也提到出資的蘇格蘭聖公會。與其說是簡報，這裡更像是頒獎典禮現場。

「謝謝你，督察。」哈里斯教授敲了筆電的幾個按鍵，開啓簡報軟體。「我徹夜詳讀分析了所有的證據，雖然。」他隱藏在話語間的貶損令崔普警員臉一沉。「第一頁列出兇手的外觀特徵。我們知道他是白人男性，年紀在三十至六十歲之間，身高體格中等。我們也知道他的體力足以拉動成年女性的軀體，因此可以排除他身體孱弱的可能性。」卡倫納偷瞄手錶一眼。他不會讓費莉希蒂．柯斯提洛多等，但若是哈里斯堅持唸完他們早就知道的資訊，大家可能要在這裡耗上一整天。

「哈里斯教授，所以說你要提出什麼假設？」卡倫納開口催促。

「不是假設，督察，而是基於科學分析與多年經驗的結論。」卡倫納咬住舌尖。

「先從最不可避免的項目開始吧。犯行之中的性意識。該名男子鎖定開朗外向的專業女性，都是他無法高攀的對象。他肯定會利用她們滿足自己的性幻想，因此他有必要徹底毀了她們的遺體，防止警方採集到他留下的性侵證據，掩飾他的犯行。他會感受到強烈的羞恥、懊悔，甚至是恐慌。他想重溫那些經驗，可能將之拍攝下來，以供日後觀賞。他很可能會點閱網路上其他類似情境的色情資源。」

「所以我們要找的是有性犯罪前科的人嗎？」賴弗利警佐提問。

「沒錯。將犯行提升至殺人的性侵犯一定是從比較輕微的行爲開始。在這類案例中，不斷加劇的犯案手法是非常明顯的模式。各位應該要清查這一帶的性犯罪者，從妨礙風化到強暴都不能放過。相信你們已經確認過這兩名女性住處周遭登記在案的性犯罪者。」

眾人的視線都投向了卡倫納。他嘆了一口氣。他原本打算迴避簡報中的一切疑問。「兩名女性遺體上都沒有受到性侵的證據，我認爲將視野侷限於單一型態的前科非常不妥。」

哈里斯教授慈祥地拍拍卡倫納的肩膀，個人領域遭到侵犯使得他雙手緊緊握起。及格的側寫專家在一哩外就能看穿他的肢體語言，他想。可惜哈里斯沒有這等眼力。「因此我才會介入此案。至於犯人的心理狀態，我們要尋找內心一團混亂的對象。他偶爾能清晰思考，但都是一瞬間的爆發。他具備科學知識，可以往工業相關的行業下手。」

「他不可能那麼沒有條理。」薩特警員見縫插針。「他有辦法從兩名女性的家中擄走她們，還將她們的遺體偷偷棄置在公開場合。」卡倫納眞想當場給她連升三級。

「我說過了。」哈里斯毫不動搖。「犯人的思路或許曾經清晰，但是觀察他的最後一步：留下球棒跟艾琳的牙齒，將手推車跟瑪吉牧師的衣物一同丟棄。他不是陷入恐慌，就是過度興奮，我們要透過這點逮到他。他無法長期在同一個地方工作，出社會之後，這種難以完成一件事的特質讓他不斷犯錯。他可能不斷與人短暫交往，無法維持穩定的關係。他會挑選不對他造成威脅的女性。他的交往對象不是藍領階級，就是靠著社會福利金過活。」

「那他的鞋子呢？」崔普打岔道：「根據目擊證人的說法，他的鞋子擦得很亮，可能最近才整理過。這要如何套入你方才提出的特質？」

「警員，許多人習慣保持鞋面清潔。」卡倫納忍不住低頭，許多組員也反射性地看向他的鞋子。哈里斯教授的皮鞋確實乾淨得一塵不染。「可惜現下的年輕世代缺乏這份技能。」

「確實。」崔普順水推舟地說下去：「要我推行李箱上車的話，我一定會穿運動鞋。不知道他為什麼不這麼做，還是說他沒有皮鞋以外的鞋子。」

「你說得很好。」哈里斯承認道。「不過他鞋子只能告訴我們他腳掌的尺寸，無法透露他腦袋裡的想法。」

崔普一臉不服氣。卡倫納心想哈里斯也很清楚他漏掉了這項或許極度重要的特質，問題在於他不能承認這件事。之後他肯定會找賴弗利警佐討論兇手的鞋子，提出各種假說。

「昨晚我還看了其他失蹤人士的資料，看來在他再度出手綁架前，不會出現更多屍體。」

這時卡倫納掏出手機，按在耳邊，要虛構的來電者稍等一下。這招不夠巧妙也毫無新意，但他只能藉此逃離簡報室。他倒了比平常還濃的咖啡，要是手邊有威士忌的話還會加進去，走向偵訊室，費莉希蒂·柯斯提洛坐在房裡，艾娃守在門外。

「準備好了嗎？」她問。他點點頭，兩人一起進房。

「哈囉，費莉希蒂。」他說：「妳要求跟我談談，是嗎？」

「對。」她怯怯回應，視線垂向桌面。

「妳要說話啊。」她身旁的女性提醒道：「這次的面談全程錄影，我們昨天談過了。」

「我只跟他說。我不想要其他人在這裡。」費莉希蒂說。

「我是社工，不是警察。我在這裡的目的是讓妳安心。」聽到女性的解釋，費莉希蒂雙手抱胸，狠狠瞪著地板。

「我們可以在隔壁看錄影。」艾娃向社工提議。「如果妳有任何疑慮，隨時都能要求停止，費莉希蒂也可以隨時休息或中斷。」社工看起來不太開心，但最後還是拎起手提袋，讓步離開。

「費莉希蒂，我是卡倫納督察。妳說的任何話、承認的任何事物，都可能讓妳背上刑責。之前有人向妳說明過這點嗎？」

「我又不是白痴。」她說。

「我知道。但我還是得問，這是程序的一部分。同時妳也可以請律師到場陪同，妳確定不需要我們幫妳安排嗎？」

「不用，我已經見過我父親的律師，他叫我什麼都別說。」

卡倫納憂心地望向鏡頭。這是一招險棋，艾娃一定忐忑很久了。他不想損害費莉希蒂證詞的效力，更不能看她年幼可欺、對法律一知半解就占她便宜。

「費莉希蒂，妳不需要告訴我妳的律師說了什麼，事實上妳不該說的。妳要跟律師討論什麼都行，這跟警方完全無關。」

「他不是我的律師，也沒打算幫我！」她大叫。「他只說我爸要我怎麼做。我以爲你會懂，你會幫我。」

「好，我懂了。抱歉。妳想跟我說說孩子的事情嗎？」

她的怒火瞬間熄滅。

「我不希望他死掉。」她說。

「妳把他包得很結實，所以他沒有死。妳做得很好。妳生產時有醫生在場嗎？」卡倫納問道。她點點頭。「妳知道那位醫生的名字嗎？」

「不知道。我不喜歡他……」她一時語塞。「我好怕。我還以爲他會對我好一點。」

「他沒有嗎？」她再次只以搖頭回應。「費莉希蒂，妳懷孕的時候才剛滿十四歲，根據法律上的定義，妳是遭到強暴。可以告訴我發生了什麼事嗎？」

「我可以喝點東西嗎？」卡倫納看她啃咬指甲，察覺她在拖延時間。他端來水杯，靜靜等她準備好開口。

「我不會跟你說他的名字。我不想讓爸媽或是警察對他做什麼事。我知道我父親會阻止我跟他見面，所以我沒跟他們說我交了男朋友。他沒有強暴我。我喜歡他。」

「原來如此。費莉希蒂，可以跟我說他幾歲嗎？」

「十五歲。」她低聲回答。

「他完全沒有逼迫妳，或是威脅妳？」

「是我的主意。我跟他說我不可能懷孕，說我在吃避孕藥。我只是想知道那是什麼感覺。」卡倫納對她微笑，希望艾娃也認同最好別追究這件事。無論法條怎麼寫，兩人之間的行爲看來只是青少年的好奇探索，結局太過難堪。不需要當成強暴案來調查。

「那妳爲什麼要把寶寶留在公園？做出這種事一定讓妳很難受。」淚水毫無預警地從她眼中溢出。卡倫納將面紙盒推向她。「妳想結束的話沒關係。」

「我們說好了。」她說。

「說好了？跟誰？孩子的父親嗎？」卡倫納問。

「不是。他根本不知道我懷孕了。我跟我朋友說好了。我們說我們都要這麼做，她們也都做了，後來我反悔了，可是又不能不管她們，我不想辜負她們。」她屈起膝蓋，任由淚水流了滿臉。

「費莉希蒂。」他輕喚。她吸吸鼻子，抬頭看他。「妳要跟我說她們的名字。」

「我不想讓她們惹上麻煩。不是她們的錯。她們不想要孩子。我們要讓別人發現。

我們只想得到可以這樣做。」

「其他女生嗎？」卡倫納問：「在公園裡過世的孩子的母親嗎？」

「對。」她說：「請你承諾不會讓她們進監獄。」

「我沒辦法做出這種承諾。這不在我掌控的範圍內，可是只要妳說清楚發生了什麼事，我們會盡全力幫助她們。她們跟妳一樣都是十多歲的女孩子嗎？」她再次點頭。

「妳是在哪裡認識她們的？」

「學校。」她低喃。

「聖加百列中學？」

「不是。是另外那個地方。」她又要退縮了。卡倫納直覺剩下的時間不多了。

「妳是說聖哲拉．馬則中學嗎？」他換了個選項。

費莉希蒂板起臉，眼中怒火閃爍。「對。」

「那些女生還在學校裡嗎？」卡倫納問。費莉希蒂把臉埋到膝蓋間。

「沒有，只要結束他們就會放妳出來。」

「什麼事情結束？」沉默。「可以再多告訴我一些事情嗎？」卡倫納知道她已經說完了。他看著鏡頭，搖搖頭。他們無法再從她口中問出更多資訊。「費莉希蒂，妳做得很好。妳沒有傷害朋友。還有什麼事情需要我幫忙嗎？」他不期望得到任何回應，但她緩緩迎上他的視線。

「我想見他。可以幫我問問我可不可以見我的孩子嗎？」

24

「你要來嗎？」艾娃問道。

「妳怎麼想？」卡倫納跟著她上車。

「我追蹤了帳目，約翰．柯斯提洛只有付錢給聖哲拉．馬則中學，沒有任何私人醫院。那間學校肯定有鬼。」

「很神奇吧？」卡倫納評論道。艾娃打開警示燈。「兩個同時發生的案子，一邊是試圖掩飾犯行的教會，另一邊是拚命幫忙辦案卻把狀況弄得更糟的教會。妳相信上帝嗎？」他問。

「過幾個小時再來問我。」她閃過一台腳踏車。卡倫納掏出手機，打開搜尋網站，放她專心開車。

「你跟費莉希蒂談得挺順利的嘛。」艾娃低聲說。

「她只是個孩子。」他說。

「我知道。可是她馬上就相信你。她一定是覺得你跟其他人不同，你了解她。」卡倫納瞥了一眼，發現她正盯著自己。她的視線立刻回到路面上，他繼續看手機畫面。抵達學校時，他的查詢有了結果。

「怎樣？」艾娃聽見他以法語高聲咒罵。

「聖哲拉．馬則。」他說：「他是孕婦的守護聖人。」

艾娃停好車，兩人走向高聳的柵門，這回金屬欄杆沒有自動打開，一名年輕修女從門內招呼他們。

「艾涅斯丁修女在忙。她要你們改約其他時間。」

「我要求校方提供與兩起嬰兒死亡案件有關的情報。」艾娃說。

「請出示相關文件。」修女的回應像是事先套好的台詞。

卡倫納走上前。「我不太確定艾涅斯丁修女會喜歡受到媒體關注。拖得越久，就代表有越多單位取得我們掌握的資訊。」

無線電對講機傳來一陣低啞的對話，嗶！柵門應聲開啓。據稱被重要事務絆住的艾涅斯丁修女駐守在校舍前門內。

「來我辦公室。」她示意兩人照先前走過的路徑移動。

「先不用。」艾娃說：「我相信這裡有必須立刻交由警方保護管理的證據和證人。請打開裡面這扇門。」

「這裡是私人產業。」艾涅斯丁修女毫不退讓。「學生的家長替她們支付大筆學費，我不會讓你們闖進去打擾她們。」

「讓我們進去。」艾娃步步進逼，表明她的決心，只差一點就算是威脅了。卡倫納在旁邊看得津津有味。通納督察的氣勢不容小覷。

律。

艾涅斯丁修女打開內門的鎖，眼神足以融化鋼鐵。艾娃和卡倫納往二樓走，將一樓交給員警看守。他們悄悄進入走廊旁的教室，女學生們自動起立，展現出接近軍隊的紀律。

「天啊。」卡倫納雖然懷疑過，但他沒有料到會面對現下光景。

「她們都懷孕了。」艾娃凝視著這些女孩。「每一個人都是。這裡不是學校，是待產病房！」

「我們照顧這些女孩的身心和教育。她們在這裡很安全，遠離外界的窺探以及墮落的影響。」

「妳口中的墮落影響指的是避孕和中止懷孕的建議嗎？」艾娃逼問：「這些女孩是不是完全不能離開學校嗎？誰給予她們產前照顧？她們在哪裡生產？」

「這裡有完備的病房，我們只僱用最優秀的醫生和護士。」

「所以學費才會這麼貴。約翰．柯斯提洛付大錢讓他女兒待在這裡。我要看妳們的紀錄。我需要上個月在這裡生產的女孩的醫療紀錄。」

「不可能。」艾涅斯丁修女說：「那是機密文件。妳要給我姓名去查詢。」

「費莉希蒂．柯斯提洛跟兩個在這裡認識的女孩約好，要把生下來的孩子丟在公開場所，揭露這所學校的作爲。妳必須把所有的紀錄交給我。」

「費莉希蒂．柯斯提洛那個低賤的蕩婦，跟男生睡過還拒絕承認她的罪孽。」

「我發誓，我會盡一切能力讓這間學校關門。在這裡接生的醫療人員都是證人。我要在五分鐘內取得完整名單跟聯絡資料。」艾娃火冒三丈。教室裡的女孩子全都嚇呆了，幾個人淚流滿面，還有更多人咧嘴偷笑。

「蕾貝卡。」其中一人大叫。

「閉嘴，她會拿棍子打妳。」另外一名學生低聲警告。

艾涅斯丁修女想關上教室的門，卡倫納一腳卡進門縫，不讓她得逞。

「蕾貝卡。她是這裡的學生嗎？」他向學生提問，教室裡安靜了好一會，接著幾個學生點了頭。「有人能給我她的姓氏嗎？」這回沒有人打破沉默，女孩們緊張地互看，又望向艾涅斯丁修女。卡倫納嘗試不同的切入點。「這裡有人被艾涅斯丁修女打過嗎？」

「不准回答。」原本在教課的修女命令道。

「請不要妨礙刑事調查。」卡倫納狠狠回應。

「太過分了。」艾涅斯丁修女大聲嚷嚷。艾娃擋在她跟學生之間，讓她們意識到場面由誰掌控。

一名學生舉起手。卡倫納以為她有話要說，卻看到她掌心交錯的紅腫痕跡。她挺著大肚子，臉色蒼白，神情疲憊。另一名學生跟著亮出雙手，最後一個女孩拉起蓋到小腿肚的裙子，轉過身，讓他們看見她膝窩的傷痕。

「艾涅斯丁修女，我們以傷害罪逮捕妳。請跟我下樓到妳的辦公室。我要取得每一位學生的紀錄，我會在辦公室給予妳正式警告。」艾娃拉著修女的手臂，帶她離開教室。卡倫納看著一張張滿懷期望的臉龐。他很想直接問出更多情報，但這些孩子都未滿十六歲，他必須獲得家長的同意——眞是諷刺，就是她們的家長把她們關進這間學校——或是在社工陪伴下才能訊問。現在任何人說的話都不算數，而且事後會遭受強烈抨擊。這些女孩相當脆弱，必須優先考慮她們的身體狀況。之後想必還有許多相關程序要跑。

「請坐，請妳們保持冷靜。等一下會有員警來問妳們的名字，還有醫生替妳們檢查傷勢，回答妳們的疑問。之後我們會聯絡妳們的家長，但也會建議他們必須讓妳們接受這所學校之外的醫療單位照顧，並且與社福單位保持聯繫。已經不用害怕了。」他說。

女警進教室接手。卡倫納移動到艾涅斯丁修女的辦公室。他又看了一眼校舍的門窗。

「這裡的保全系統不是爲了擋住外人，而是要把這些女生關起來。她們會做什麼壞事？發生性行爲？現在才來嚴防會不會太遲了？」卡倫納問。

艾涅斯丁修女射出毫無雜質的憎恨眼神，握住胸前的十字架墜子。

「她們會犯下滔天大罪。你們以爲只有邪惡的男人會殺人嗎？每天，世界各地有數以千計的女人都在做這種事。這裡的每一個學生都表現出做這種事的意圖。我們拯救了她們的靈魂，還有她們體內的孩子。我們防止她們成爲殺人犯。」

「妳們逼迫這些孩子違反心意，把小孩生下來，是嗎？」正要拉開辦公室抽屜的艾娃問道。

「我守護人類生命的聖潔與價值。從她們讓自己蒙羞的那一刻起，她們就不是孩子了。爲什麼尚未出生的小孩要爲她們的罪孽受苦？」

兩名員警來到門外。

「帶她回去接受偵訊。」艾娃說。「這個是證據，裝起來送驗。」她遞出前一次來訪時卡倫納碰過的教鞭。「跟這裡的學生談過才能確定要起訴她犯下多少起傷害罪。」

「你們阻止我們的作爲，上帝全都看在眼裡。」艾涅斯丁修女說。

「有司法系統看著就好，這個系統比較公平。」艾娃已經轉身繼續搜索。

「妳會有報應的。就算不是在這個世界，我會跟上帝祈禱，讓妳在另一個世界受罰。」修女厲聲斥罵，充分利用員警百般不願對她用蠻力這一點。

「是妳稱爲地獄的地方嗎？」艾娃沒有轉身也沒有抬頭，視線沒有離開文件。「這個話題眞有意思。那個充滿懲罰跟痛苦的地方是否存在？妳對地獄的定義正符合妳在這裡創造出的環境，也跟妳信仰的宗教的許多層面不謀而合。你們跟孩子說他母親因爲自殺，無法離開煉獄。你們教導非洲的男人說戴保險套是罪惡，就算是嫖妓，害他們的妻子感染ＨＩＶ病毒。第三世界國家的女性被源源不絕的孩子逼得疲憊崩潰，因爲你們不允許生育控制。艾涅斯丁修女，世界上有太多地方稱得上地獄，其中我最熟悉的是愛丁堡監獄，妳不用眞的死掉就能親眼見識地獄是什麼樣子，眞是得天獨厚。妳有請律師的權利，妳會需要的。」

卡倫納等到辦公室裡只剩他們兩人才開口：「一定會引起軒然大波。最好等到確保所有的女生都查出身分再公開。那些家長說不定還會把她們送去其他地方。」

「這些檔案要花點時間整理。消息肯定會在我完成調查之前傳開。說不定已經有其他好心修女跟家長通風報信了。」

「要我幫忙嗎？我的目擊證人兩個小時後進警署，在那之前我隨妳差遣。」

「可以再跟費莉希蒂談談嗎？看能不能跟她問出蕾貝卡的姓氏。若是讓她知道學校這邊的進展，或許她能多透露一點情報。我還要在這裡待一會，等下找人送你回去。」

「妳今天離不開這裡啦。」卡倫納說：「我看還能做些什麼。」

他搭警車回到警署，社工在接待區跟他會合。

「在你跟費莉希蒂談話前，柯斯提洛先生堅持要先跟她說幾句話。」她說：「這次他帶上律師了。」

「他手腳還眞快。」卡倫納說：「費莉希蒂狀況如何？」

「她還好，只是不想跟她父親說話。」

「她有沒有給出明確的理由？一般來說她會想獲得家人的支持吧。」卡倫納說。

「要看你指的是什麼樣的支持囉。答案是否定的，她不肯說明。假如你能問出來，我會很感激。在我眼中，柯斯提洛先生不算是所謂的慈父，無論他替孩子付了多少學費。」社工說。

「讓我跟她聊十分鐘，妳去擋住家長跟律師。」

「可是如果你想繼續訊問，我一定要在場，不然事後會遭到投訴。」

「這不是訊問，我只是想跟證人私下說幾句話，釐清一些疑點。之後我一定會把紀錄交給妳。她人在哪一間？」

兩人分道揚鑣，卡倫納拿了一罐可樂跟一條巧克力棒，社工則雙手交握扭轉。程序不是這樣走的，但要是什麼都照著規定走，那就不用玩了。現在只要慢了一步，校方將會下達箝口令，不讓警方從聖哲拉．馬則中學以前的學生口中問出半句話，使得司法正義胎死腹中。既然費莉希蒂屬於被告，只要其他人的安全因此案受到威脅，他就有理由獨自訊問她。這算是強詞奪理，卡倫納心想，不過鑽漏洞都是爲了調查。

「費莉希蒂。」卡倫納坐下，將飲料跟點心遞給她。「現在沒有錄影，沒有人會聽到這段談話。社工正在纏住妳爸媽，妳不想見到律師的話可以拒絕。我們去過那間學校了，通納督察還在那裡。所有的學生都能獲得妥善的醫療照顧，若有必要會轉送到公立醫院。」

「艾涅斯丁修女知道是我說的嗎？」她問。卡倫納看到她臉上的恐懼，忍住以直白的詞彙表達他對艾涅斯丁修女的看法。

「妳不用再怕她了。她現在因爲傷害罪遭到逮捕，之後要去坐牢。費莉希蒂，我們依然需要妳的幫助。之前提到的兩個女生，其中一個叫做蕾貝卡對不對？我們拿到學校的紀錄了，很快就能查出來，不過要是妳能透露另外一個人的名字，我們就能盡快找到她，這樣比較好。」

「她們會惹上麻煩，可是她們根本沒有做錯事。」

「請告訴我妳知道什麼。我們會努力不讓她們遭到起訴。」

「修女只會把妳關到孩子生下來，然後趕我們回家。我們要自己去登記，讓爸媽決定要留下寶寶還是送掉。莎拉・巴特勒是第一個。」費莉希蒂停下來打開汽水罐。「修女一直叫我們告解。我們必須說出做了什麼事，接受我們的罪惡。莎拉一直到生產都拒絕告訴她們任何事，最後她好像崩潰了。」她抖個不停，用力啃咬指甲邊緣的皮膚，中指流出鮮血。

「繼續。反正狀況不會更糟了。」

「莎拉跟艾涅斯丁修女說她沒有錯，是那個男人強迫她的。那個人是她的神父。莎拉把這件事告訴她爸媽時，他們沒有帶她去醫院拿事後丸。艾涅斯丁修女罵她騙子，可是看她的表情就知道她沒有騙人。大家都知道。修女打她，就算她的肚子大到幾乎沒辦法走路。她們都故意打不會傷害到寶寶的地方，像是掌心、手臂、腿。她開始陣痛的時候，艾涅斯丁修女還是不肯停手。」

費莉希蒂哭了。不是青少女的任性啼哭。那是遭受悲痛恐懼，被迫長大的孩子，在無意間靜靜留下的淚水。

「蕾貝卡呢？」他搶在費莉希蒂的情緒積蓄到臨界點前提問。

「貝卡・芬藍。從我認識她的那一天起，她就無法接受自己懷孕的事實。她才十三歲。我曾看到她猛抓肚子，搥打自己。她覺得自己的身體被入侵了。晚上她們要把她綁在床上，不讓她傷害自己。太病態了。修女說她太髒了，上帝在懲罰她。她認定自己會在生產的時候死掉。她沒跟我們說過生父是誰，但有時候她說到她叔叔的語氣……你知道的。」

卡倫納懂她的意思。「妳們沒辦法求救嗎？比如說請護士幫忙，或是打電話？」

「每個員工都聽艾涅斯丁修女的話。他們的想法跟她一樣。一進學校手機就被她們收走。沒有網路，沒有室內電話。爸媽可以來探望，可是我們不准出去。我們跟外界的一切完全隔離，我好幾個月沒看到露西了。我好想念她。」

「那妳父親呢？妳想念他嗎？」卡倫納低聲問。

費莉希蒂面容扭曲，雙手在膝上緊握，拱起肩膀。她沒有回應。

「費莉希蒂，我知道家務事通常不會張揚，很難跟外人提起。可是如果妳需要幫助，如果有什麼事情能告訴我……」

「他把我當成垃圾！我承認懷孕的時候，他當著我的面這麼說！他把我送去那個……監獄就是爲了不想看到我。我跟他說這是我的人生，我的身體，我要自己做決定，卻被他狠狠嘲笑。他說我太邪惡了，如果不悔改，我會被地獄烈火焚燒。」費莉希蒂怒吼。

「妳母親呢？她有什麼反應。」卡倫納問。

「我母親？」費莉希蒂笑出聲來，但她眼中閃著淚光，雙臂緊緊抱住腹部。「她跟平常一樣，坐在角落順著我父親的話點頭，從來沒有回嘴過。以前我以爲她是怕他，現在我只覺得她很可悲。她每個禮拜日下午會來看我。你知道嗎？她從來沒有直視過我的眼睛。我讓他們看修女打出來的傷痕，我父親說她們應該打得更重。他說要把我身上的淫穢想法打掉。我不想見他們。我才不在乎會被送到哪裡去。我不要回家。」

卡倫納很清楚遭到父母評斷的滋味。毫無條件的愛只是海市蜃樓，靠得太近就會消失。一瞬間，他想到自己的母親，不知道她是否後悔與他斷了聯絡。費莉希蒂值得更好的待遇。

「對於妳的遭遇，我感到非常遺憾。我會盡全力幫妳，通納督察一定也是這麼想。」卡倫納起身準備離開，這時費莉希蒂撲進他懷裡，像是幼童一般攀附著他，貼住他襯衫的臉頰濕成一片。要是推開她，她會認定他展現的同情不過是套出情報的話術，於是他違逆自己的本能，放她在自己胸口啜泣，直到她汲取足夠的安慰，終於平靜下來。

看見社工來到門外，卡倫納點頭示意她進來。

「請妳向法院申請兒童保護令。」他對社工說道，不著痕跡地脫離。「費莉希蒂，我們不會讓任何人傷害妳。妳還是要面對起訴，社福單位會幫妳安排律師。現在妳不需要回家。這樣如何？」他把草草抄寫的筆記交給社工，溜出小房間，撥電話給艾娃。

「妳要找的是蕾貝卡．芬藍跟莎拉．巴特勒。費莉希蒂說莎拉是遭到神父強暴。家長跟修女都知情，卻毫無作爲。蕾貝卡似乎是在懷孕期間精神崩潰，我懷疑她有自殘或是自殺傾向。她的叔叔或許與此事有關。妳必須盡快找到她們。」

25

晴朗的午後，天空冷清湛藍。怒氣在卡倫納體內膨脹冒泡，他知道要趕快想辦法清理思緒。他衝回家，拎起搬來以後一直沒有動過的袋子，確認皮夾裡的文件，鑽進自己的車。若是運氣夠好，到奧赫特拉德不用一個小時。他從福斯公路橋出城，對外頭景色視而不見，順著M90公路往北急駛。

這天一連串的事件沉甸甸地壓在他胃裡，像是塞了太多油膩食物似的。艾涅斯丁修女的謬論、費莉希蒂口中的醜陋祕密彷彿還不夠，有人將一封信放在他的辦公桌上。他反覆看了那封信三次，說不定四次，信中字句在他腦海中不斷迴盪。厚實的奶油色紙張上爬滿了花費不少時間寫出的工整文字，現在被他跟方向盤一起握在掌中，墨水隨著紙張變濕而染上他的皮膚。

親愛的督察：

在我女兒的告別式上，我與你只有一面之緣。我想透過這封信感謝你付出那麼多心力，追捕從我身邊奪走可愛的艾琳的犯人。她是我僅存的孩子。她弟弟查理出生沒幾天就過世了，之後我沒有勇氣繼續懷孕。過去我天真地認定失去他是我這輩子最難熬的折磨，但造化弄人，現在我更深刻體會到凡人能夠承受多麼龐大的痛苦。

可惜你沒有見過我的孩子。以律師來說，她出奇的內向，難以忍受衝突、戰爭、恐怖。如此殘暴的死亡——期盼她走得很快，不知道自己遭遇了什麼——是最不公平的結果。她的朋友麥克在教堂發表了動人的致詞，他跟我說他正在談離婚，打算搬回蘇格蘭，與艾琳再會，他說艾琳是他這輩子的真愛，歲月、距離、悲慘的婚姻都無法阻擋他們。

現在說什麼都於事無補。如果有辦法，我很樂意代替她。不知道你有沒有孩子。你愛他們愛得如此深切，不斷不斷地祈禱能代替他們承受殘酷的死亡。我知道你正在追查他的下落。我寫這封信只是想請你別放棄。我知道社會大眾對於這場夢魘的關注會漸漸淡去，但是幹出這種事的怪物永遠不會罷手。如果不阻止他，還會有其他女孩失蹤。為了我的孩子，為了其他可能心痛難耐的母親，請不要放棄。

我相信你能將他繩之以法，對你抱持著感恩與希望。

安娜貝爾．布克斯頓

他用力咬牙。要是她勃然大怒、抱怨、質疑他的能力，他會好過許多。他倒寧願她用簡潔有力的文字發洩悲傷。他辜負了她的期待。日子一天一天過去，案情毫無進展，他無法逃離鋪天蓋地的挫折感。

卡倫納打開廣播，轉了幾台，直到震耳欲聾的音樂逼得他無法思考，只能眺望路面外的綠意。丘陵在公路西側起伏，路上車流越來越稀疏，他開下交流道，沿著小路逆風前進。一架單引擎塞斯納二〇六小飛機飛越車頂，從數千呎高空傳來的引擎聲猶如蜂鳴。卡倫納等待的就是這幅景象。現在是史翠瑟倫跳傘場的營業時段。

跳傘中心的主教官在接待處招呼他。

「我是艾普芮．葛雷蒂。」他握住她伸出的手，另一手遞出證照。他很清楚程序，上飛機前必須不斷確認器材跟文件，而他不想浪費時間。

「你沒在這裡跳過傘？」這其實不是問句，她只是想引他進一步說明。

「沒有，不過我的執照沒有過期，同時我是英國跳傘協會的會員。」

他交出紅皮小冊子，裡頭有他的大頭照、簽名、醫療證明、執照細節。

「抱歉，請問你有沒有其他證件？你很晚才預約，我得要確認搭上飛機的人究竟是誰。希望你不介意。」他很介意。又浪費了好幾分鐘，他已經開始不爽，但還是往皮夾裡翻找。

「沒問題。」他回答。

他的護照跟駕照都放在家裡，身上只帶了警徽。艾普芮．葛雷蒂看了看證件，沒有多做評論，翻開他的跳傘紀錄。

「你跳過兩百四十次。大多在哪裡跳的？」

「幾乎都在法國。離我住處最近的跳傘場是里昂的科爾巴斯。」他交出個人器材的相關文件。跳傘是他投注多年心血的興趣，雖然他通常沒空發揮這份熱情。他看看手錶，接下來還要花半小時檢查裝備、講解航線、登錄乘員。最後葛雷蒂總算放他去換衣服。

他默默套上跳傘裝，等待登機的同時也等待腦中的雜音平靜下來。跳傘是舒緩一切煩惱的解藥。一旦飛機離地，除了活著回到地面之外，什麼都不重要了。從許多角度來看，這是相當奇異的體驗——從你離開飛機到展開傘面、控制降落方向之前，你都與死亡緊緊相依。這項運動違背一切求生本能，完全牴觸人類天性，根本不該稱爲運動。然而他還是來到此處，第兩百四十一次準備跳下飛機。他知道花費大把鈔票的結果是在幾分鐘內回到地上，迎向毫無改變的現實世界。唯一不同的是他現下的感受將在那幾分鐘內完全消失，被腎上腺素驅逐。這樣就好。就算只有幾分鐘，他還是想獲得挫折與憤怒之外的情緒。

起飛前倒數二十分鐘，卡倫納移動到待機區。跳傘人員跟裝備再次接受檢查，永無止境的檢查。他過去從不介意這些保命的程序，但今天不同。他沒跟教官多說幾句話，沒跟其他人打交道，他很清楚。另外有兩男一女與他同機跳傘。兩名男子都是二十幾歲的小夥子，渾身散發睪酮素和男子氣概，高聲較勁，拿幼稚的冒險故事比拚。女性身材苗條，黑白配色的跳傘裝相當搶眼。他看不出她的年紀，不過她身體狀況良好，滿懷自信地走上前，坐到他隔壁。

「我沒在這裡見過你。」她保持微笑，與他四目相接，湊得很近，不然聲音會被發動的引擎壓過。他們搭乘的塞斯納小飛機開上跑道，加速，輕快地起飛。

「我沒在這裡跳過。」卡倫納大喊，迎上她的視線。一把無名火燒上他心頭，他眼神露骨地掃過她全身。

「你不是蘇格蘭人。」她說。他露齒而笑，知道這個笑容有什麼效果、她會如何反應。她笑出聲來，雙頰泛紅。「看我說了什麼蠢話！你從哪裡來？」

「法國。我幫妳拿頭盔。」他確認她下顎束帶的鬆緊度，指尖拂過她的臉頰，讓她再次臉紅。他靠得太近，貼上她的腿。「來，都好了。」他翻下自己的護目鏡，再次檢查身上各處的束帶扣環。

跳傘教官扯扯他的袖子。飛機已經抵達適當的地點和高度。那兩名年輕男子走向艙門，一同跳出機外。女子對他羞赧地笑了笑，躍入清澈的天空。教官站在艙門邊，確定他的裝備沒問題，往下看了一眼，確定其他人已經遠離，打手勢要他跟上。卡倫納任由地心引力帶著自己下墜。

大約過個十秒就會達到終端速度。他緩緩倒數，看了看手腕上的高度儀，維持趴著的姿勢，伸展四肢，凝視地平線。他試著捕捉這一刻，渴望這份墜落感刺穿他的五臟六腑，然而他只覺得空虛。過了二十秒，大地越來越近，但他沒有感受到任何威脅。他努力屏除雜念，卻看到艾琳．布克斯頓的面容印在地面上。耳邊應該只有呼嘯風聲，他卻聽見她母親的低語，直到他以尖叫蓋過雜音。三十秒，三千呎高，他右手往後彎，拉開降落傘。龐大的力道在瞬間拉扯他的身軀，他飄了起來。他等待迎接來此的目的，輕柔的飛行，平靜的孤單，純然的自由，緩緩再次踏入現實世界，心中毫無畏懼。

可是珍妮．瑪吉在他腦海中尖叫。卡倫納閉上雙眼。她不該出現在這裡。過去無論是什麼案件，無論承受多少壓力，他總能在半空中將它們排除。這回爲什麼行不通？他甩甩頭，努力注視逼近的陸地，拉扯操縱繩控制下降的方向，彎曲雙腿準備著地。

他應該要覺得自己所向無敵。過去著陸時他總能獲得克服死亡的勝利感，知道自己好好控制住肉體與恐懼。今天他只是重重撞上地面，因爲時機沒抓好，又跑了一小段路。他只覺得人生中一切都不如他的意。焦慮占了上風，宛如沉默的疾病般侵略人生的各個面向。他花了十分鐘收拾降落傘，走回飛機庫。距離下次跳傘還有一個多小時要打發。

他腦中亂成一團。無論是思緒還是身體的反應都和以往大不相同，所以他才會坐立不安。消失的解放感。無法切換、不斷累積的壓力。

「你跳得眞不錯。」一道嗓音響起，是剛才同機的女子。卡倫納沒有放慢腳步，逼得她快步追上。「我喜歡在傍晚跳傘，這個時段的光線太美了。在飛機上還來不及介紹，我叫潘妮。」

卡倫納暫停一秒。他差點開口叫她滾開。這樣才對。他想解釋現在沒心情跟人多聊，但他沒有，忽視了腦中傳來的一切理智訊息，跟她握了手。

「盧克。妳一定在這裡跳過吧。我要多待一會，可以請妳介紹一下嗎？」她的笑容是最明確的回答。卡倫納拔下頭盔，一手梳過頭髮。在行走間，兩人不時交談，四目相接。卡倫納努力分心，不去在意從內側敲打耳膜的刺耳噪音。

他們脫掉跳傘裝。在緊身的尼龍布下，潘妮穿著短褲和細肩帶上衣。她小腹平坦，雙腿線條優美。他沒有隱藏自己的眼神，她也似乎不在意。

「外面風景這麼漂亮，窩在室內太可惜了。我們出去走走吧。」他說。

兩人套上保暖衣物，潘妮帶他參觀機場。附近的鄉村風光讓人印象深刻，吹點冷風也值得了。四周呈現富有層次的綠意，初春嫩芽悄悄探頭，樹籬隔在機場和田野之間，遠處的山坡上看得到零星羊群。他們走了十分鐘，越過兩道柵欄，闖入他們不該進入的區域，遠離飛機庫和旁人的窺探。

走近荒涼的小樹林時，他握起潘妮的手，她的神情依舊從容，看來她也抱持著同樣的期待。意識到這一點，他的罪惡感頓時煙消雲散。他刻意緩緩後退，靠上樹幹，把潘妮拉向自己。跟跳傘同伴在雙方同意的前提下調情並不罕見，許多人都有這種經驗——理智被危機、恐懼、鬆懈、衝動打得體無完膚——不過呢，在著陸區旁邊做這種事確實有些魯莽。

「這樣真的好嗎？」她低喃：「我們才剛認識。」多年來他聽過無數次這類台詞，已經知道要如何應付。倘若對方真的有疑慮，她會說不想這麼做。假如她需要更多誘因，她會以問句或是其他類似的言語開頭。他知道這是性別歧視，也討厭自己的這種思維，不斷捫心自問卻無法抑止。他需要感受到一些事物，什麼都好，才能讓他意識到自己還活著。

「感覺很好啊。」他輕聲回應。「在這個地方，經過剛才的體驗，這麼做有什麼不對？」

她沒有回答，只是閉上雙眼，任由他的唇從她的下顎滑向鎖骨，另一手滑入她的衣服，沿著腰線撫上胸前。她緩緩吸氣，在他懷裡融化。太容易了，他想，在罪惡感湧現的同時告訴自己：要是她沒這個意思，他也不會做到這一步。

他的指尖穿過她的頭髮，將她的臉頰捧向自己面前。她的瞳孔稍稍放大，嘴唇微啓。吻上她的那一刻，她也不再假裝矜持，全身重量貼向他。他的大腿卡進她腿間，拇指搓揉她的乳頭，等待同意他更進一步的反應。她的低吟和接近足以回答一切。他的雙手從她的腹部摸向褲頭，他的舌頭鑽進她嘴裡，他讓她緊貼自己胸口。她沒有反抗，讓他解開她褲頭的釦子拉鍊，褲子滑落到她腳邊。

卡倫納試著從心中找出跟她一樣的感受。他閉上眼睛，緊緊貼著她，兩人的身軀狠狠碰撞，直到她稍稍退開，一手按住他胯下。就在這一瞬間，他僵住了。潘妮歪歪腦袋，傳達出明顯的疑問。他努力抗拒湧現的驚慌和自棄，指尖探入她的內褲，撫摸她的柔軟與濕潤，告訴自己也能獲得同等的情欲。他對自己下令、咒罵。她叫出聲來，雙腿張得更開，任由他予取予求，爲所欲爲。他還是一無所覺。當她摸索著拉下他的拉鍊時，他忍不住抽身，想爭取時間克服自己的冷感，拒絕放棄。

「怎麼了？」潘妮問：「我做了什麼讓你不高興的事情嗎？」

「沒事。」卡倫納咬牙回應，可是他知道那個絕妙的時機已經消失，他收回探入她內褲的手，別開頭，讓她自己拉起褲子。

「抱歉。」她搖搖頭。「你還想要我爲你做什麼嗎？」

他應當要好好安撫她。無法撩撥他的慾火，她顯然受到一點衝擊。她的歉意只讓他更難受。他至少該跟她說這不是她的錯，但他只聽得見另一名女性的聲音。他的身體再也無法對女性起反應。任何事物都無法觸動他的感官。自從十二個月前他的世界崩塌後，他還沒有硬過。

「只是暫時沒有心情。」他對潘妮說：「而且我要去整理下一趟的降落傘。走吧。」他刻意踏著輕快的步伐，超前她一步往回走。

「等你跳完第二次，我們可以去喝一杯。說不定再試試看？」她說。

「我還要工作。」卡倫納斷然道。潘妮聽出他的暗示，回到飛機庫後默默離開，卡倫納鬆了一口氣。

他重新穿好跳傘裝，重新打包裝備，開手機收信跟看訊息。起飛前二十分鐘的通知響起，他終於能接受檢查，很快又能搭上飛機了。身體機能的失常反覆浮上心頭，如同腐敗的臭氣。他壓不下這些思緒。上飛機前，他接受同樣的檢查。方才那兩名男子也在，潘妮沒有加入，不知道是爲了迴避卡倫納還是說她今天已經跳完了，他不在乎。

「卡倫納。」跳傘教官高喊。

卡倫納猛然抬頭。「什麼？」

「你沒事嗎？」

「我已經喊你名字三次了。跳傘前給我振作起來。」

「我很好。」

卡倫納凝視窗外，塞斯納起飛，狂風呼嘯，淹沒一切，卻無法淹沒他腦海中的聲音。他用力閉眼，甩甩頭，努力驅逐腦中的喧鬧，可是他擋不住艾琳．布克斯頓在冰冷荒涼的凱恩戈姆山間小屋裡烈焰焚身的慘叫，珍妮．瑪吉在廢棄倉庫的桶子裡遭到化學藥劑腐蝕的吶喊。那都是幻覺。他們無法證實那兩人遭到摧殘時還活著，但他的想像力執意播放最慘烈的情景。

他還沒回過神來，飛機已經抵達適當高度，那兩個小夥子即將出發。

卡倫納聽見女性尖喊他的名字，喘息間夾雜怒罵，最後他聽見潘妮沙啞興奮的吐息，在他掌心倒抽一口氣，以及當他疲軟無用地抽離時，她失望的嘆息。

他爬到敞開的艙門，扶住門框，俯視無比遙遠虛幻的陸地。田野看起來好柔軟，草地像是無邊無際的床鋪，隨時都能吸盡他的痛苦。卡倫納跳出機外。

一瞬間，幸福的寂靜填滿他的身體內外。那些聲音停滯了。漸漸暗下的藍天把他吞噬。他一邊墜落一邊數數。一、二、三……時間流逝，他在半空中活動四肢，下墜的速度越來越快。四、五、六……他可以控制身體，隨心所欲地行動——翻滾、頭下腳上，再回到趴姿左右旋轉。七、八、九、十……終端速度……他朝著地面衝刺，等他回到現實，身體將不再受控，他又要陷入無能的境地。

三千五百呎過了。應該要拉開降落傘，但他放掉這個思緒。腦中沉甸甸的一片朦朧。他想要恢復完整活躍的自己，而不是現在這個不上不下的半吊子。三千呎。他右手繞到背後，握住拉索，感受它的質感又放開，不想結束自由落體的感覺。

兩千呎。下墜的速度太快，地面太近，他眼睜睜看著地景越來越清晰。他知道這是在無理取鬧，拿自己的生命開玩笑，也意識到臉頰濕透了。

毋庸置疑，他不想死。然而這一刻，讓他放在心上的只有自由。現在他不需要面對自己成爲的空殼子，不需要回答悲痛家屬提出的無解疑問。他連自己是否想活著都不太確定了。他把自己的生命託付給科學和命運。

一千五百呎。腎上腺素令他反胃，腦袋暈糊糊的。一千呎。卡倫納閉上眼睛。

兩秒後，七百五十呎，他的緊急自動裝置開啓了副傘。頭部被降落傘往上扯，雙腳朝著地面搖晃，降落傘迅速張開，網住空氣。他沒空調整方向，只能隨風飄盪。如果他必須活下去，他可不想摔爛自己的雙腿或是脊椎。下一秒，他已經著地，意識突然恢復清晰，彷彿剛才那一跳只是一場夢。

「你的主傘怎麼了？」有人對他大喊。「故障了嗎？」主教官衝了過來。卡倫納轉身撿起副傘，目眩到無法回答，漠然到毫不在乎。「你剛才昏過去了嗎？你有沒有受傷？」

「我沒事。」他低喃。

她一手按住他的手臂，檢查他的裝備。

「你是不是沒有拉傘？」她問。卡倫納甩開她的手，大步走開。「我都看在眼裡。

我們要好好討論這件事。」

「我他媽的現在沒有心情。」卡倫納大吼。

「你讓電子儀器掌握你的性命。」她追了上去，擋在他面前。「你是在追求廉價的刺激感，還是認眞想自殺？」

卡倫納繞過她，走向飛機庫。

「這不是你一個人的事情。」主教官沒打算就這樣放過他。「違反程序就等於拿其他人的性命開玩笑。你應該有足夠的經驗吧。沒有看過降落傘故障時摔在地上的屍體嗎？」

「我看得夠多了。」卡倫納說：「不用跟我說教。我沒事，沒有人受傷，我的自動裝置幫我打開副傘。」

「我要禁止你在這裡跳傘半年，也會通知英國跳傘協會。如果你還要繼續投保，可以跟他們報告你的認知。你的態度不適合跳傘。」

卡倫納停下腳步。遠處圍了幾個人，見證他遭受的懲處。跟他同機跳傘的兩名男子直盯著他，潘妮看著地面，其他人一臉好奇，想知道這場鬧劇的來龍去脈。

「看來我做什麼都不適合。」卡倫納轉過身，結束對話。他收拾裝備，取回跳傘證照，裡頭多了主教官用紅筆寫下的紀錄，告知其他跳傘場他幹了什麼好事。卡倫納有好一陣子不能跳傘了。他回到車上，重重坐進駕駛座。

一個小時後，他回到家，途中景色模糊不清，在史翠瑟倫跳傘場的記憶無比清晰。

又多了一件他想忘也忘不掉的事情了，他想。他躺進沙發，雙臂掩面，擋住今日發生的一切。他最想擋開的是過去一年發生的一切。

艾絲翠指控他強暴後，他飽受創傷後壓力症候群之苦，但這是他痛恨的標籤之一。他讀遍所有的報導，看過每一個網站，就是想找到療法。心理醫師那些屁話他都能倒背如流了。所有的資料都叫他別急，不舉的症狀終究會改善，無法回應正常刺激只是驚嚇後的短期障礙。這是可以理解的反應。大腦控制他的身體，爲的是要保護他。

想起稍早對潘妮如此惡劣，他忍不住瑟縮了下。他努力回想她的姓氏，才發覺他根本沒有問起。卡倫納灌下一大杯冰水，理清思緒。經過整整一年的折騰，現在該來接受現實，或是認輸了。

26

隔天早上九點整，崔普領著神情緊張的連恩．格蘭傑踏進卡倫納的辦公室。他二十歲出頭，沒有任何前科。

「我只是想重新整理在珍妮．瑪吉失蹤那晚，你目擊的一切。你的筆錄提到你看見一名自言自語的男子。」卡倫納說。

「沒錯。像是在跟人講話一樣喃喃唸個不停，所以我才會特別注意他。聽見他的聲音後，我很驚訝他身旁其實沒有人。一開始我以爲他在講電話什麼的，可是他雙手垂在身體兩邊。」連恩說。

「你有看到他的臉嗎？」

「抱歉，我之前都說過了。我騎著腳踏車，甚至連他多高都說不出來，而且他剛好在陰影裡。不過我聽出他說的是蘇格蘭口音，不然我會特別注意到，而且嗓音很低沉。」

「他會不會用了免手持裝置？」崔普問。

「有可能，只是他說話的方式讓我覺得不太對勁。像是在咕噥什麼。我這樣說可能幫不上忙吧。」連恩拉起外套拉鍊，雙手插進口袋。

「你還記得他提到什麼字眼嗎？」卡倫納問道。

連恩想了想。「我聽見兩個東西。他說了什麼巷子……我們回巷子裡之類的。還有十二。這我聽得很清楚。他說了十二這個數字。」

從腳踏車騎士身上只能榨出這點情報，不過也夠卡倫納動腦了。

「愛丁堡有沒有什麼地方就叫做『巷子』？」等崔普送連恩離開，端來卡倫納急需的咖啡因時，他提問道。

「好像有一間夜總會叫這個名字，還有一間店家吧。怎麼了？」

「幫我查一下。雖然我不認爲這個嫌犯是夜總會的常客。」

「說不定他去那裡物色獵物？」崔普猜測。

「不會是這些受害者，除非艾琳跟珍妮同時擁有顛覆眾人認知的祕密生活。」

「我還是會查啦。看看那間夜總會有沒有會員紀錄。會不會是地址？什麼巷十二號？」崔普說。

「有可能，可是大聲嚷嚷自己的地址不覺得很怪嗎？今晚我要跟薩特警員去布雷瑪，明天傍晚回來。不要讓哈里斯教授扯我後腿，有什麼事情就通知我。」

「了解。」崔普說。「可是賴弗利警佐一定會問你人在哪裡。」

「就說我忙著追查他不斷提醒我的稀有線索。」

卡倫納正要鑽進薩特借來的公務車，卻被艾娃叫住。

「盧克，方便借我幾分鐘嗎？」她小跑步地靠近。

旁。

「當然。怎麼了？」

艾娃打手勢要他下車，一手越過他關上車門，給他們一點隱私。「剛才我接到一通打給貝格比總督察的電話。幸好他不在。對方是史翠瑟倫跳傘場的艾普芮．葛雷蒂，你認識她嗎？」卡倫納瞄了眼正在繫安全帶的薩特警員，又離開車子幾步，艾娃跟在他身旁。

「現在不適合談這件事。」卡倫納說：「我正要去布雷瑪重新看過現場，確認目擊證人看到火光時的視野，必須在天黑前抵達。等我回來再來說吧。」

「如果現在不說個清楚，我就不得不向貝格比報告了。我不想這麼做。可以跟我說說嗎？拜託？」艾娃壓低嗓音。

卡倫納用力吐氣，咬咬牙。他在上班時間以外做的事情跟其他人無關，艾普芮．葛雷蒂無權跟其他人提起昨天發生的事情。

「是眞的嗎？」艾娃沒有半句廢話。「你眞的故意不拉主傘？」

「那時候我有點昏頭了，跳傘期間偶爾會發生這種狀況，所以我都會設定好自動裝置當作備案。我的裝備保養得很好。我不是白痴。」

「自殺跟智商沒有關係。」

「我還不知道妳是精神科醫生。」卡倫納說。

「你眞的要嘴硬到底嗎？以現在的狀況來看，對你可能沒什麼幫助。你希望我怎麼做？把這件事當笑話看嗎？」

「我希望妳行行好，不要別人說什麼就隨便相信。對方完全不認識我，只看到當下的結果。我希望我的私生活和工作是兩回事，彼此沒有任何影響。」他說。

艾娃一愣，視線掃過他的臉和抱在胸前的雙臂，最後她雙手插進口袋。「好吧。可是你最近壓力很大，跨國調職，還背上重大刑案。你要對身邊的組員負責，他們需要你好好專心。你能搞定這件事嗎？」她問。

卡倫納直視她的雙眼。

「我能。」他應道。艾娃點頭離開，卻又折了回來。

「如果想找人聽你說話，我隨時奉陪。這點你知道吧？」

「我不需要諮商師。」卡倫納恨透了自己太過決絕的語氣。

「那你需要朋友嗎？」艾娃撤退前只丟下這個問題。

前往布雷瑪路上，綿延的山脈如同卡倫納的心情一樣陰沉。凱恩戈姆山脈映入眼簾後，周圍的樹林消失的速度快到讓人嘖嘖稱奇。路旁零星散布傾頹的農舍，在這裡務農肯定是穩賠不賺的苦差事。標誌警告用路人注意路面結冰和陡坡。此處離愛丁堡直線距離不算遠，但如果冬季車子壞在路上可就求救無門了。薩特數度試圖搭話，小心翼翼地避談方才他與通納督察的對話。或許她沒聽見任何內容，不過兩人的肢體語言已經很清楚了。最後薩特放棄了，打開收音機，放他眺望窗外風景。車子開上山路時，氣溫直線下降。即便是大白天，路況依舊相當考驗駕駛技術，更別說現在天色已經稍稍暗下，然而他得要獲得一點進展，否則他一定會瘋掉。

「直接開到犯罪現場。」卡倫納說：「盡量靠近一點。妳有手電筒嗎？」

「在後車廂。可是今晚沒辦法看到太多東西，明天一大早再過來不是更好？」

「我們有兩具屍體。假如不早點逮到他、釐清案情，第三具屍體就要冒出來了。哈里斯教授說得很清楚。」

「長官，我以爲你不認同他的側寫。」

「沒錯，所以他的側寫才這麼有幫助。車停這裡。」

兩人下車，步行前進。薩特穿著登山靴，明智的選擇。卡倫納套上他手邊唯一的黑皮鞋，試著模仿綁架瑪吉的人的穿著。這雙鞋沒有半點鞋底紋路，簡直是一步一滑的噩夢。

「薩特，妳看。」他說：「妳的登山靴鞋印很深。」她拿手電筒照了自己周圍一圈，地上清清楚楚印著她的鞋印。他接過手電筒，尋找自己的鞋印，只看到幾處被他採過的草葉，但是光滑平板的皮革鞋跟沒有留下顯眼的痕跡。兇手有辦法不留痕跡地來去。

「你認爲他是早就算計好這一點，還是誤打誤撞？」薩特問。

「我想他會替自己創造各種契機。」卡倫納交還手電筒。他移到半毀的山屋裡，在腳邊放了張這一區的地圖，打開手機的數位指南針應用程式，研究周遭地理環境。

「小屋的後側嵌入岩壁，登山客是從西側看過來。他只能把車停在下面走上來，不是拖著屍體橫越我們這裡與登山客之間的山谷。」他說。

「你想他是如何搬動屍體的呢？」薩特問。

「大概是類似雪橇，方便在粗糙路面上拖拉的工具吧。我猜看到他的人只會以爲他拖著運動器材或是露營裝備。我比較在意登山客的視角。他們當時人在長程登山路線的中途對吧？已經走了好幾哩路。兇手知道不會有人看到他棄屍，因爲沒有人會在天黑後動身。就算有的話，他也不會被人看到。」

「你說得對。但我不知道這對調查有什麼幫助。」薩特說。

卡倫納撿起地圖，手指滑向標示紅色十字的地點，拿手機確認方位，揮手要薩特跟上。幾分鐘後，他們來到滿地岩石的區域，手電筒照不出周遭全貌，使他們磕磕絆絆。

「搜尋犬在這裡找到埋起來的球棒，旁邊幾公尺處是留有艾琳·布克斯頓ＤＮＡ的牙齒。這一區比山屋高了一些，不是在山屋跟他的車子之間。」

「他怕在下山途中被攔檢，所以特地跑上來埋球棒，說不定還沒發現牙齒黏在球棒上。」薩特踢了踢腳邊的沙土。

「妳根本不相信對吧？這套理論有什麼問題？」

「就是覺得不對勁，可是說不出爲什麼。」

「我覺得不對勁的是登山客。」卡倫納說：「太完美、太巧了。我們照著他的布置來到這裡，在錯誤的地方投注心血。我想我們應該去那邊搜查。」他朝著一片漆黑的山谷振臂。「他在這裡很小心。他走過那兩位好心登山客看到火光的步道，知道什麼時段最安全，來這裡不會被人看見。他一定勘查過了，就怕會太早曝光。」

「山谷另一邊的狀況如何？」薩特問道。

「那裡的線索比較多。登山步道範圍有限，起點是北側的露營場，終點是南側的停車場，那裡還有一間戶外用品租售中心。路線很長，不好走，也沒有明顯的岔路。所以他才會選擇在這裡棄屍，也因此突顯了跑上來丟棄兇器的行爲有多麼不合理。都做了那麼多準備，如此小心謹慎，找到最完美的焚屍地點，跑到幾哩外的登山步道確認視野，估測日照時間跟平均走路速度。這個人規劃出運送屍體的最佳路線，甚至將屍體浸泡在促燃劑裡面，加快燃燒速度，因爲他很清楚目擊者最快會在什麼時候出現。」

「所以他不可能驚慌失措，隨手亂丟兇器。」薩特說。

「上頭還黏著死者的牙齒？不可能。他早就知道警方會找到這些東西。」

「卡在石頭下，沒被火燒到的絲巾呢？」薩特問。

「絕對不是失誤或巧合。」

「兇手不是哈里斯教授口中毫無條理的神經病。他還說錯了什麼？」

卡倫納蹲下來，摸摸地上沙土。「懊悔。哈里斯錯了。這個人就是要我們找到屍體。他要我們知道這兩名女性死了。我不太確定背後的原因。或許是刻意擺出來讓死者家屬痛苦，或是營造出恐懼或是恐慌。說不定他靠著這些行爲取樂。我只能確定目前我們找到的一切，都是他希望我們找到的證據。卡在防波堤上的手推車跟那包衣服也是一樣。他知道潮水會把這些東西沖上岸，故意留了份禮物給我們。」

「他是在炫耀戰利品嗎？」薩特問。

「紀念品證據。」卡倫納應道：「如果想找到他，就必須忽略他留下的線索，研究他做過的研究。好啦，明天還要爬山呢。」

薩特立下大功，訂到優質的民宿。早餐是堆積如山的蛋白質，卡倫納第一次容許在紅茶裡加牛奶。今天的第一站是布雷瑪的警察派駐所。橫越湍急冰冷的克魯尼河時，卡倫納在橋邊暫停，眺望河面上岌岌可危的古老石井。那座外型類似塔的圓柱體抵擋高地寒風，不知道還能支撐多久。他撫過古老的石塊，俯視下方漆黑的水面。

「長官，你好像掛記著什麼事。還好嗎？」

「通納督察昨晚沒有接電話。」他低語。昨晚他在三小時內打了三通電話，想跟她談和。「妳有接到警署的消息嗎？」

「沒有，我直接睡了。房間裡沒有電視，我也沒別的事好做。或許這樣也不錯。」薩特說。

一輛車開過他們身旁，按了幾下喇叭，瓊提·史普的面容一閃而逝。

「走吧，警員，我們要遲到了。」卡倫納說。

兩人到停車場與病理學家會合時，他才剛停好車，拎著資料夾跟瓶子鑽出來。

「卡倫納督察，沒想到還會在這裡見到你。一起進去吧？」史普友善地高呼。三人走進小小的警局，幾張椅子圍繞在桌子四周。「你想問什麼？」

「那條絲巾。」卡倫納問道：「上面沾的血跡有驗出什麼嗎？」

「絕對是艾琳·布克斯頓的血，ＤＮＡ沒有問題。血跡已經乾透了，不過我想應該是火場的高溫造成。你也知道它被石塊壓住才能逃過一劫。照片在這裡。」他掏出一張A4相紙，照片裡是一片碎花圖案的布料，邊緣參差不齊，一角染上棕色污漬。

「血跡邊緣還挺平滑的。」卡倫納指尖滑過照片上的血跡外緣。「透露了什麼訊息？」

「這不是噴濺的血花。可能是血滴到絲巾上，不然就是絲巾掉進大量血液中。舉個例來說吧，戴在槍擊受害者身上的絲巾不會有這樣的血跡。」

卡倫納點點頭。「還有這個，絲巾邊緣的纖維跟其他區塊顏色一樣。」

「它完全沒被燒到。」薩特說：「你說得對。」

「什麼說得對？」瓊提細細研究照片。

「這塊布跟球棒、牙齒一樣，都是安排給我們找到的線索。如果這個角落碰巧卡在石頭下，其餘部分都燒掉了，邊緣一定會燒得焦黑。這塊布的邊緣有些脫線，兇手可能是剪下這塊沾了艾琳血液的絲巾，壓在石頭下讓我們發現。」

「還眞是聰明。」瓊提．史普說。

「沒錯。」卡倫納同意道：「比我們聰明太多了。」

「我不是在說他。這一行幹久了，有時候太過專注於細節，就會忽視整體的輪廓。還有別的嗎？」

「只有牙齒。」卡倫納說。

「牙齒的主人肯定是布克斯頓小姐。我們交叉比對了她的牙醫紀錄。高溫會稍微破壞牙齒外型，但這些牙齒沒有遭受焚燒，靠近球棒的牙齒還留有軟組織。DNA檢驗的結果也一樣。」

「可以請鑑識牙科專家再仔細檢查一次嗎？就當作是垂死掙扎吧，你們說不定能找到前一次我們沒發現的線索，比如說食物殘渣讓我們知道他拿什麼東西餵她，牙齒上沾到的化學物質顯示她曾經處於什麼環境。之前我們只想確認死者身分，可能漏掉了其他細節。」

「我來處理。」史普說：「可以麻煩你回愛丁堡的時候還我這個人情嗎？」他拎起一瓶閃耀的單麥威士忌。「幫我轉交給通納督察。」

標籤上印著「樂加維林」，瓶中液體如同濃郁的金黃色蜂蜜。卡倫納好想當場打開這瓶號稱存放了十六年的佳釀。

「我不知道你認識艾娃。」他說。

「我們沒有私交。我只是看到她昨晚在記者會上的發言，覺得她很有膽識，很佩服她敢說出那些話。可惜我知道她肯定會惹到大人物。我想這瓶威士忌或許能幫點忙。」

「怎麼說？」卡倫納問道。

「你沒看嗎？」瓊提挑眉。「你的同事跟羅馬天主教會槓上了。說她心直口快還太輕描淡寫了。」

他們在大雨中開了一個小時的車，來到山谷另一端的露營區。這裡沒有任何固定設施，沒有廁所或是淋浴間，也沒有人看守，只插了根標誌警告露營民眾不准留下垃圾，或是在國家公園境內生火。卡倫納和薩特認命踏上步道，他們知道今天不是登山的好日子，抱怨也於事無補。他們花了三個多小時才抵達目擊證人隔著山谷看到小山屋的位置，傾盆大雨激起濃濃霧氣，視線很差。卡倫納對照證詞確認位置，心裡想著兇手的心力和專注。他受到執念的驅策，比起殺人，籌劃這一切更像是他的目標。

「跟性無關。」他對著寬闊的山谷說。

「長官，你說什麼？」忙著拍照、寫筆記的薩特暫停幾秒。

「性犯罪通常蘊藏高度的衝動。就算犯人特地挑選了某個目標，他們的攻擊往往會在某個時間點失控。」

「你的意思是他沒有強暴她們嗎？」薩特問。

「我沒有這個意思，只是不覺得這是他最原始的動機。以強暴犯來說，他事前計畫的過程太長了。太冷靜，太俐落。回車上吧，我們還要開過去看看步道另一端的狀況。看來我們很晚才會回到愛丁堡了。」

戶外用品租售中心空無一人，貼在玻璃門內的手機號碼紙條看起來放了好一陣子，不過撥過去還是有人接聽。

「喂？」有個嗓音回應。卡倫納站在岩石上捕捉訊號，他向對方說明自己的身分和位置。過了一兩分鐘，門鎖打開，一名年輕女性探出頭。

薩特解釋他們正在調查山屋的火警，女孩很謹慎，沒有說出艾琳．布克斯頓的名字，但她顯然知道這個案子。

「離這裡滿遠的。」她應道：「我不確定能幫你們什麼。」

「我們想找一名看起來格格不入的登山客，可能是服裝或是行爲舉止跟其他人不太一樣。大概是在火警前幾個禮拜。他應該帶著望遠鏡，大概還有相機。」

「來這裡的人都帶著望遠鏡跟相機。到了旺季，每個禮拜會有好幾百個人經過。有時候是業餘登山團體，教練會到步道另一側接人。」

「我說的人是獨自上山，中年，穿著可能不像一般登山客。」女孩的表情透露她想到了什麼情報。「怎麼了？」

她打開櫃子，抽出登記簿。「針對獨行的登山客，我們會記錄他們的名字跟車牌號碼。沒有多少人自己走這段山路，要是出了事，我們要過好一陣子才會發現。要是哪輛車在這裡停了超過四十八小時，我們就會對照紀錄，通知警方。附近有不少陡峭的山崖，對有意自殺的人頗具吸引力。」

薩特翻開登記簿，翻閱前幾個月的紀錄。

「名單沒有很長，用牌照追查花不了多少時間。」她對卡倫納說。

「希望你們可以抓到他。」女孩說：「這裡總是很安全又和平，那個案子影響了山上的氣氛。」

薩特對她笑了笑。調查這個案子的期間，卡倫納第一次在這位警員臉上看到擔憂之外的表情。「會的，很快就能破案。」薩特警員說道。

他們設定好回愛丁堡的導航系統，薩特開車，卡倫納以電話回傳艾琳．布克斯頓死前六個月內的獨行登山客名單。

「終於有了眞正的進展。長官，你說追蹤兇手的事前準備是對的。這樣賴弗利警佐對你的評價也會提升一點了。」

「兇手應該會用化名。」卡倫納說：「事情沒有那麼容易，我們可別得意忘形。」

他打開收音機，轉到新聞頻道。既然聖哲拉．馬則中學的行徑已經浮上檯面，嬰兒死亡案必定是近日的頭條新聞。卡倫納連買報紙的空檔都沒有。他瞄向自己負責運送的單麥威士忌。昨晚她沒接電話帶給他不祥的預感。沒錯，電台正努力放送他們獲得許可播報的細節，因爲那些女孩都未成年。記者接著提到教會的反應，他調高音量。

「目前還無法聯絡到羅馬天主教會的代表人士。」播報員說道：「不過梵蒂岡已經發布文字聲明，譴責艾娃．通納督察昨晚在記者會上發表的言論。」喇叭傳來沙沙聲，切入一段錄音檔，艾娃的嗓音清晰無比，彷彿她跟他們一起坐在車上。

「在這個年代，我們難以理解竟然有宗教團體以強制手段迫使孩童接受他們的規範，不讓她們獲得適當、完善的醫療建議和照顧，不讓她們接觸未經偏見影響的醫護人員。這些女孩在她們家長的指示下被囚禁在這間學校裡，就爲了阻止她們對自己的身孕做出任何選擇，此舉稱得上是酷刑。羅馬天主教會的最高層級人員應當要回應此事。我們不是活在黑暗時代。聖哲拉．馬則中學校內發生的一切與崇高善行毫無關聯，無異於燒死女巫的宗教法庭。」

播報員打斷艾娃的發言：「警方透露有一名修女被控犯下傷害罪，另一名男性有強暴嫌疑，正在接受訊問。三名女孩正在協助警方調查案情。」卡倫納關掉收音機，嘆了口氣。

「通納督察眞是了不起。」薩特柔聲道。「我肯定沒有膽子在記者會上說這種話。」

「她之後就慘了。」卡倫納說。

「可是她又沒有說錯。」薩特抗議。「爲什麼說眞話也會出事？」

「有時候光是沒錯還不夠。我們要假裝沒有任何個人看法。薩特，直接送我回警署。我要確認最新的發展。」

薩特瘋狂飆車，路況也是暢通到底，兩個小時後，他們抵達愛丁堡的市郊，卡倫納已經確認完名單上一半的名字與車牌號碼沒有出入。賴弗利警佐傳簡訊說他要親自監督核對名單，會整晚待在警署完成任務。

卡倫納回到警署時，艾娃跟貝格比總督察關在辦公室裡。他懶得等待邀請，也不想就此噤聲，直接闖了進去。

「總督察。」門還沒關好，卡倫納已經開口：「你沒有到過現場，沒看到我們看到的景象。通納督察在記者會上說的一切毫無偏頗。」

「卡倫納，歡迎回來。」總督察雙手扠腰，咬牙回應：「我不記得有請你參加這場會議。」

「現在是晚間十一點。所以這不算是正式會議，更何況艾娃也沒有副手陪同。」

「督察，別拿程序壓我，這種狀況我見得比你還多。」貝格比大吼。

「沒事的，盧克，我可以顧好自己。」艾娃說。

「別忘了，我也要負責顧好妳。蘇格蘭有一半羅馬天主教的信徒要我好好懲處妳。他們說妳僭越了妳的本分。」總督察氣勢洶洶。

「那就炒我魷魚啊！」艾娃說：「我可以承認我表達了個人的看法。我沒有顧及受過的訓練跟自己的立場。我可以走了嗎？」她一臉疲憊厭倦。卡倫納遞出那瓶威士忌。

「這是什麼？」她問。

「艾琳．布克斯頓焚屍案的病理學家瓊提．史普要送妳的。無論妳得罪多少人，還有更多人很高興看到妳站出來說話。」卡倫納努力壓低嗓音。「長官，你不能受到社會大眾的壓力左右。這個案子的偵辦過程沒有瑕疵，可以拯救無數遭受同樣折磨的女孩——天知道還有多少人。你應該要讓通納督察升官，而不是處罰她。」

「我總得要做點什麼。」貝格比嘆息。「艾娃，否則我無法保護妳。他們肯定會把這件事鬧到我的上級那裡去。《先鋒報》刊登的那封信簡直是在徵召十字軍，說警方心懷偏見，沒有遵守執法標準。抱歉，我得要請妳接受十四天的停職，在這段期間由我來指揮公開調查，提出報告。」

「這樣做有什麼好處？」卡倫納知道自己越線了，但他氣到忍不住大吼。

總督察起身。「讓大家都有點喘息空間，讓事態冷卻一下。這代表我會依循程序調查，只要我發現通納督察的調查行為完全合乎規範，她並沒有刻意陷教會於不義，就有機會把焦點凝聚在施虐的學校上頭，而不是我們。」最後一句話，他每說一個字，食指就在桌上敲一下。

「那艾娃的個人紀錄……」卡倫納的嗓門又大了起來。

「盧克，別說了。總督察也是逼不得已。」

「天主教會就只是想轉移目標，不讓自己成爲箭靶。」卡倫納繼續道。

「我應該要料到這一點，不是直接送上自己的腦袋。我母親總說我是自己最大的敵人，沒想到她還眞的沒說錯。」

「還有一件事。」貝格比打岔：「今天部門收到一個包裹，收件者只寫了『督察』。裡面裝了一瓶路易侯德水晶香檳，我知道我的發音一定不對，也知道自己絕對買不起這東西。包裹是直接送到警署，對方穿著連帽外套、戴著太陽眼鏡，簽的名字是喬．史密斯。雖然寄件人沒有署名，裡面的卡片寫著：『人生豈能毫無樂趣？』這個玩意兒浪費了我一個小時，派人做了全套安全檢查。我不知道你們兩個是誰讓感情世界介入我的部門，總之拜託你們叫那個神祕愛慕者低調點。」

「跟上次的玫瑰一樣。」卡倫納低喃：「我就說妳應該要呈報上去。」

「別說了。」艾娃悄聲回應。「好啦，總督察，遵命。兩個禮拜後見。」

她拉著卡倫納退出辦公室，輕輕關上門，到他辦公室集合。

「妳應該要跟他說的。」卡倫納確定附近沒有其他人後才開口。

「你覺得我的生活還不夠複雜嗎？」她回答。

個人啊。」

「一個匿名禮物可能只是開玩笑，兩次就是騷擾了。說不定跟寫信威脅妳的是同一

「犯案模式不同，還是說警官學校教這一課的時候你請了病假？聽好，我累死了，今天還沒結束呢，可以請你改天再來唸我嗎？」

「要我送妳回家嗎？」他問。

「我確實需要你的協助。今天我完全被這件鳥事困住了，可是娜塔莎先前打電話找我，她怕得要命。她覺得有人進過她的屋子。我答應她會過去看看。我能以朋友的身分幫忙，可是現在我被停職了，要是眞的出了什麼事，我完全派不上用場。你方便來一趟嗎？」

「只要妳記得帶上那瓶威士忌。」他說。

27

憂心忡忡的娜塔莎在前門迎接兩人。她的擔憂不是爲了自己，卡倫納心想。這名體貼又敏銳的女子很清楚她的摯友正遭受輿論轟炸。

「請進。」娜塔莎說：「盧克，能再見到你眞好。」她對上他的視線。艾娃還好嗎，她以眼神詢問。卡倫納輕輕搖頭。「你們不用大半夜的趕過來啦，也不是什麼大事。我幫你們拿點喝的。」

「我們可是有備而來。」艾娃舉起那瓶樂加維林。「抱歉我接到電話的時候走不開。怎麼了？」

娜塔莎遞來沉甸甸的水晶杯。「沒有單麥威士忌無法解決的事情。」她俏皮地說道。「你們會覺得我有被害妄想，沒有東西破掉，看不出有什麼東西不見，可是我浴室裡的香水瓶被人動過了。幾個抽屜沒有關緊，我發誓我絕對沒有這麼隨便。我書桌上的一疊文件順序亂了，有一個枕頭稍微凹陷。我都自己鋪床，有一套固定的規則，希望你們別把我當成怪胎。」

「妳沒開保全系統嗎？」卡倫納問。

「現在沒裝。之前它一直亂響，我好幾次不得不在上課途中離席去重設系統。最後我關掉了。沒有外人闖入的痕跡。不是這裡鬧鬼，就是我瘋了。」

卡倫納跟艾娃都看不出有什麼問題，不過娜塔莎的屋子確實整理得井井有條，可以理解她為何會發覺物品的位置不對勁。卡倫納檢查門窗，卻找不到任何破壞的痕跡。

「可以給我一點冰塊嗎？這瓶酒比我想像的還要烈。」卡倫納搖動杯中酒液。

「你不是有一半蘇格蘭血統嗎？」娜塔莎逗弄道。「你要好好鍛鍊身為法國人的那一半啊！」她打開冰箱最上層的冷凍庫，伸手取出製冰盒，卻摸到一團半結凍的紅色物體。

「這是什麼鬼東西！」她尖叫一聲，把不明物體甩到廚房地上。帶著水分的物體啪地落地，磁磚上滿是紅色碎冰。艾娃跪下來，拿叉子戳了戳。

「是心臟，幸好人類的心臟沒這麼大。可能是牛或是馬吧。」艾娃說：「難怪妳家沒有少什麼東西。那個不速之客的目的是向妳傳遞訊息。」

「以前的交往對象，對妳有什麼不滿？」卡倫納提問：「妳有沒有跟誰鬧得不歡而散，然後對方還持有妳家鑰匙？」

「我現在單身。」娜塔莎應道：「以前幾乎每次都鬧得很難看，不然也不會分手。至於鑰匙呢，其中兩三個前女友可能還留著吧。」她一邊清理滿地狼藉，忍住淚水，掩飾雙手的顫抖。艾娃從她手中接過抹布，要娜塔莎坐下。「眞不敢相信有人過分到闖進我家。太噁心了。為什麼要在冷凍庫裡放這種東西？」

「把可能持有鑰匙的人寫下來，我叫崔普警員追查看看。今晚妳不該繼續待在家裡。」卡倫納指示道。

「不要。艾娃收到死亡威脅，她可沒有逃走。」娜塔莎說。

「妳想這兩件事會不會有關聯？妳們是多年好友，會不會有人忌妒妳們的交情？」卡倫納問。

艾娃若有所思地盯著她丟進垃圾袋、準備送去化驗的心臟。

「我想不出有誰會這麼做。除非一起出去喝酒，不然我們不會在公開場合共處，娜塔莎也很少讓我認識她的哪個女朋友。」

「就算只是巧合也夠可疑了。」卡倫納說：「這件事必須正式成案，才能申請鑑識檢驗，娜塔莎，我要妳明天來做筆錄。」

「你沒有說『我們』。」娜塔莎注意到他的用詞。「艾娃，妳不打算處理這件事嗎？」

「我被停職了。本來可能更糟的。用兩個禮拜的有薪假來交換我的專業名聲受到質疑很值得。」

「喔，親愛的，眞是遺憾。」娜塔莎抱了抱她。「現在我又把妳扯進這灘渾水，妳最不需要的就是更多麻煩了。」

「我寧可停職也不想有人在我家丟這種東西。妳今天晚上眞的沒問題嗎？」艾娃問。

「我會把前後門都掛上門鍊，窗戶全部鎖好。別擔心我。我只是嚇到了。」

「我現在就通報給警署。」卡倫納說：「會有巡邏車定期經過。有什麼事情就打給我。」接著他轉向艾娃。「最好在員警抵達前送妳回去。停職一個小時內就出現在犯罪現場可不是什麼好事。」

卡倫納以爲他夠累了，不過抵達艾娃的住處時，他知道睡意即將消散，顯然她也有同感。

「要喝茶嗎？」她問。「還是即溶咖啡？別期待我這裡有什麼現磨咖啡粉。」

「我可不奢望有這麼好的待遇。這樣會毀了妳在我心目中自由奔放的形象。」

艾娃家裡的擺設介於雜亂和生活感之間。大部分的家具看起來年代久遠，獲得妥善使用和照顧，而不是上了蠟的裝飾品。裝潢透出濃濃的舒適與溫暖。趁著她在廚房洗杯子的空檔，卡倫納翻了翻架上的影碟跟音樂ＣＤ。

「妳家沒有餐桌，妳都在哪裡吃東西？」他大喊。

「我都用書桌，太忙的時候就站著吃。如果太晚我會坐在電視前面。來，無咖啡因的。你能忍受嗎？」

「下次我自己帶咖啡粉過來。」

「假如你還是這副德性，不會有下一次啦。」她窩進扶手椅，閉上眼睛。「喔，今天眞是不得了，謝謝你在貝格比面前幫我說話，不過他沒有錯。只能靠著停職來避風波。」

「只是妳會背上不好看的紀錄。」

「這種事情在所難免，名聲可以重新培養。至於你，你還沒說過爲什麼會離開國際刑警組織呢？說吧，別人的悲慘故事說不定會讓我好過一點。如果你不介意的話。」

卡倫納想了想。他依舊難以啓齒，不過警署裡早就謠言滿天飛，讓人聽聽他這一方的說詞或許會有點幫助，同時也能稍微卸下長久以來的負荷，避免像在史翠瑟倫跳傘場那次鬧的笑話。他還沒跟艾娃提起跳傘事件，她也沒有追究。他可能要再過一陣子才能面對這件事。

「很常見的故事。」他說。「跟一名女性有關。」

⚕

艾絲翠．柏德長相惹眼，紅褐色長髮髮尾被太陽曬得泛出金光。睫毛修長，顴骨高得恰到好處，想必許多男人願意付錢多看她曼妙的身材一眼。在同僚牽線之前，他已經相當在意她了，只是一直沒機會跟她說上話。

「當時我在國際刑警組織最要好的朋友安排我們約會。」他對艾娃說：「只要有好吃的，要尙－保羅做什麼都沒問題，艾絲翠在他家冰箱塞了一個月份的食物，就爲了要他說服我。可惜我答應跟她約會的時候還不知道他們的交易，不然我肯定會提高警覺。我單身，剛好有點閒，找不出拒絕的理由。」

「跟探員同事交往沒什麼規範嗎？」艾娃小口小口喝茶，拉一條毯子蓋住下半身。

「她是在財政部門工作的民間人士，跟我的部門沒有利益衝突，所以不受規定限制。尚—保羅給了我她的手機號碼，我塞進口袋裡，心想這一兩個禮拜來聯絡她。隔天他問我昨晚怎麼沒有打電話，說她一直在等，非常失望。」

「你對她一無所知？連她的名聲都不清楚？」

「完全不知道。不過她找我朋友麻煩，而我只需要打電話給她。當時我可能有點煩，但還不到放手不管的程度。總之我跟她約好當晚見面，訂了餐廳。我打算跟她在餐廳會合，輕鬆地見個面，但她要我去接她，把這當成正式約會。」

他幾乎記得那通電話裡的每一句話，或許是因爲他在腦海中重複了太多次，期盼自己能早點料到臨頭大禍。艾絲翠低啞的嗓音很好聽，老實說這正是他沒有立刻回絕的原因。他知道她有點公主病——他跟不少模特兒交往過，很了解這一型的女生。沒有率性的餘地，不可能出現簡單喝一杯看看雙方是否對眼的模式。

「她很熱情，有點緊張，傻笑個沒完，但我沒有多想。」卡倫納說：「滿諷刺的，以前的我雖然白痴，但從來沒有惹上太多麻煩，不然光是她要求我特別打扮這一點就過不了關。」

艾娃嗆了一下。「她還眞的這麼說喔？」

「眞的。」艾娃震驚的表情讓他忍不住苦笑。

他照著約定，七點整到艾絲翠家接她。對他來說是有點早，但她想在晚餐前先喝一杯。在他的腦海中，她總是穿著那套深灰色低胸亮片小洋裝，離傷風敗俗只有一線之隔。裙子只蓋過她半截大腿，側邊還開了衩，卡倫納忍不住在她走路時直盯著看。她的打扮全是爲了吸引他的目光，他得承認她很成功。

「我們先在一間酒吧喝了香檳，她話不多，所以我提起工作的事情，像是尙－保羅跟我幹過的蠢事，接著又聊了幾句足球。我對運動沒什麼興趣，只是她沒有任何反應，我得要多找點話題。這時我知道這是我們第一次，也是最後一次的約會。」

「她做了什麼？」艾娃問。

「她說『別聊運動了，我一點都不感興趣』。妳也知道那種感覺，回顧人生的某些時刻，心想若是當時做出不同的選擇，一切是不是就會不同？有好幾個月，我總是夢見在那一刻裝病離開酒吧，叫她自己搭計程車回家。」

「可是你沒有。」艾娃說。

「對，沒有。我努力打圓場，不讓她覺得尷尬，甚至以爲我聽錯了。我眞心只想結束那一晚的約會，送她回家，再也不用看到她。感覺順水推舟比當下反應還要節省力氣。」

他跟艾絲翠從酒吧移動到餐廳，那是她指定的店家，以卡倫納的品味來說太過古板，要穿西裝打領帶，服務生預設的表情是一臉不屑，裝潢設計都是爲了警告客人帳單會有多誇張。艾絲翠愛極了這個地方。

「然後呢？」艾娃問。

「艾絲翠簡直像個小孩子，一下子任性又幼稚，一下子又甩甩頭髮，吸引旁人關注。我真的不知道該如何反應。服務生的眼神像是要我好好處理我的女伴。中途我尷尬到請她說話小聲點，沒想到她更過分了，我只好默默看著。她點了魚排，又跟我說她討厭吃魚。嘗了嘗葡萄酒，先是大讚特讚，喝到一半又跟服務生說他不該端上如此低劣的飲料。等甜點送上桌，她抬腳往我胯下磨蹭。」

卡倫納回想在餐廳裡聽著艾絲翠無理取鬧，希望她能閉嘴。她似乎擁有邊吃邊聊的過人才能。他每隔幾分鐘就看看錶，手腕藏在桌下不讓她發現，但最後就連她也察覺到這個暗示。

「你很想離開嗎？」艾絲翠問道。

「抱歉，我不是有意如此失禮，只是我今晚想檢查一些資料。妳慢慢吃焗烤布丁。」他說。

「反正我也要走了。」她拋下吃到一半的黑櫻桃，丟下湯匙，金屬與瓷碗撞擊的聲響引來餐廳裡其他客人的注視。不用卡倫納開口，服務生領班瞬間送上帳單，眼神充滿解脫。卡倫納把現金留在桌上，還添了不少小費。他心裡只想著要如何迅速脫身。

來到店外，她吵著還要喝香檳，抱怨他害她無法慢慢用餐。這時他犯下了改變一切的錯誤。

「我不知道還有什麼辦法讓她閉嘴、趕快送她回家，所以我吻了她。只有幾秒鐘，不是什麼親密的舉動，只是要堵住她的嘴巴，要她聽我的話行動——乖乖上我的車，讓我送她回家，夾著尾巴逃走。」

「你不需要替自己辯護。如果我想批評你，我早就說了。」艾娃說。

「我的辯護是爲了跟我對自己的批判對抗。我心底依舊認爲我該死的大錯特錯。是我讓她得寸進尺。」

「如果聽到受害者說這句話我就能得到一鎊……」艾娃說：「你送她回家的時候發生了什麼事。」

「還沒到她家就開始了。在車上。吻她是我這輩子最大的失策，一碰到她我就知道了。艾絲翠開始裝醉，手腳亂動，在我開車時解開安全帶，還想爬到我大腿上。抵達她的公寓時，她說她走不動，要我抱她上去。」

艾絲翠的裙襬已經捲到大腿上，內褲一覽無遺。就算他在約會開始時被她撩起了慾火，到現在他已經是心如止水。她的醉意全是演出來的。事後想想，他很納悶她是不是看穿了他突如其來的接近。他半拖半扛地送艾絲翠到她家門口，試著扯幾句跟工作有關的藉口，沒想到她直接癱在地上，哭了起來。生怕鄰居跑出來看好戲，他連忙掏出她家鑰匙，打開門，扛她到沙發上。

「我要走了。」他說，她把細跟高跟鞋踢到房間另一端。

「少騙我了，你根本沒什麼急事。」她迅速恢復清醒。方才的喧鬧消失，她換上低沉的性感嗓音。「不准你說不想要我。我看到你剛才看著我的眼神了。」她一手扭到背後，拉下洋裝拉鍊。

「我不會做這種事。」他無視朝他飛來的洋裝，退回門邊。

「艾絲翠撲向我，那股勢頭猛烈到難以想像，我不得不將她推開。」卡倫納對艾娃說：「我盡量放輕力道了，但她就是不放手。」

這時，艾絲翠已經一絲不掛。卡倫納還記得那股噁心的觸感，她黏在他背上，不斷磨蹭，一邊撫摸自己一邊試圖剝下他的衣褲。最後他別無選擇，只能使勁脫身。他聽見她摔倒在木頭地板上的沉重碰撞聲，回頭確認她沒有受傷，準備離開。

「我正要打開她家前門，艾絲翠突然攻擊我，抓傷我的脖子。」卡倫納回想道：「一個鄰居跑出來看我們在吵什麼。他看到我抹掉脖子上的血跡，聽到我罵髒話。」

艾絲翠在他背後陷入歇斯底里，哭號咒罵，什麼難聽話都說了。過了一分鐘，他回到車上，喃喃唸著尚—保羅害他惹得一身腥，迅速飆回家，想早點沖掉她留下的氣味。

艾娃傾身向前，雙手托著下巴，凝視著他的頸子，彷彿那道傷痕會憑空出現似的。

「然後呢？」。

「沒有然後了。隔天我去上班，幾個人問起我的傷，我說是在健身房弄到的。我跟尚—保羅說她不太好相處，就這樣。無論她有多糟糕，我都不想害她丟了工作。我個人認定這件事已經結束，而且我也不喜歡到處八卦，所以沒有多說什麼。兩天後，我去牙買加執行任務，剩下的妳都知道啦。」

「她指控你做了什麼？」艾娃問。

「相信妳已經猜到了。」卡倫納說。

艾娃點頭。

28

艾娃為了刺探他的過往致歉，也大方地承諾會保密到家。里昂與他失去的人生是他努力不去思考的事物，不過這番討論再度掀起他腦海中的波濤，當他躺在床上難以入睡時，記憶席捲而來。他想到藏在小巷裡的熟食鋪子，那些店鋪販售的是別處嘗不到的頂級熟肉和起司。他依然感受得到漫長炎熱的夏季，看到國際刑警組織的方正堡壘玻璃外牆映射耀眼的陽光。離開法國後，卡倫納在法夫接受了六個月的訓練，學習蘇格蘭刑法和警察調查程序，之後才前往愛丁堡。他原本期望到了那時他能比較熟悉故鄉，然而他依舊覺得自己是個外人。卡倫納能理解父親對蘇格蘭的熱愛，可是被迫遷徙的傷痕尚未痊癒，他難以把這個新世界當成家看待，即便他確實是在這裡出生。愛丁堡很美，但他企盼的是溫暖的傍晚，在戶外用餐不需要擔心綿綿細雨。

不到六點，賴弗利警佐來電吵醒剛入睡的卡倫納。

「清單上有個叫J．洛克的登山客，但他的車牌原本是登記在利文斯頓的一位法蘭西絲卡．費爾班太太名下，兩年前因為車禍註銷了。她先生把車子送到福爾柯克的回收廠。」

「原車主的先生能提供更多詳情嗎？」卡倫納問。

「如果他不是在六個月前過世，我想應該沒問題。」卡倫納聽得出賴弗利語氣中的焦躁挫折。

「派一組人馬去巡福爾柯克的每一間回收廠。我一個小時內到警署。」

「哈里斯教授想再開一次簡報會，好聽你說明在布雷瑪查到的新資訊。要跟他說你準備出門了嗎？」賴弗利問。

「警佐，你直接去處理福爾柯克的事情，我自己聯絡哈里斯。」卡倫納最不想做的就是浪費更多時間，向那位死咬自己論點不放的教授解釋他的發現。今天肯定忙得要命，要避開那位側寫專家應該不會太難。

然而哈里斯教授直接來到他的辦公室堵他。當然了。他怎麼能相信賴弗利會乖乖聽他的指示呢？哈里斯已經安排好了，就等著總督察抵達警署。

「調查小組運用我的側寫報告，在這一帶找出三名嫌犯，今天會帶他們來警署接受偵訊。督察，如果你不介意的話，請讓我旁聽。我可以準確指出他們是否說了眞話。」哈里斯摸摸鬍鬚，卡倫納特別厭惡他這個習慣。

「你有什麼理由認定這三人與謀殺案有關？」卡倫納問。

「他們都有暴力性侵的前科，我看過他們的資料，認爲他們擁有一些變態傾向、提高性犯罪層級的潛力。三人的住處也夠近，要犯下兩起案子不是難事。」

「如果動機不是你認定的性犯罪呢？」卡倫納問道：「你手邊只有他們的前科，卻打算拿兇手的心理狀態與這三人比對，看能套用在誰身上。」

「他們的年齡層符合，蘇格蘭口音，都會開車，熟悉市區道路。督察，數據顯示大部分遭到綁架的女性也會遭受性侵，不知道你爲何屢次質疑這一點。」哈里斯從容不迫。卡倫納知道現在不能只靠直覺，他得要提出恰當的論點，降低對方的戒備，減少時間浪費。

「沒問題。」卡倫納低喃，焦躁令他切換回法語模式。「很好。帶他們過來，等到賴弗利警佐從福爾柯克回來，你就可以旁聽偵訊。確認他們的不在場證明，聯絡他們的假釋官，評估他們目前的危險程度。不過沒有我的允許，任何人都不准向媒體透露這件事，或是公開任何案情。假如我們抓錯人，可能會刺激兇手證明他的存在。」

「督察，你是在暗指我會抓錯人嗎？」哈里斯的語氣裡第一次出現些許狠勁。

「或許吧。總督察，還有一件事要跟你討論，我時間不多了。」教授向貝格比總督察道別，當卡倫納不存在似的。他才不在乎。

「說到媒體。」貝格比說：「我要你今天早上幫個忙。你曾經協助過棄嬰案的調查，我得要公開說明艾娃目前接受停職處分，警署正在調查針對她發言的投訴。我要請你幫我總結目前的案情。」

「我要說什麼？」卡倫納問。

「莎拉．巴特勒的神父以強暴罪遭到起訴，但他不肯開口。某個神祕單位出資提供最優秀的法律協助，那些律師已經開始布局了。ＤＮＡ證據將能證明那個女孩的證詞眞僞，而且她還不滿合意性交的年紀。檢驗要花上幾天時間。蕾貝卡．芬藍精神狀況極差，無法說出連貫的證詞。這部分需要更多時間。艾涅斯丁修女背上十二起傷害罪罪名，還有其他尚待確認的受害者。」

「那些女生會遭到起訴嗎？」卡倫納問。

「我們別無選擇，必須以殺人罪起訴那兩名寶寶死亡的女孩。我們的預想是她們會認罪，但獲得輕判和緩刑。她們將能獲得必要的支援，重建自己的人生。」

「可憐的孩子。」卡倫納說。

「我也是這麼想的。這個案子裡沒有贏家。艾娃狀況如何？」總督察問。

「她的好朋友家昨天被人闖入。我已經請員警過去調查，也會監督他們的進展。」

「你不能因此從布克斯頓跟瑪吉的案子分心。」總督察警告道：「還有別讓艾娃參一腳。在處理完公關災難之前，她什麼都不能做。」

「我會轉告她。」

「卡倫納，你必須跟哈里斯教授合作。教會付了他的顧問費，爲的就是幫助警方破案。你的團隊裡不該有任何衝突，而且我也擔不起讓另一個督察停職的風險，所以你乖一點。再過半個小時就是記者會了。」

卡倫納的手機響了，陌生的來電號碼。他差點直接掛斷，但又改變心意。

「盧克，抱歉打擾了，這邊又有新的狀況。我把車停在警署前面。」娜塔莎的嗓音帶著顫抖，不知道在打出這通電話前，她經歷了多少天人交戰。她不是愛惹事的性子。

「我馬上下去。」他套上防風的大衣。

她閃了閃車頭燈，在他接近時打開車門。她臉上掛著濃濃的黑眼圈，遞出一個信封，他放在自己膝上。

「妳沒睡嗎？」他問。

「看起來這麼糟？感謝你的提醒。剛才下樓的時候，我發現這個東西從後門的門縫塞進來。沒有封口，東西散了滿地。」

卡倫納打開信封，抽出幾片裁成條狀的彩色紙張，有的摺起，有的皺成一團。他驚覺自己可能會破壞重要的證據，在毀了可能殘留的指紋前將紙張丟回膝上。

「妳知道這是什麼嗎？」卡倫納問。

「這是我參加慈善募款餐會的照片，從《蘇格蘭週日報》剪下來的。對方用這張照片割出六個字母，工整得像是放了模具照著割。」

卡倫納用指甲移動紙張，他看出O、N、G、M四個字母。「另外兩個皺成一團的呢？」

「C跟I。」她說。

「對妳來說有什麼意義嗎？是否有什麼針對性？」

「一開始我不確定是M還是W，然後這個究竟是I還是1還是L。然後我想通了。」娜塔莎伸手拎起那些字母，卡倫納攔住她。「沒關係。我剛才已經摸遍了。」她在信封上重組，拼成一個字。

「COMING（快來了）。」卡倫納唸出結果。「妳要再做一次筆錄。由不得妳說不。」

卡倫納衝進記者會會場，在總督察開口前一刻坐定。相機閃光燈亮成一片，警方的媒體聯絡專員要求攝影師暫停。總督察的發言簡潔明瞭。攝影師調整腳架，爭奪最佳取景角度。接著焦點轉移到卡倫納身上，他緊張地耙梳頭髮。一瞬間，他瞥見攝影機液晶螢幕上自己的面容，意識到他看起來有多麼疲倦。娜塔莎肯定在心裡碎唸他哪有臉批評她的氣色。他命令自己抬起下巴，直視把他的身影傳遞到全國各地的黑色鏡頭，想像艾娃在家裡看著他奪走她的登場機會。

他盡可能長話短說，精確地表達最新進度，只說出事實。結束時他把發言權交還給聯絡專員，專員說接下來由總督察回答提問，但僅限五分鐘。問題排山倒海而來。

「警方會請外部人員來調查針對通納督察的投訴嗎？」

「梵蒂岡是否因該校的犯罪行為聯絡警方了？」

「倖存嬰兒的生母會背負什麼罪名呢？」

「警方是否正在調查聖哲拉．馬則中學其他的罪行？」

總督察盡量回答這些疑問，起身示意記者會已經結束。

「卡倫納督察調查的布克斯頓和瑪吉謀殺案是否尚無進展？若是如此，為何不把他換掉？」

房裡陷入寂靜。好個出其不意的伏兵。喊出這個問題的記者擠到前方，麥克風貼向貝格比總督察的臉。假如他什麼都不說，那就等於是任由眾人撻伐他的手下督察。要是他提出什麼藉口，又會顯得他在護短。卡倫納挺身而出，不讓貝格比陷入窘境。

「案情確實有進展，但各位必須了解警方不能一一公開所有的證據。請各位保持冷靜，並理解找到殺害艾琳·布克斯頓和珍妮·瑪吉的兇手是我們的第一要務。調查小組接受一名側寫專家的協助。各位有權詢問案情，但基於對今日我們討論案件的被害者的尊重，必須請各位透過公關室提問。謝謝。」

攝影師抓緊時機，房裡炸開令人神經過敏的炫目閃光。每個記者都想繼續提問，此起彼落的噪音糊成一團，他遭到人群推擠，閃光燈射入他眼底。卡倫納想好好吸口氣卻無法如願。他需要食物和睡眠，還有盡速離開這裡。他排開人牆，努力掩飾不斷浮現的驚慌和作嘔。

他還沒走進辦公室，艾娃已經撥通他的手機。

「你還好嗎？你表現很好，可是看起來累到不行。」她說。

「沒事。再怎樣都比娜塔莎好。」一說出這句話，他馬上就後悔了。艾娃知道得越少越好。

「快說。」她說。

「不行。總督察說妳不能碰這些事，我贊同他的決定。只是我覺得讓她暫時離開自己家會好一點。」

「昨晚我有請她來我家，可是她很堅持。」艾娃說。

「不行，妳還在停職，她不能去妳家。還有啊，如果對方就是寫信威脅妳的那個人，妳們待在一起只會讓對方更好下手。她的家人呢？」

「她出櫃之後他們就不再往來了。她比我還要固執，盧克，你絕對說不動她的。我打電話給她，看能不能做些什麼。」

「我無法阻止妳打電話，但妳不能繼續介入。」卡倫納終於來到咖啡機前，投下硬幣。無論警署的咖啡有多難喝，總之他現在需要咖啡因的救贖。

「盧克，你還在嗎？」

「嗯，只是在買咖啡。」

「你覺得騷擾娜塔莎的人會不會就是你要抓的兇手？只有她符合被害者的條件：單身女性、三十幾歲、獨居、頂尖的專業人士。她要是有個萬一，我眞的……」艾娃沒把話說完，不過卡倫納懂她的意思。

「娜塔莎正在警署做筆錄。」卡倫納說：「而且兩邊的行爲模式差太多了。闖入家中、冷凍庫裡的心臟、今天塞進她家的信。跟我這邊的謀殺案沒有半個相符的特徵。艾娃，我要掛電話了。我答應妳會好好保護她。」

29

他在哲學系辦公室的接待處得知法吉教授請病假。金挑眉展現出合理程度的訝異，詢問她哪裡不舒服，也得到預料之中的答案：不知道，問這種問題不太好。他說希望她明天能好起來，然後就放她們繼續修指甲、聊衣服跟名人八卦。他退回自己的辦公室。娜塔莎太好捉摸了。如此天賦異稟的她竟是如此脆弱，被一些小事嚇得六神無主，他有些失望。

說到塞進她家門縫的信封，這麼不成熟、肥皂劇般的伎倆實在令他羞愧不已，但不需要花費太大力氣。那顆心臟的戲劇效果更大（如果她有找到這個機關）。他一整晚輾轉難眠，思考造訪娜塔莉家使得他心目中的想像產生多少變化。他想像她家冷凍庫應該空空如也，只放了製冰盒，或許深處還藏了一包青豆、冰了太久的鱒魚。門板上掛著剛送回來的送洗衣物。一定還有透過網路下單的高級超市商品，大量的即食沙拉、貽貝、燻鮭魚、幾瓶香檳，還有市面上比較罕見的葡萄酒。然而他卻找到一個慢燉鍋，燉羊肉在鍋裡冒泡。冰箱塞得很滿，大多是自己做的餐點，只要熱過就能吃。法吉教授擁有無數套時髦服飾，待辦事項一個接著一個，對工作的熱情無人能敵，沒想到她是個喜愛烹飪的小女人。讓他失望的不只是廚房。

金想到她的床鋪。那張床鋪得一絲不苟，抱枕散落各處，舒適、整潔，以及壓倒性的居家感。他想像最摩登的家具、只看得到黑白兩種顏色，或許是走極簡風格。但她的碎花枕套上散發她最常噴的香水味。金縱容自己把臉埋進去，享受幾秒的奢華時光。在被子上伸展四肢，彷彿這樣就能沉浸在她的軀體之中。他在她的鏡子裡凝視自己的身影，想像她就在面前，嗅吸她的頸窩，看她戴上耳環。他心神蕩漾，在臥室裡逗留了超出計畫的時間。他想像她頸子的觸感，想像她哀求他住手、別再繼續緊握。見識到他掌握的力量，她會後悔莫及，說她不該總是忽視他。她呼吸變得短淺，喘息不止，眼皮翻動幾次，漸漸闔上。彷彿她是他的戀人。彷彿這一切都照著她的心意。

金硬逼自己離開。若是無法控制自己的感官，他一定會犯錯，露出馬腳。金想了想可能的結果。敗給自己的欲望，錯失原本的目標是最要不得的。他進入她家是要讓她不安。要讓她害怕這個未知的他。說不定今天發現的另一個她，這個享受舒適家園的小女人——縱然令他失望——更容易受驚。雖然他偏好以前的娜塔莎，想像高不可攀的冰山美人在他掌中融化，不過現在他更了解她了，知識是貨眞價實的力量。

爲迎接另一個女人作準備讓他興奮不已。那間密室要放三個人實在太勉強了，他從沒打算找來這麼多人。時機來臨，他必須捨棄艾琳或是珍妮——眞是感傷，他在她們身上投注了大量的時間和精力——但同時也令他無比興奮。這是他難以承認的事實。她們沒有照著他的規劃進化，帶給他無盡的惱怒與挫折。接著是那抹他不斷澆熄的火光。昨晚，他躺在床上，想像自己選擇了其中一人。宛如天神。不對，不是天神，是上帝。他重溫拔掉珍妮下排牙齒的時光，實踐他從書本和網路上學到的技術，等待她發出跟艾琳一樣的尖叫。他緊緊綁住她的手腳，在她身下鋪了塑膠墊防止床鋪髒污。他等待她的痛苦掙扎，知道他得要費力安撫她，就像費力讓牙齦鬆動，半扯半撬地拔下每一顆牙齒。然而她沒有尖叫。她皺眉接受幾針麻醉，沒有落淚。沒有歇斯底里。彷彿她的內心早已死去。

在艾琳身上，他感受得到她的恐懼，看到她的痛苦，體驗他從她心中激發的各種情緒。珍妮給不了他任何東西。或許起初他佩服過她的自制冷靜，但現在他感覺那是接近宗教信念的特質，不太確定自己是否還喜歡這一點。艾琳給予他出乎意料的人格特質。權威。聲譽。控制權。但她是個哭哭啼啼的可憐蟲，帶給他生理上的反感。這個抉擇太過艱難。只要想到這件事，他就會硬起來——可悲的副作用。不只是決定放棄誰，還得思考用什麼手段達到目的。前一次的手法太過拙劣，因爲有太多不在計畫中的要素。當然了，葛瑞絲注定要死，但不是以這種方式喪命。太過情緒化，不夠細緻。或許要把所有的選擇權交給下一個目標。他忍不住打了個寒顫。她一定會恨透他，不過同時也會因此變得順從。

接下來要做的事情一點都不輕鬆。他必須再弄來一輛車，同時找到新客人的替身。重回格拉斯哥的紅燈區太過冒險。回想皮條客靠向他車窗的那一幕，他又冒了滿身冷汗。需要繼續研究，或許要往丹地碰運氣。

電子郵件的通知訊息跳出。裝病並無法阻止法吉教授在家裡工作。她要他負責下個學期的學系手冊印務，這項工作相當繁瑣，他一直搞不懂爲何不乾脆交給公關部門負責，可是娜塔莎喜歡讓系上所有的成員參與。她還要他在兩天後召集教職員會議。她不會參加的，他想。娜塔莎肯定無法出席。到時候她根本不會在乎手下教職員的動向。不過他還是得執行這些任務。他還要做最後一件事來確保她人在哪裡，控制她在什麼時刻出現在什麼地方。他套上透明塑膠手套，從塞在公事包深處的塑膠袋裡掏出信封。

他等到午休時間，大部分的學生都離開系館，剩餘的教職員也在位置上吃三明治。他抱著一堆資料夾，沿著走廊來到娜塔莎辦公室門前。他的動作緩慢而謹愼。四下無人。他以行雲流水的動作把信封黏在門上，固定用的膠帶已經就定位，轉身離開時順便剝下手套。接下來只要撐到下班，就能回家跟他的女孩們團聚了。要做的事情還很多，要清理的東西堆積如山。在貴重的戰利品抵達時，金不希望他的客房髒亂惡臭。這樣會給人很不好的印象。

30

「我帶兩個回收廠老闆回去偵訊。」賴弗利在話筒的另一端大吼，壓過震耳欲聾的環境音。「我們扣留他們一陣子，讓他們以爲我們逮到了什麼把柄，同時給員警機會在回收廠內好好調查一番，看能找到什麼。你幾點有空？」

「幾點都沒空。今天出了別的事，我要你跟哈里斯一起訊問符合他側寫的那三名性侵前科犯。我會派崔普警員訊問你帶回來的回收廠老闆，他挺有本事的。」卡倫納搭乘的警車剛好在路邊停好。

「有什麼事情比這件事還重要？負責帶頭的是你，但你幾乎沒在警署裡坐鎮。」賴弗利反咬一口。

「警佐，省省力氣吧。我不需要對你負責。做好你的工作，聽我的命令，不然就把你換掉。」

「等這個案子結束，我一定會去投訴，把事情搞大，諒你在國際刑警組織那些靠山也救不了你。」

卡倫納還來不及回應，賴弗利已經掛斷電話。臨時被調來送他到愛丁堡大學的交警忙著把玩無線電，努力假裝自己沒在偷聽，可是她的表情完全藏不住內心話。她在等待卡倫納爆發。但他只是靠在椅背上，緩緩吸了一大口氣。他得要忍住揍人的衝動，先解決這邊的任務，回到警署，看看大家都在幹嘛，回家休息。就這樣。現在這樣就夠了。

一名哲學系的行政人員打電話跟娜塔莎說她辦公室門上黏了個信封。那個女生取下信封，把內容物倒在她的辦公桌上。她叫同事過來幫忙解開字謎，把神祕的字母移來移去，拼出一個字。信封跟裡頭的紙片沾滿纖維、指紋、混雜的ＤＮＡ。不能怪他們，卡倫納心想。這是很自然的反應，他們沒有理由多加戒備。娜塔莎決定對系上教職員保密，不讓他們的心情受到影響，或是引起不必要的騷動。然而這也代表他們沒有意識到這可能是跟蹤者的訊息。卡倫納嘆息。他一時之間想不透要如何處理這件事。

來到辦公室，正在做筆錄的女職員說不出什麼有建設性的證詞。一名員警拍攝她桌上紙片的照片，又拍了娜塔莎辦公室的門板。卡倫納從垃圾桶撿起信封，將信封和每一個字母小心翼翼地裝進證物袋，寫上標籤。

薩特警員前去確認可能還持有娜塔莎家鑰匙的兩名前女友下落。而娜塔莎本人接受員警的保護，正在家裡整理出她可能的仇家清單。一組鑑識人員在她家內外尋找指紋，但恐怕進展不大。

卡倫納湊到負責系館現場的員警身旁。「跟每一名職員個別談話，說不定有人看到可疑的動靜，或是陌生人在系館裡活動。釐清事件的時間軸。我想知道信封大約是何時被人貼在法吉教授的辦公室門上。」

等他回到警署時，專案會議室裡鬧成一團。

「薩特，怎麼了？」他隔著人牆高喊。

「布克斯頓／瑪吉謀殺案的嫌犯之一獲釋。案發時期他剛好在接受保釋評估，馬上就確認了他的不在場證明。另外兩人的其中一個不肯說話，已經找了律師；第三人承認了某些犯行。哈里斯教授正在看賴弗利警佐執行訊問。」

「馬上叫哈里斯離開偵訊室。」卡倫納說。

「可是總督察說……」

「我不想知道。做就是了。還有拿現在在裡頭的嫌犯的資料給我。」

卡倫納在走向偵訊室的途中大略看過羅里．韓德的檔案。這名嫌犯五十二歲，有強暴前科，也曾以威脅手法與罹患精神疾病者發生性關係。沒有人會想跟他搭上同一艘救生艇。韓德因強暴罪坐了八年牢，在外頭乖了五年（或者是沒被人逮到小辮子），接著又入獄四年。

他是以看護的身分犯下兩起性侵案。第一次發生在雇主家中，第二次他以假名進入安養中心。卡倫納貼著偵訊室門上的玻璃往裡看。賴弗利警佐跟哈里斯正在收拾他們的筆記。房裡只有一張生面孔。韓德漲紅了臉，皮膚冒出油膩的汗水，呼吸速度偏急，可能是因爲他身材肥胖。

哈里斯先走出房間。「喔，督察，我們還有得忙呢，不過我敢說這是相當重大的突破，而且也具備了我提出的性動機。」

「你們跟他透露多少？」卡倫納問。

「我不太確定你的意思。偵訊過程完全由賴弗利警佐主導。根據我的經驗，這類犯人往往想被抓到。偵訊是他們的重要舞台。他們抱持著美好的幻想。認罪之後，他們口中犯行的細節造成的恐慌是最終高潮。」

「他沒有律師陪同。」卡倫納說。

「我們有告誡韓德，催他找律師。」賴弗利說：「我知道我在做什麼。」

「給我看錄影。」卡倫納移動到主控室。一名技術人員倒轉偵訊的影片，指著螢幕。

賴弗利的說明和法律程序沒有問題。卡倫納看到韓德在椅子上稍稍扭動，手指刮過桌面，當賴弗利反覆詢問是否要找律師的時候，他皺起眉頭。他不能批評賴弗利不夠盡責。這時哈里斯教授以誇張的手法抽出一疊A4尺寸的照片，一一鋪在韓德面前。

「艾琳．布克斯頓。」賴弗利說道：「這是她僅存的遺體。」照片上是山屋裡的焦黑骨骸。另一張照片的主角則是球棒和牙齒。卡倫納觀察韓德的反應，他放鬆下來，瞳孔放大。「這是珍妮．瑪吉。」賴弗利繼續說下去。嫌犯面前攤了更多照片。「你見過其中哪一位嗎？」

韓德在椅子上搖晃，原本拱起的肩膀垂落，緊張的時刻過去了。這名男子正在忍住伸手觸碰那些照片的肉體衝動。

「你看他一見到他的被害者就如此興奮。我想他犯案當時評估拍照的風險太大，因此當他終於看到這些努力存留在腦海裡的影像，他完全無法控制生理反應。」哈里斯得意到差點咧開嘴。

卡倫納對技術人員說：「請幫我倒轉一分鐘。」

影像轉回哈里斯剛亮出照片的那一刻。卡倫納注視韓德的面容，在賴弗利說出死者名字前，嫌犯微微皺眉，沒在第一時間看懂照片內容。韓德驟然瞪大雙眼，不過這個變化一閃而逝。他的嘴唇構成小小的圓形，卡倫納看到他倒抽一口氣。

「他很訝異。」卡倫納說：「訝異極了。」

「嗯，他沒料到會被我們逮到嘛。我還沒遇過哪個嫌犯會說『我一直在等你，我就知道今天會落網』。重點就是要出其不意，不然你們在法國都怎麼做，長官？」賴弗利補上的敬稱酸度爆表。警佐充滿敵意的態度讓卡倫納推測他也對於輕鬆到手的成果感到不安。

「新聞報紙版面上都是那兩人的死訊，記者挖到什麼全都寫出來了。這名嫌犯肯定對時間、日期、地點相當熟悉。如果他能從中獲得滿足感——從他方才的反應可以看出他確實是如此——他早就看過每一篇報導、每一則新聞。」卡倫納對賴弗利說。哈里斯上前插話。

「我能理解你難以接受側寫有時確實能獲得一些成果。你不是第一位感到不爽的承辦警官，但我保證逮捕嫌犯的功勞都會歸給調查小組。」

「我才不管你他媽的功勞。問題是你的作法等於是先射箭再畫靶。這傢伙根本不知道你會拿出什麼東西！」卡倫納大吼。

「你沒有資格把話說得這麼死。」哈里斯頂了回來。

「或許我沒有資格，但這個案子現在還在我手上。賴弗利，回去偵訊他。問他在哪裡囚禁和殺害死者。我要確切的地點。派一組人馬過去，找到眞正的證據再來跟我談這件事。」

「我要起訴他。他已經認罪了。」賴弗利的氣焰越來越弱。

「你起訴他，然後我們就不用繼續追查其他嫌犯了。這是你要的結果嗎？」卡倫納問。

賴弗利首度陷入沉默。

「警佐，殺害珍妮．瑪吉牧師的兇手就坐在偵訊室裡。你我合力將案情帶往正確的方向。在這個時刻，你絕對不能動搖。」哈里斯低喃。

賴弗利一手摸向自己的頸部，停在領口。卡倫納猜這位警佐可能在襯衫下戴著出於安全考量而不該戴來値勤的飾品。小巧樸素的銀器，他猜想。賴弗利對他的十字架無比執著，即便冒著在扭打時被人扯住勒頸的風險也不肯取下。卡倫納知道自己必輸無疑。

「我去取得總督察的起訴許可。一切都是照著程序。調查人員可以開始收集證據了。」賴弗利的嗓音異常微弱。

「羅里．韓德沒看到任何證據就承認犯下兩起謀殺案。這代表他沒打算繼續動手。哈里斯教授，連續殺人犯對下一次犯案總是迫不及待，不是嗎？所以他們才會努力躲避警方。這根本不合理。」卡倫納說。

「督察，你不是精神科專家，也不是心理學家。這些人腦袋的複雜程度不能以單純的動機或是行爲來解釋。」哈里斯一手攬上賴弗利的肩膀，一副要替他擋掉一切遊說的模樣。卡倫納還沒看過賴弗利如此忸怩不安。

「在安養中心裡的強暴犯很少會提升犯行程度，他們早就鎖定身心狀況不佳的受害者，綁架、折磨、殺害條件良好的女性遠遠超出他們的能力範圍。」卡倫納應道。

「你不能肯定他在先前的犯行之後有了什麼樣的改變。說不定他在幾年間慢慢的進步了。」賴弗利替哈里斯說話，但他看起來一點都不開心。

卡倫納背對兩人。查出韓德、逮捕他的過程是如此的乾淨俐落，與他多年的經驗要他預期的情況形成對比。總督察背負壓力，必定會向媒體發布消息，就算他不說，在今天之內消息也會走漏出去。羅里．韓德是個不折不扣的人渣，顯然他對那些殘虐的照片興奮不已。卡倫納對他沒有半點憐憫。只是爲了出名就隨口認罪，面臨終身監禁的結果，實在令人難以置信。此外，他能趁此機會接觸所有的證據——照片、影片、解剖報告、鑑識結果、兩名女性的過往詳情。這傢伙病得不清，關進牢裡對大家都好。但是卡倫納更擔心只要緝捕結束，眞兇就能賺到更多時間再次動手。如果應驗了他的想法，逮捕韓德是天大的錯誤，那麼警方要爲這個錯誤付出天大代價。卡倫納在總督察的語音信箱留言說明自己的立場。

崔普在專案會議室外待命。

「回收廠老闆如何？」卡倫納沒有好臉色。

「沒什麼進展。這邊還要追嗎？嫌犯認罪的消息已經傳開來了。」

「我還中了樂透呢。奈及利亞有個好心人寫信跟我說某張我根本沒買的線上彩券中了三百萬鎊。」卡倫納雙手扠腰。崔普遞來一杯咖啡，打開資料夾。

「第一個老闆根本不鳥我，幾乎沒問出什麼，不過感覺他沒說謊。他沒做虧心事，只是不怎麼喜歡警察，你應該懂我的意思。另一個待過三間監獄，都是輕罪，經手贓物、二十年前的搶案、協助詐騙。他的反應比較好玩，快要崩潰的感覺，回答每一個問題前都想很久。在他這邊也沒什麼發現，但我敢說他肯定有所隱瞞。」

「找個藉口，哪怕只是職業安全不及格之類的，封鎖他的回收廠一陣子。他過去的犯行都跟錢有關，我們就靠這一招逼他開口。手腳要快，別讓人發現。晚點會發布消息，我們手邊的資源很快就要轉移到別處去。」

⚕

半小時後，卡倫納來到娜塔莎的住處。他避開總督察，電話全都轉到語音信箱。看到艾娃的車子停在屋外，他一點也不意外。她這個人最不聽話了。他按下門鈴，等了一會，前來應門的娜塔莎比稍早在警署外的模樣好多了。

「請進，我正在泡咖啡，要來一杯嗎？」

「我是法國人嗎？」他反問。

「你有一半的蘇格蘭血統，我是不是該幫你加一點酒？不過你現在還在值勤吧？」

「是沒錯。而且妳不該在這裡。」他指著坐在娜塔莎的餐桌旁啃餅乾的艾娃。

「我現在是停職狀態。」艾娃滿口餅乾碎片。「這不是探望多年摯友的絕佳機會嗎？」

「娜塔莎，我要跟妳討論幾件事情，要請妳給我更多情報。我們的鑑識人員正在處理妳辦公室的信封跟字母，還需要一點時間。有沒有哪些學生可能有嫌疑？比如說被妳當掉的傢伙，或是喜歡妳的小鬼？」

「有是有，但這太匪夷所思了。希望沒有人知道是我透露這些資訊。」

「別擔心，我們會說警方跟每一個人談過。」卡倫納說。

「二年級的吉爾斯．派瑞，他有一陣子不斷送禮物給我，我不得不正式發函請他別再這麼做了。之後他再也沒有跟我說過話。馬可斯．湯布爾，我逮到他在課堂上偷拍我的照片，等到他跟蹤我到廁所門口的時候，我向他鄭重提出警告。他說他只是想跟我討論一下報告的內容，可是他的行徑太噁心了。還有一個一年級女生，總是繞著男生打轉，對自己很有自信，可是我注意到她會時不時盯著我、在走廊堵我、看著我的腿。反正我覺得不太對勁啦。她叫賈克琳．貝斯特。如果你能給我甩掉她的理由，我會非常感激你的。」

「很好。再來是教職員。我們還是會調查每一個人，不過歡迎妳提供任何情報。我一一唸出他們的名字，如果妳想到什麼就打斷我。安東尼．艾勒迪斯、西蒙．柯威爾、克萊兒．艾嘉頓。」娜塔莎舉起手。

「克萊兒去年被我口頭警告，因爲她請病假跑去音樂祭玩。不是什麼大事，但她很不爽。」

「娜歐蜜．富勒、艾德嘉．葛洛夫。」卡倫納繼續唸。

「他想坐我的位置，在我當上系主任的時候散播了一些難聽的謠言。而且我們懷疑他去年跟一個學生搞師生戀，被我問起這件事時他的反應很大。他恨透我了。」她說得乾脆。

「達莉亞．茵曼、雷吉納．金。」卡倫納接著唸。

「那傢伙沒救了。他自以爲有當講師的潛力，可是他最多只拿得到行政職位。自大又惹人厭的傢伙，不過他也幹不出什麼大事。」

「薇拉．萊斯利、迪恩．奧本海姆。」卡倫納繼續唸下去。

「你真的很投入耶。」等到他唸完名單，艾娃開口道：「別誤會，我當然贊成。不過下午那封信到底寫了什麼，讓你放下手邊的謀殺案跑來這邊？」

「我沒有放下案子。在我們說話的同時，警署裡有個嫌犯，因爲殺害布克斯頓跟瑪吉遭到起訴。」卡倫納說。

「既然已經逮到兇手了，你怎麼不早說？」艾娃跳了起來。

「因爲我不相信他就是兇手。至於信件的內容更加具體，所以我才會趕來這裡。那些字母拼出的是『明天』（TOMORROW）。」

31

隔天卡倫納忙著追蹤那三名素行不良的學生。他沒開電視或收音機，拒絕參與韓德遭起訴後掀起的媒體風暴，只跟總督察說了幾句話。羅里．韓德終於要求請律師，總督察派出所有人力，追查過去幾個月來韓德的一切動向。卡倫納清楚表示他不相信案子有這麼容易解決。兩人沒有爭執，總督察沒有禁止他自行調查，單純告知他起訴韓德是不可避免的結果。假如他們尋找其他嫌犯，而韓德又改變口供，他的辯護律師就有藉口攻擊警方了。卡倫納痛恨律師的介入，各種決策都必須經過斟酌，證據成了雙刃劍，最無辜的行動和話語都是交叉詰問的炒作素材。從各種層面來說，他現在只能孤軍奮戰。

煩人的馬可斯．湯布爾跟吉爾斯．派瑞這兩名學生都不討喜，不過很懦弱。賈克琳．貝斯特確實自視甚高，說謊跟呼吸一樣輕鬆，不過卡倫納直覺認定她與此案無關。裁出那些字母的人既謹慎又執拗。這三人缺乏定性，也不敢太過張狂。

處理完三名學生，已經是上午十一點。假如衝著娜塔莎而來的威脅不是開開玩笑，他們的時間不多了。卡倫納的手機螢幕上亮起崔普的名字。

「進展如何？」卡倫納問。

「我們以衛生安全局的名義關閉回收廠，老闆說他要仔細翻翻紀錄，藉機拖時間，不過他撐不了太久。他的損失不斷增加。」

「所以說……」

「長官，我打來不是爲了這件事。」崔普打斷他。「貝格比總督察要你馬上回來。羅里．韓德的律師要求見你。法吉教授家有員警守著，總督察說目前只能撥出這點人力。」

「昨晚我說得很清楚了，我沒打算跟羅里．韓德扯上關係。逮捕他的人不是我。」

「總督察說你一定會這麼說。」崔普語氣平靜。

「然後？」卡倫納問。

「總督察說干他……嗯，我不用重複這句話。他只說你還在領他薪水，所以趕快回警署。」

卡倫納鑽進車子，在後視鏡裡看到自己充血的雙眼，不知道爲什麼要對自己的模樣震驚。已經有多久沒睡……他不想去算。他喪失了時間感。現在他只能回警署，在階級組織裡工作就是這麼一回事。要抱怨、質疑都隨便你，最後還是要乖乖辦事，不然整個體系會因此崩潰。如果忍不下這口氣，那你就走錯行了——卡倫納不是如此，這是他的天職，他熱愛這份工作。他偶爾要提醒自己這一點。

韓德的律師在警署等他。

「我的客戶承認犯下謀殺罪。」律師彷彿覺得這是世界上最無聊的案子。聽到他如此不尊重兩名死者，卡倫納眞想直接逮捕他。「除非警方配合他提出的條件，否則他不會給出完整口供。」顯然他要卡倫納答腔，詢問條件內容。然而他只是雙臂環胸，等待下文。律師嘖了幾聲，繼續道：「他要重回那兩名女性遭到綁架的地點，還有找到瑪吉屍體的倉庫。他希望在今天前往這些地點，喚醒他的記憶，這樣才能好好說明案情。」

「不知道這是爲什麼喔。」卡倫納說。

律師挑眉。「督察，你在暗示什麼呢？」

卡倫納很想回嘴，但他的理智及時踩下煞車。

「看來謀殺犯都會在適當的時機出現記憶障礙。相信達成你的客戶的心願後，他的記憶力會大幅提升。」

「貝格比總督察說這件事由你負責，我會陪著我的客戶，要求你的手下員警保持距離，維持我和客戶之間的隱私。」

卡倫納白白浪費了一天時間。羅里．韓德倒是過得很充實。免費的犯罪現場觀光肯定能讓這個變態爽上好幾年。韓德獲得了他需要的各種情報，方便他在口供裡加油添醋。他與這兩起案件毫無瓜葛，鑑識人員沒有找到半點他的涉案證據。快到傍晚六點，蘇格蘭的新科殺人犯總算心滿意足，吸乾兩名死者殘存在家中的微弱氣息。卡倫納幾乎希望讓韓德背上罪嫌。這天下午的刺激體驗值得他拿二十五年的牢獄之災來換。

賴弗利警佐沒有參加犯罪現場之旅。卡倫納有些好奇他跑哪去了，最後還是忍住詢問的衝動。他跟這位手下警佐別見面比較好。把韓德送回拘留所時已經接近七點，天色早就暗下。他急著趕到娜塔莎家。儘管駐守她家的員警每小時向他回報，卡倫納仍舊認定她遭受的威脅不是虛有其表。那些訊息太過直白。娜塔莎不顧警告，堅持待在家裡，或許這是不錯的作法，看會有什麼動靜。最棒的結果就是他們逮到試圖闖入的跟蹤狂。至少能確保她未來的安全。

他從後車廂拎起過夜包。娜塔莎在他詢問前主動請他留下，雖然他原本也不會給她選擇的餘地。他讓員警守在屋後，也通知消防隊提高警覺。從屋子前側看不出任何變化。

卡倫納聞到燒烤大蒜和牛肉的香味，瞬間他忘記自己來此的目的。

「哈囉，親愛的，今天在辦公室開心嗎？」娜塔莎俏皮地打招呼，把他手中的大衣換成一杯梅洛紅酒。她比他想像的還要冷靜，身穿熨得平整的白色襯衫搭配黑色牛仔褲，披著一條圍裙。

「娜塔莎，我還在值勤，不能喝酒。」他語帶遺憾。

「你就喝一杯啊，今晚喝這杯就好。再半小時開飯，你要不要把行李放到客房？」

他乖乖聽話，回到一樓途中，他順便檢查窗戶的鎖，拉上窗簾，確認每一個櫥櫃裡、床鋪下沒有問題，接著打電話給艾娃。

「妳在哪？」他問。

「我很乖，一直待在家裡。娜塔莎沒事吧？」

「她在煮飯。沒什麼好報告的。我想確認妳知道事情輕重，要是妳插手，那就不是停職兩週能夠解決的問題了。」

「我知道啦。我也相信你會幫我保護好娜塔莎。」艾娃輕快地回應。

「別擔心。」卡倫納納悶她怎麼沒逼問維安措施，要求他每個小時匯報。他以為艾娃不會這麼乾脆就放下前線任務。

「我不打算擔心。我正在看《豪勇七蛟龍》，吃外帶炒麵，喝冰啤酒。我確實很想衝過去陪你守夜，不過我更想多陪陪尤．伯連納、查理士．布朗遜，還有史提夫．麥昆——我個人認為他是全世界最帥的男人。祝你們玩得愉快。」

「乾脆叫局長讓妳多停職一陣子吧。」在她掛斷電話前，他只來得及回上一句。其實他很希望她也在這裡，隨即壓下這個想法。艾娃．通納是同事，她對他絲毫不感興趣。

回到客廳，他拎起遙控器，不斷轉台，直到螢幕上出現尤．伯連納坐在靈車上咬著雪茄，麥昆在他身旁揮舞霰彈槍。

「他也沒有多帥嘛。」卡倫納低喃。

「你在跟誰說話？」娜塔莎走了進來。

「正在跟艾娃隔空辯論。要開飯了嗎？」他問。

「是的，老爺。」她刻意屈膝行禮。「希望你胃口夠好。」她的手藝好到讓他想到法國。倘若兩人不是正在等待危險的罪犯破門而入，今晚可說是完美無缺。

「來聊聊吧。」娜塔莎說著，沖洗準備放進洗碗機的盤子。

「聊什麼？」他問。

「艾娃跟我提到有個女生說你強暴她。」卡倫納深吸一口氣，試著捉摸旁人討論他的隱私的感覺。比起不悅，浮上心頭的歸屬感和坦然更加強烈，眞是不可思議。無論艾娃的動機爲何，絕對不會是惡意。「我知道你沒有做那種事。」娜塔莎繼續道：「只是想不透爲什麼會演變成這樣。警方要有證據才能起訴某個人犯下性侵罪吧？」她按下熱水壺的開關，取出法式咖啡壺。卡倫納等她詢問他是否願意談這件事，但她沒有。直率是她的作風。這話如果由旁人說出口，肯定會顯得太過唐突。在她身上，他只感受到單純的好奇。卡倫納能夠理解艾娃爲何如此喜歡她了。娜塔莎．法吉不受任何人規範，只照著自己的方式行事。難怪她會引起跟蹤狂的注意。「牛奶跟糖？」她問。

「都不用，謝了。艾娃說了我跟艾絲翠共度的那一夜？」他問。

「對。不過她沒提到你被逮捕後的發展。」她遞來馬克杯，隔著餐桌與他對坐。

「他們有證據，足以起訴我。我們吃完飯的隔天，她跑去看醫生，但是過了好幾天才報警。我想她是在等我的電話。沒有得到我的聯絡，她早就布下陷害我的天羅地網。我爲了脫身，在她家門口推了她一把。她跌得很重，驗傷報告上寫她臀部瘀傷。艾絲翠跟醫生說那是在我把她按在地上、壓到她身上時傷到的。」

卡倫納皺眉。回想那段時期並不容易。看到證據的那一刻，作嘔的感覺比他遭到逮捕時還要嚴重。一開始他以爲只要好好說明事發經過就能化解，但事實遠遠超出他的想像。地檢署沒有向國際刑警組織索取任何證據，秉持公平獨立的原則調查這個案子。他從牙買加回來時，他們已經準備好驗傷單、鑑識報告、照片、證詞，一樣一樣攤在他眼前。他視線模糊，胃酸湧起，難以開口。他知道自己看起來可疑透了，卻無法替自己辯護半句。就在那一刻，他察覺到自己不只被控犯下罪行，還陷入了巧妙編織的無底陷阱，只能任憑法官宰割，那是他這輩子最難受的體驗。

父親過世時，卡倫納雖然崩潰，還是受到家人濃濃的親情保護。酒駕被捕那次，他以爲這輩子毀了，但內心深處依舊相信有轉圜的餘地。可是身爲強暴嫌犯的他呢？沒有人保護他，沒有人能保釋他。他軟弱無力，唯一的抵抗只剩空泛的否認。說他被女人纏上這種辯詞聽起來爛透了，他根本不敢提出來。在第一次偵訊中，他沒有回答半個問題。事後他才知道當時自己遭受龐大衝擊，難以理解自己面對的難關。第二次偵訊時，旁人會覺得他爭取到時間，依照證據編故事。他嚇傻了，而命運就此底定。

「光是屁股瘀青還不夠吧。明明就有很多方法能造成那樣的傷勢。」娜塔莎打斷他的思緒。

「不只如此。她抓傷我脖子時有一片指甲裂了，要醫生拍照保存。指甲下有我的血液。艾絲翠說她是在反抗的時候抓傷我，她的鄰居也看到我離開前抹掉血跡，罵了她幾句，還看到她沒穿衣服、痛哭失聲。」

「混帳。」娜塔莎低咒。

「對，混帳。而且我還跟朋友向─保羅撒謊，說是在健身房傷到的。我想展現紳士風範，不把事情鬧大。沒想到這是天大的失策。」

「還有其他直接證據嗎？」娜塔莎低聲問：「要用前面這些證據告你傷害罪還行，可是……」

「剩餘的部分都是我的猜測。我想醫生不可能僞造驗傷紀錄，他說艾絲翠的陰道內外都有瘀傷跟抓傷。她宣稱我用了保險套，還在完事後帶走，所以才沒有精液殘留。有那些傷就足以起訴我了。唯一合理的結論是她遭到強暴。」

「那是她自己弄出來的。」娜塔莎重重呼氣。「媽的。你一定很想宰了她。」

「我相信艾絲翠是在我離開後用自己的指甲或是其他工具弄出那些痕跡。對，我眞的很想宰了她，也想宰了我自己。」

外陰的傷口在他腦海中依舊鮮明，一如他首度看到照片的瞬間。艾絲翠腿間的皮膚布滿縱橫浮腫的紅色抓痕，彷彿是被人狠狠撕扯。如果她是始作俑者，那她一定是瘋了。那幅影像宛如他心底的病灶。警方一直到最後一刻才亮出這組證據，他知道自己死定了。艾絲翠在國際刑警組織擁有穩定職位，旁人不可能相信她會爲了報復傷害自己。

「她撕破內褲跟洋裝，打電話給朋友，哭到語無倫次。現在聽起來都像是我幹了什麼事，對吧？這些細節實在是太不可思議了，就連我也不時懷疑自己眞的強暴了她，只是不肯承認。」

餐桌上一陣寂靜。娜塔莎雙眼泛淚，她的反應令他感動，讓他覺得自己沒有那麼禽獸。

「認識你的人絕對不會相信她。」娜塔莎說。

「強暴犯都是這樣。他們可能是擅長社交的萬人迷、也可能既無趣又害羞內向。沒有固定的類型。艾絲翠說是我主動調情，但那是我們第一次約會，所以她拒絕了。她說我惱羞成怒，說『他跟我說他沒被女人拒絕過，他總能為所欲為，他看上我是給我面子』。我想有不少人很樂意相信這番話吧。尚—保羅跟其他朋友離我而去，我不怪他們，誰都怕被當成一丘之貉。只有國際刑警組織的上司站在我這邊。就連我母親也……」卡倫納仍舊無法把擊倒他的致命傷說出口。他選擇最輕描淡寫的詞彙來總結一切：「那是一段孤單的時光。等到艾絲翠終於改變心意，不打算控告我，她造成的傷害已經無法彌補。她追我追了一陣子，最後我申請禁制令，阻止她聯絡我。她甚至沒有出庭。她大概認定這全是一場遊戲吧。國際刑警組織的上司對官司結果沒有任何先入為主的想法。在我獲判無罪時，他們應該是真心為我高興。然而遭遇如此嚴重的指控，我的職業生涯可說是難以挽回。因此他們幫我鋪路，把我轉調到蘇格蘭警署。我不需要重新融入過去的國際刑警部門。除了離開法國，我無路可走。可是沒有人能完全擺脫這種事。感覺就像是身上沾著污漬，其他人都看得一清二楚。」

「艾娃說你跟她講這件事的時候，她很清楚你不是那種喪心病狂的人。」

「艾娃比大部分的人善良。」卡倫納說。

「沒有人比她更敏銳了。」娜塔莎說：「受到她的影響，我也看得出你有多在乎她。」

「我非常尊敬她。她總是毫無畏懼、堅守原則、對名利不屑一顧。像她這樣的警官很少見了。」

「不只如此，不過你想打工作牌的話我也不會說什麼。只是希望你別讓過去毀了可能的交往機會。」

「娜塔莎，我跟艾娃只有同事關係。要是聽到妳說這種話，她一定會氣炸。」

「我哪裡說錯了？」她說。

「肯定有數不盡的男性為了跟艾娃約會，不惜斷手斷腳。我配不上她。」

「光會自憐自艾當然配不上她。你曾經不太好過，但是你遲早要想辦法擺脫那件事。」娜塔莎迎上他的目光，完全不怕他的怒容。

「妳不知道自己在說什麼。不用繼續跑法院並不代表我還……」他沒把話說完。

「你還怎樣？」娜塔莎輕聲探問。卡倫納重重呼氣，他離爆發只有一線之隔。「盧克？人生中沒有多少無法解決的事情。」

「我就是沒辦法，可以嗎？」他大吼。「無論過了幾個禮拜、幾個月，無論我專注在什麼事情上，我就是沒辦法好起來。」

後門咚咚咚響了三下。娜塔莎嚇得跳起來，高聲尖叫，她手中的咖啡壺碎了滿地。卡倫納一躍而起，員警衝進廚房。

「沒事，長官，只是來交班的同事。我的值勤時間結束了。我們讓他繞到後門。」

他用對講機聯絡屋外的員警，對方回報警階、姓名，也說是他敲的門。卡倫納放他進來，娜塔莎清理地上的碎玻璃。

「妳該去休息了。」等到員警交班完，卡倫納對娜塔莎說道。

「我們還沒聊完。」娜塔莎說。

「已經聊完了，我還吼了妳。我不想以這種方式結束今晚。我要在樓下多待一會，讓自己冷靜一下。有需要就叫我。」

「盧克，我不是故意要惹你生氣。」娜塔莎舉起雙臂，想透過擁抱跟他和好。卡倫納轉身躲開。

「妳沒有做錯什麼。」他忙著調整手機設定。「是我的錯，不用想太多。妳好好休息。」

兩人小聲互道晚安，卡倫納坐到沙發上，琢磨娜塔莎方才那番話，試著不去想，又不禁深入思考。就算他有辦法與人交往，艾娃依舊不是他能觸碰的對象。他甩開思緒，又巡了一遍早就鎖好的門窗。屋裡很靜。最後他無法抗拒沙發的催眠力量，任由睡意奪走他的意識。

32

金在四輪驅動車的駕駛座上壓低身子。這是他今晚的交通工具，那頭鼠輩以臨時交易爲由跟他收了兩倍費用，不過這輛車很値得。後座的車窗全部塗黑，椅背也可以完全放平，車牌仿造註銷多年的同款轎車。

綁架艾琳跟珍妮時，他還沒意識到自己在籌備期間建立起了一套儀式。他會在白天煮一頓大餐，菜色絲毫不差：義大利麵配甜椒香料烤鮭魚和白菜。義大利麵能慢慢釋放能量，讓他從傍晚撐到半夜。他替鮭魚調味，擺好餐桌，廚房裡的時鐘發出規律的聲響，幫助他意識到時間這個絕對的存在，在他心頭漂浮的感官都是幻覺。例行公事穩住他的周遭世界。他開去大學、超市的車子停在家門外。接下來只會駕駛四次的替代車輛則是放在他的車庫裡。他搭公車到鼠輩經營的回收廠。大眾交通工具帶給他匿名的安全感。他討厭無法逃避的旁人眼光、咳嗽聲、噴嚏、從耳機冒出的音樂聲——搔刮般的噪音令他牙根發癢——但忍耐是必要的。他總是提早兩站下車，刻意在附近的麵包店買剛出爐的可頌，給自己前來此處的藉口。計畫，細節。重點在於細節。

吃完大餐，喝下裝在瓷杯裡的綠茶，接著是沖澡。他把水溫調得比平常還高，抹上肥皂，仔細搓揉全身皮膚，將可能落在犯罪現場的細微物證減到最少。出門前，他花了十分鐘反覆梳理自己所剩不多的頭髮，盡量確保不會在現場掉落頭髮。遺傳自父親的雄性禿，好個自虐的笑話——他的雙親不時怨歎他沒有遺傳到多少父親的特徵——至少他們有了這個共通點。出門物色女人時，金總是戴著帽子，不過他還是會梳頭髮，有備無患。他對於沖洗身體的滾燙水柱也抱持期望。他知道熱水澡會讓血液凝聚在皮膚表層，給予他活力，令他既放鬆又警覺。他在腦海中想像娜塔莎的臉龐。她在哭。他抬頭凝視淋浴水柱，看見她的淚水落在他的臉上、身上。他一手摸過自己的大肚腩，感覺那是她柔軟的肌膚。他好想聽到娜塔莎的啜泣聲。等到今晚結束，她一定會哭的。她會哭號尖叫，咒罵哀求。

要穿出門的衣褲掛在衣櫃裡，已經用黏性滾輪黏去鬆脫的纖維。穿好衣服後，他擦亮鞋子。這是最後的修飾，代表他已經準備好了，一切都完美無缺。只要把鞋子擦得雪亮，他就完成了所有的準備。他替兩名女性準備好食物，架設臨時床鋪，可能要過一週才能把客人縮減到兩人。他很清楚這是必要之舉。艾琳什麼都沒學到，毫無貢獻，不再開口。至於珍妮呢……他一進房她就開始祈禱。昨晚他拿肥皂洗她的嘴巴。她又嗆又嘔，卻還是不肯罷休。他一氣之下揍了她，上禮拜替她裝上的下排假牙飛了出來。他等待她的反應，看到她又開始禱告，他不得不離開。他很想掐住她，徒手把她滿心的虔誠硬擠出來，但他還沒準備好做到這一步。若是選擇犧牲她，他一定要打造出最合適的儀式。

今晚有點冒險。他必須相信自己做的功課跟技術都能照著計畫發揮到極致。他知道娜塔莎人在哪裡，也知道警方費了多少工夫保護她。他也規劃好必要時刻的逃生路線。她家路上沒有監視攝影機，到了深夜安靜得像是墳場。

「妳們可以期待新同事加入了。」這句話終於打斷了牧師的呢喃祈禱。「好好招呼她，別拿亂七八糟的鬼話把她嚇壞。妳們會喜歡她的。協助她安頓下來，我們就能一起進行下一個成長的階段。」空氣中彷彿充滿電光火花。他感覺得到。這是他不斷追求的成果：先保留實力，拿前兩個人來砥礪技術。人類的大腦眞是奇特，會選在最恰當的時刻揭露眞正的意圖，他想。手機在口袋裡震動。時間到了。

金博士開車駛過娜塔莎．法吉家附近的路口，停在遠處，看看手錶。現在是凌晨一點，天色很暗，不過沒有下雨，兩盞街燈散發橘光，卻照不亮周遭黑暗。她停車的地點正如他的預期，他在心裡讚嘆自己的好運，不對，這不是運氣，不是僥倖。他做了嚴密的推演、策劃，一切都在他的掌控之中，證明了他的卓越才能。

他隔著夜色凝視。不顧今天的風風雨雨，不顧威脅，她和往常一樣從容。心臟狠狠敲擊他的胸腔。陶醉感宛如鯨魚一般浮起，將他吞噬，令他訝異萬分。他先是試圖壓抑，但有這個必要嗎？這不是體驗的一部分？不是給予他的獎勵嗎？他靜靜等待，讓思緒恢復平衡穩定。他終於準備好奪取他的戰利品。

他從袋子裡掏出一瓶氯仿，用滴管抽出剛好的分量，滴到乾淨的白色手帕上。他看看道路兩側。金知道停車處與娜塔莎家的確切距離，他親自走過無數次，連步數都能倒背如流。他知道等會肯定空不出手，先放下後座椅背，確認野餐毯、口塞、束帶都準備好了，悄悄溜出車外。

他往前走了幾步，敲敲一輛車子的車窗。「通納督察。」金喘吁吁地說：「幸好妳在這裡。」

艾娃．通納的車子停在樹下，是這條街最陰暗的區塊，無論從娜塔莎家或是路過的員警都不會注意到。金擠出最和善的笑容，從他身上感覺不到半點威脅。在世人眼中，他就是個接近退休年紀的男子，購物清單上只有針織衫跟好消化的食物。她嚇了一跳，不過掩飾得很好，若不是他觀察入微，肯定不會注意到她的反應。他後退一步，讓她安心打開車窗。通納督察，對自己的能力毫不質疑，如此輕易就被他熨得筆挺的襯衫、過時的領帶瞞過。她將車窗搖下幾公分。

「我正要去娜塔莎家。」金說：「她打了我的手機。妳之前有來我們系上演講，我還記得妳……」她已經準備打開車門。被陰影遮去一半的臉龐難以解讀，但他看出瞬間閃過的擔憂，她對朋友的重視使得她輕忽自己的安全。在她解開門鎖的一瞬間，他猛然拉開車門，右臂竄進車內，用那條手帕按住她的嘴巴。他以左臂壓住她的喉嚨，逼得她反射性地吸氣。她一邊掙扎，大口吸進氯仿。她撐得比其他人久，顯然她知道要如何應付這類襲擊。她不顧自己的頸子，雙手抓向他的臉，左右甩頭想抖開手帕，但她終究贏不過他。她雙腿猛踢，像是困在洞裡似地重重敲擊椅墊下方。花費的時間超出他的預期，當她軟倒在他懷裡時，她並沒有像其他人一樣完全喪失意識。金必須保留她的行走能力，但不能讓她清楚說話，有如第一次喝醉酒的青少年。他拉出艾娃的身軀，一手環上她的肩頭，引導她走向他的車。他已經演練過要如何向不存在的路人解釋。

「喝太多了，星期五晚上的愛丁堡真是充滿誘惑。」同時擺出無奈的表情。不過這次不需要演戲。他的車子無法追蹤，他甚至還把頭髮染成銀灰色，戴上二手店買來的眼鏡。幸好在愛爾蘭戴手套不會太突兀，這裡什麼時候不颳風呢？金讓艾娃躺上後座，微笑搖搖頭，拿毯子蓋住她，裝成惱怒又慈祥的叔叔，忙著應付叛逆的姪女。他鑽回自己的駕駛座，拿束帶固定她的手腕和腳踝，堵住她的嘴巴，將毯子拉到她臉上。艾娃．通納是他的了。

讓娜塔莎失去她重視的對象不是很棒嗎？他有些飄飄然。她即將體驗到無比痛苦，這是多大的成就啊。雖然現在她一無所知。

他倒車，以三點式迴轉悄悄從原本的路線離開。不能開過娜塔莎家門口。卡倫納督察或是他的下屬可能還醒著，還在監視。金把一切的賭注押在艾娃身上，儘管媒體報導她正在接受停職處分，但她絕對無法置身事外。碰上如此迫切、真實的威脅，她怎麼敢遠離摯友的家呢？他甚至火上加油，以假名投書到《先鋒報》，抱怨她公開批評羅馬天主教會。倘若他無法潛入娜塔莎家、留下那些痕跡，這招就沒用了。娜塔莎有些輕率，常把自家鑰匙丟在文件架上。從系館走路兩分鐘就能找到鎖匠，要偷打備鑰簡直是輕而易舉。

金開車很小心，生怕一違規就會被交警盯上。他拉低帽沿，不讓監視攝影機捕捉他的面容。他聽見後座傳來打呼聲，彷彿是週末午後的兜風之旅。他幻想不同的情境：假如娜塔莎沒在他開口搭話時拉走她，事情可能會出現完全不同的發展。艾娃會跟他握手，露出甜笑，一邊臉頰泛起酒窩。他曾在演講開場時看過她讓全場安靜下來的笑容。跟他說話時，她的臉會亮起光彩。

「我是金博士。」他會這麼說。「叫我雷吉納。我是哲學系的職員，我幫妳拿杯飲料，妳不用跟那些人混在一塊。」他會朝周圍簇擁的學生歪歪頭，艾娃露出心照不宣的笑容。

「非常感激。」她會如此回應。「今天眞是不得了。」接著他輕輕搭上她的後腰，帶她離開人群，移動到吧檯邊。她注意到了，但是沒有拒絕。兩人的視線接觸半秒，她眼神羞怯，他充滿自信。

「妳是娜塔莎的老朋友？」他會若無其事地詢問，遞給她清涼的香檳。兩人腦袋湊近，不讓旁人聽到他們的談話。

「其實只是點頭之交。你也知道的，童年玩伴總會慢慢疏遠。」他腦海中的艾娃對他挑眉，他沒有誤會她的意思。

「原來如此。」他會展現出善解人意的態度。「沒錯，她確實有點……」他會語帶保留。

「眞的。」她會被兩人共同的祕密逗得輕笑幾聲。

這時後座傳來敲打聲。

他猛然回頭。他們正在等紅燈，旁邊是聚集大批散場人潮的夜總會，保安忙著驅趕酒客。艾娃隔著口箝尖叫，雙腳狂踢後座車門，身軀不斷扭動。

「臭婊子，閉嘴！」金咬牙咒罵。他催動油門，淹沒她的聲音，等待綠燈替他解危。太久了。他氣憤地調整收音機，陌生的機型，陌生的按鈕和數字鍵宛如一場噩夢。音樂終於塡滿車內空間，與她踹門的節奏還算搭調。路過的年輕人往車裡瞄了一眼，馬上就失去興致，眼中滿是鄙夷，他太老、太俗氣，與這個地方格格不入。響亮的音樂和引擎聲屬於傲慢的年輕人，他們不相信自己會受到時光的摧折。交通號誌終於讓他擺脫他們的揶揄。

「太驚險了。她爲什麼不乖乖躺好？」他嘶聲自言自語。「氯仿劑量錯了，還是說她吸得不夠多？說不定這個賤人只是假裝昏倒。妳裝屁啊？」他大吼：「妳就這麼不老實嗎？」

後座的尖叫聲代表她很清醒，聽得懂他的話。

「艾娃，妳要乖一點啊。」他柔聲誘哄，深呼吸，控制脾氣，顧及大局。「妳乖乖的就有好處拿。這是爲了娜塔莎，讓她學習謙卑。她要失去一點東西才會覺悟。我要帶妳到安全的地方。妳不會寂寞的，我幫妳找了朋友。金博士什麼都想到了。」

33

娜塔莎叫醒卡倫納，說員警又換班了。

「早上七點，平安無事。」她笑得燦爛，嗓門宏亮。「你睡得眞好。」

「妳還好嗎？」卡倫納知道這個問題是多餘的，她看起來好好睡了一晚，精神百倍。

「我的手腳還在，窗戶都沒破，督察，這次的行動很成功。你要不要去梳洗一下，我來煎法式土司，獨家配方喔。」他原本想請她別麻煩了，但他的肚子說好。二十分鐘後，他換好衣服，回到昨晚在餐桌旁的位置。

「我傳簡訊跟艾娃報平安，她還沒回。可能還在氣你昨晚叫她不准過來吧。」

「那也是爲她好。」卡倫納邊吃邊說：「最好讓總督察早點平息風波。妳有什麼計畫？我們還在追蹤所有的教職員，妳還是先別回大學比較好。」

「雖然很想待在家裡，我還有工作要處理。每天疑神疑鬼的累死人了。我會特別小心，不冒任何風險。我一定要進辦公室，工作只會越積越多。你高興的話可以每十分鐘打電話確認。」

「當然了。要是妳出了什麼事，艾娃一定饒不過我。她是我來到蘇格蘭之後唯一的朋友，我不能失去她。」

「喔，我想艾娃對你很寬容的。」娜塔莎說：「好吧，跟我有關的事情例外，不過其他的事情她不會太在意。可以討論一下昨晚聊到一半的話題嗎？」

「我該走了。」卡倫納套上夾克。「妳乖乖聽員警的話，別跟陌生人交談。」卡倫納把盤子跟馬克杯放進洗碗機，拎起手機。「幸好昨晚平安無事。」

「盧克！」娜塔莎叫住準備從後門衝出的他。他回過頭。「艾娃不是你在這裡唯一的朋友。現在你至少有兩個朋友了。」

外頭是清爽的藍天，雨已經停了，寒風也請了一天假。還不到晴天的標準，但卡倫納認爲不是大冷天就夠舒服了。車停在對街，他先打開收音機，調整安全帶，給過去十二個小時塞進肚子裡的大餐一點空間。離開前他最後一次打量屋子周遭，看看兩旁道路是否有任何異狀。這時他瞄到街尾樹下的銀色賓士轎車。

「妳就是放不下，對吧？」他高聲說道，搖下車窗，放慢速度，心想艾娃會朝他揮手。他必須叫她趕快回家，就算是大白天，她還是不該接近娜塔莎家。車子開到艾娃的車旁，發現車裡沒人，他停車查看。

賓士沒鎖，駕駛座的門沒關好。他想一定是自己上車時錯過她下車的那一刻，於是他按下她的手機號碼。在半秒的寂靜後，鈴聲響起。焦躁漸漸增長，他發現鈴聲是從副駕駛座傳來。他伸出手想拿起手機，直覺要他別衝動，他退出車外，打電話給娜塔莎。

「娜塔莎，這樣問可能很怪，艾娃在妳那邊嗎？」他裝出最輕鬆的語氣。

「沒有啊，你不是才剛走，應該最清楚吧？」娜塔莎停頓一秒。「怎麼了？」卡倫納無法回應，腦中浮現他最不樂見的輪廓。「盧克？快說啊？」她狠狠甩下話筒，他聽見撞擊聲，猜想另一個遭殃的是餐桌。幾秒鐘後，娜塔莎沿著門口小徑跑到路上，左右張望，尋找他的身影。看到他時她先是一愣，一看到艾娃的車，她拔腿狂奔。距離不遠，不需要浪費力氣，但她還是以攔住即將墜崖的孩子的勢頭往這裡衝刺。

「她在哪裡？」她尖聲問道：「怎麼了？告訴我發生了什麼事！」

「不知道。」卡倫納在她鑽進車子前抓住她。「不能碰這輛車，娜塔莎，拜託。」員警跟在她背後，一臉疑惑，氣喘吁吁。

「聯絡警署。」卡倫納下令。「尋找通納督察的下落。跟他們說她的車跟手機都在這裡，立刻派人去她家，聯絡她的親人，看過去十二個小時內是否有她的消息。」

娜塔莎跪倒在地。「她不見了。」她泣不成聲。「天啊，就在我們大吃大喝的時候，她被人抓走了。」

「還不能斷定。艾娃可能在任何地方。說不定她爬到妳家後院樹上了。」

「才怪。」娜塔莎啜泣。「不可能。鑰匙還插在車上，盧克，她的包包還放在後座。」

卡倫納隔著車窗往內看。娜塔莎說得沒錯。

他希望能找出更好、更合理的解釋。他想舉出她可能的去處。最後他發覺最簡單的答案可能性最大。這個女人，這個他幾分鐘前才說是他在愛爾蘭唯一的朋友的人，被人擄走了。

他聽見來自四面八方的警笛，總督察跟著鑑識人員趕到。一輛媒體的廂型車在道路封鎖前憑空冒出，警員匆忙擋在車前，遮住攝影機鏡頭。倒不是說有什麼戲劇性的場面，重點在於不存在此處的人。

卡倫納要娜塔莎回屋裡，被她一口回絕，悲傷與恐慌令她既執拗又憤怒，他反射性地攬住她的肩膀，緊緊抱著她，而她強忍淚水。

「通納督察昨晚來這裡幹嘛？」總督察問道。

「不知道。」卡倫納低聲回應。「我以爲她在家裡。一定是因爲停職處分，她才沒有說明自己的動向。」

卡倫納知道自己語中帶刺，但他無法克制。貝格比總督察沒有那麼遲鈍。

「督察，這跟懲處無關。通納不該讓自己身處險地。」

「都是我害的。」娜塔莎說：「她是來保護我的。」

「不是妳的錯。」卡倫納對她說。「沒有人能阻止犯人。我們被耍得團團轉。」

「你的人馬在哪？」貝格比總督察大吼。

「在大學調查其他教職員。」卡倫納說。

「叫他們回專案會議室。如果犯人設計好要綁架通納督察，那麼大學只是達成目的的手段。召集負責其他調查行動的員警跟警官，確認誰會因爲嬰兒案而心存報復，重新調查那些死亡威脅。把該死的媒體趕出去。要是在新聞上看到艾娃的照片，他們就死定了。」卡倫納看出總督察的腦袋正在高速運轉。艾娃在他手下待了好幾年，是他拔擢了她。跟她相處過就知道她有多麼討人喜愛。

「來吧，娜塔莎，我送妳回家。」他正準備帶她走回她家，背後突然有人大聲嚷嚷。

負責賓士的鑑識人員用力揮手，要同伴拿證物袋過來。卡倫納丟下娜塔莎，轉身回到車旁。

「怎麼了？」他問。

「一只運動鞋，卡在座椅下方。可能在這裡放了一陣子了，大概是從健身房的袋子裡掉出來的。」

「健身後她會解開鞋帶，脫掉運動鞋。就算是這樣，鞋子也不會離開袋子，卡在駕駛座下面。假如她昨晚跑來這裡駐守，她會穿著這種鞋子。我覺得更像是她被人……」他回頭望向娜塔莎，不敢說完這句話。即使處於遭受綁架的壓力與恐慌之中，艾娃的腦袋還是很清楚。她甩掉這隻鞋子證明她是被人強行帶走，只要警方找到她的車就會知道。就算陷入混亂，她還是有辦法計劃退路。「別跟法吉教授說這件事。」他告誡周遭人員。「今天早上已經夠絕望了。」

他回到娜塔莎身旁，悄聲說明警方的處理流程和優先順序引開她的注意。

「她一定會抵抗到底。我沒看過有誰能占她便宜。」娜塔莎說。

「我們還不知道發生了什麼事。說不定艾娃靈光一閃跑去哪裡了，或是她忙著追蹤線索，倉促間沒空拿包包。有各式各樣的可能性，我們著急也沒用。」

「不要小看我。」她沉聲道：「我懂你的意思，不要亂想，有證據再說。」

「沒錯。艾娃一定會說同樣的話。」

「現在艾娃什麼都沒辦法跟我說了。」卡倫納沒有回應。娜塔莎說得對。「盧克，我只剩下她了。我爸媽更在乎他們的社會地位，根本不管我這個女兒死活，所以他們才會在我出櫃的時候把我踢出來。我不是他們心目中走在正軌上的理想女兒。我跟他們坦白的那一天，我母親問我有沒有查過可以去哪裡治療我的『變態傾向』。我父親沒再跟我說過半句話。在那一天之前，他一直是我世界的中心。艾娃照顧我，重建我的自信。她很愛很愛我，幾乎可以彌補我爸媽留下的空缺。我幾乎憂鬱了一整年，一下子在酒吧到處把妹，一下子又打電話到美國的幾間詭異教會，因爲他們說可以把我治好。艾娃從來沒叫我別再可憐兮兮的。她不會給我建議，只是幫我撐下去。我現在的人生是她幫我建立的，要是少了她……」她垂下頭，忍住哭泣的衝動，拱起肩膀，咬緊牙關。「我不行，盧克。我拒絕度過少了她的人生。你給我帶她回來，證明你眞的值得她的賞識。」

卡倫納不做任何承諾，說什麼都無法安撫她。他默默走出娜塔莎家，照著她的要求繼續調查。

專案會議室擠得水洩不通，相關人員摩肩擦踵，沒有擺出占空間的椅子。卡倫納慶幸是總督察負責指揮。他現在自責不已，無法冷靜領導調查。

「各位很清楚現在的狀況。」貝格比總督察開口道。「通納督察家的保全裝置沒被破壞，車庫也沒有外力入侵的跡象。在她車上找到的手提袋裡放了她家的鑰匙。結論是她在昨晚九點到今早六點之間遭到綁架。目前已經派人在法吉教授家附近挨家挨戶地訪查，尚無任何進展。那一帶很安靜，居民晚間基本不會出門。行人不多。大部分的人開車通勤。」

薩特隔著人牆大喊。

「也是擄走布克斯頓跟瑪吉的犯人嗎？」

總督察還來不及答話，哈里斯教授站了起來。卡倫納根本沒發現他也在場，他只看得見自己眼前的人。

「抓走布克斯頓小姐和瑪吉牧師的犯人已經落網，這次的綁架沒有動搖我對於犯人身分的信心。縱使有相似之處，犯案手法還是存在許多相異點。教授家遭到闖入，那兩封威脅信，犯人不是在通納督察家埋伏，而是把她引到公共場域。我敢說這是經過精心規劃的犯行，可是兩邊案件的手法完全不同。我猜這是一名模仿犯。」

卡倫納揚聲壓過滿場的嘆息與咕噥。

「假如眞的是模仿犯，通納督察是相當難以對付的目標。他爲什麼要冒險對警官下手？」卡倫納問。

「成就感。」哈里斯彷彿料到他的疑問。「他要取得比自己模仿的對象還要輝煌的成就。他想獲得同樣的名聲，說不定還期望羅里・韓德也會佩服他的膽量。卡倫納督察，這些是展現自我的犯行。他們無所畏懼。模仿犯要炫耀他比自己的偶像還厲害。」

「那幹嘛送上那些拙劣的信件、在冰箱裡留下心臟？」卡倫納不甘心就此沉默。「這些都是圈套，殺害布克斯頓跟瑪吉的兇手可沒有這麼多花招。」

「相信這位剛上場的玩家想給予自己的傑作專屬的印痕，證明他的獨特。重點在於向韓德致敬，而不是照抄所有的細節。」

「哈里斯教授，如果你不介意的話，請不要稱呼綁架通納督察的犯人為玩家。」貝格比總督察開口了。房裡鴉雀無聲。這是總督察的警告。「這不是遊戲。」哈里斯張嘴想道歉，他知道這番言論太過賣弄小聰明，知道他已經失去房裡眾人的尊敬，但貝格比沒給他答腔的餘地。這場簡報中，卡倫納只在這一刻感受到些許滿足。沒有其他好消息。

「我要重新審閱嬰兒死亡案，若有任何人因為此案心生報復，那就追查下去。卡倫納督察調查通納督察收到的死亡威脅，沒有負責這幾起案件的人去調查犯罪現場所在的區域、監視攝影機，研究她近期在公私兩方面的通訊內容，看是否有她沒提報的威脅。賴弗利警佐繼續處理韓德的事情。中午向我彙報。解散。」

崔普在走廊追上卡倫納。「長官，我想應該要向你報告，回收廠老闆終於找到他的紀錄了。他把車賣給愛丁堡的一名二手車商，那人叫路易斯．瓊斯。要抓他過來嗎？」

「先不要。那輛車可能又轉了四五手。幫我拿死亡威脅的資料過來，然後去找賴弗利警佐，叫他問羅里．韓德殺害布克斯頓跟瑪吉的日期跟時間。我要知道她們活了多久。叫賴弗利暗示警方已經知道答案，裝出煞有其事的態度。要是哈里斯教授又參一腳，我會在最短的時間內調賴弗利去當交警。」

「直接轉達你的話嗎？」崔普有些猶豫。

「就這樣說。」

「長官，你不是眞的認爲抓走通納督察的人就是那個兇手吧？如果是的話……」

「我不知道，崔普。全都亂成一團了。這些案子的相似處太少，我們只是追著自己的尾巴打轉。只是我想得到一些答案，現在就要，看能不能刪去一些可能性。」

卡倫納在凌晨兩點回到家，這還是因爲貝格比看到他辦公室的燈亮著，直接命令他離開。卡倫納的公寓門外角落隨意擱著細長的棕色牛皮紙包裹，附在上頭的卡片是艾娃的字跡。

他打開門，握住包裹，衝進屋內。他撕開包裝紙，很想相信裡頭放著找到她的線索；他們都搞錯了，艾娃還活得好好的，只是趁著停職跑去度假了。包裹裡是一根亮晶晶的木頭釣竿，捲線器已經固定在上頭，還附贈一小盒假餌跟捲起來的毛帽。卡倫納攤開信紙，紙張一角留著像是茶漬的印子，筆跡隨興，顯然是胡亂撕下的筆記本內頁。是她典型的作風。

「盧克——你需要學習放鬆。隨信附上一根釣竿，你在法國可能沒這樣玩過吧。下次你週末有空的話，我們去金羅斯附近的利文湖，我教你釣到全世界最棒的鱒魚，然後我親手煮給你吃。我們來租一間小木屋（我出專業，你出錢）。那裡超美的——只有天空、湖水、更多天空。我要說清楚——這不是約會。比起你，我對鱒魚更有興趣！」最後一句話加上大大的笑臉符號，下面還有兩行附註。「你會需要這頂帽子。我們要搭船釣魚，天氣會越來越冷。抱歉，可能會弄亂你的髮型！！！」

他拎起釣竿。這不是便宜貨。手感光滑，捲線器旋轉時發出最輕巧的喀嚓聲，整體平衡感毫無瑕疵。他知道禮物和卡片是她被擄走前留下的。她猜他會直接前往娜塔莎家過夜，那個時候不會在家。

想到艾娃承受的折磨，卡倫納一句話也說不出來，只能把臉埋進枕頭裡吶喊。

34

艾娃的臉龐浮腫變形。眞可惜。他可是相當欣賞演講廳裡她那張俏麗的臉蛋呢。

「妳明明不需要受這麼多罪，誰叫妳要逼我打妳，讓事情變得如此麻煩呢。」金一邊說著，把她從車庫拖進家裡。艾娃已經喪失意識，跟她說話有點怪，不過至少這樣她不會回嘴。他毆打她是爲了要她閉嘴。每當車子停下，少了引擎聲掩飾，她就會掙扎尖叫，希望路人能聽見。

他握起拳頭，用指節狠狠敲打她的太陽穴，這個動作讓他聯想到古代船隻上用來懲戒的九尾鞭。他喜歡這個意象，彷彿自己成了船長。在海上，秩序要靠著嚴格的紀律來維持，若是無法遵守上下階級，就有可能引發反叛。現下的情勢不就是如此嗎？拳頭和她的臉頰撞擊出的碎裂聲帶給他一絲懊悔，他擔心會打斷她的顴骨。她的側臉已經浮現大片瘀血。

他放下客廳窗簾，檢查束帶是否還在原處，把她綁在一張沉重的古董橡木桌腳上，最後展現些許柔情，拿軟墊塞到她後腦杓下。

「妳可不希望醒來時頸子痠痛吧？」他自言自語，最後一次拎起車鑰匙。必須處理掉這輛借來的車才能鬆一口氣。「妳哪裡都去不了。」他在艾娃耳邊呢喃。「等我回來，我們就來安排如何殺死妳的替身。如果妳有興趣的話可以幫我一把。妳比我還懂這些伎倆。」

金博士利用空檔把租來的車還回去，思考抓走警官是不是太過魯莽。並不是擔心她可以與他抗衡——他的最終武器就是預測一切的結果，做足準備。但他也察覺到她不像艾琳或珍妮那樣怯懦。擊潰她必定要花費更漫長的時光，投入更多心力。風險依舊存在：她有可能永遠不會順著他的心意屈折。她的固執或許會比提昇自我的欲望還要強大。若眞是如此，他不會對她有所留戀。他對艾琳和珍妮越來越厭倦，不想失去艾娃。注入新血是必要之舉，但如果艾娃太過危險，他會被逼得別無選擇。他思考各種可能性。少了符合正義公理的動機，殺害她只是了無新意的謀殺，而他並不是平凡的殺人犯。

他專注思考她固執的個性。固執得像頭騾子。騾子都在幹嘛？胡亂踢腿，那他只能踢回去了。他想像踢中她腹部的聲響，宛如踩上漏氣的足球。她的肋骨隨便就會斷裂。他得脫掉鞋子，他想。這樣會傷到自己的腳，但這是必要合適的犧牲。穿著鞋子踢人並不公平，會損害他的正當性。對，就踢下去吧。仔細想想，她很可能固執到無藥可救。越是想像後果，她瘀青扭曲的身軀在他腦海中的色澤與質感就越加鮮明。他思考這種等著自我實踐的預言是否恰當。太荒謬了。如果不顧及所有的可能性，他就不會是他了。

金過了三小時才回到家。他從鼠輩的車庫走了好幾哩路，這個時段沒有公車可搭。艾娃．通納督察已經完全清醒，正等著他回來。

35

入睡是難以達成的任務，卡倫納又爬了起來，換衣服，開車到警署，從證據保管室借來鑰匙，再轉去艾娃家。他知道現在是清晨四點，獨自前往失蹤者家中很怪，已經超出了警方辦案的限度，但他只想待在這裡。之前他只來過一次，光是一次就足以給予他些許熟悉與舒坦。這間屋子不只是艾娃在工作之外盤據的巢穴，屋內的一切體現了她的各個層面。鮮艷多彩的馬克杯相當顯眼。每面牆上都掛了畫作、海報、明信片、地圖，還有容納無數DVD跟CD盒的架子。不只機能性強，也展現出艾娃的生活方式。在她的洗衣機前面堆著衣物、T恤，襪子從牛仔褲褲腳下探頭，顯然她省下從浴室到洗衣機的路程，直接從褲子裡抽出雙腿。他忍住幫她把所有的衣褲丟進洗衣機的衝動。他想做這件小事，讓他帶她回來之後的生活輕鬆一點。只要他能帶她回來。

他的記憶倒轉到她收到玫瑰花束那天。她拒絕上報時，他說了什麼？對了，「妳的喪禮由妳作主」。唯有時間能證明這句話會不會一語成讖。吼叫從他體內莫名竄出，他使出全力搥了牆壁一拳，又一拳，再一拳，直到小指頭啪嚓輕響，痛楚如同煙火般竄上他的手臂。牆面微微凹陷，還留下斑斑血跡。他拿抹布跟水槽下的漂白劑盡量清理，接著掠奪她的急救箱，把無名指跟小指包在一起。他知道他該走了。待在這裡，沉浸在有她的記憶中對精神不太好。然而她的臥室散發出太強烈的誘惑，吸引他前去探查她在最私密的時刻會是什麼模樣。

艾娃的臥室比屋裡其他空間還要內斂、整齊。樸素的白色羽毛被蓋住平整的床單。牆上掛了幾個裝飾品，不過感覺這裡是她清理思緒，拋下整天煩惱的地方。卡倫納坐上床緣，自己宛如入侵者，同時也知道這是現在他與她最貼近的方式。他緩緩拉開她床邊矮櫃最上層的抽屜。珠寶、筆記本、日記，塞在最後面的是一小塊石板，上頭寫著小孩子的睡前禱詞：「現在我躺下睡覺，求主看管我的靈魂。如果我醒來前死去，求主接收我的靈魂。」他撫過灰色的光滑表面，與現在的情勢對照，這段禱詞顯得無比諷刺，一團冰冷的藤蔓在他腸胃裡糾結。要是她面臨死劫……再多的禱告也保護不了她。艾娃的鬧鐘響起，她上班的時刻到了。

⚕

卡倫納盯著紙頁上毫無意義的事項與數字，腦袋運轉的速度慢得令他抓狂。在第四次試圖搞懂報告內容前，他抓起話筒，聯絡整理這份報告的鑑識助理。

「所以死亡威脅信上頭沒有任何不尋常的要素，對案情毫無幫助？」他問。

「抱歉，沒有。」話筒另一端的女生回應。

「你們有沒有漏掉什麼，或是能再做什麼檢驗？」

「沒有，紙漿跟墨水都驗過了，全是常見的產品，便宜又實惠，大部分的公司行號會買一堆備用。這裡也有用。」

卡倫納停止翻閱報告。「這裡，妳指的是實驗室？」

「我說的是愛丁堡的每一間警局。」她說。

卡倫納掛斷電話。透過快遞送達的花束跟香檳並不代表下訂單的不是內部人員。那個人能取得用來寫死亡威脅的紙張與墨水，對艾娃展現出超乎尋常的執著，還有辦法操縱娜塔莎，讓艾娃照著他的意思行動。現在該回到最基本的問題。再多的鑑識調查都解不開這個謎。

卡倫納走樓梯到一樓，所有的員警今天都收假回來支援，只有出國度假或是請病假的人不在場。他連自己在找什麼都不知道，單純相信現在是找到始作俑者的大好機會，能從他們的反應看出端倪。他從一樓開始，一層一層往上找。

他巡過每一間辦公室、每一條走廊、每一個樓層。他詢問每一個人在過去二十四小時內是否與通納督察聯繫過，眾人全都認真回應，沒有人言詞閃爍，他們很清楚事關重大。卡倫納沒有聽進他們的答案，他不在乎那些語句，只盯著他們的臉，往他們眼中尋找迴避、激動，或是恐懼。他的態度冷硬、不帶感情。兩個小時後，他抵達頂樓，開始懷疑自己的理智，大海撈針也不是這麼幹的。他來到行政部門，一下子就迷失方向。他沒有來過這層樓，每次都是派崔普上來跑公文。

他從人資部開始，經過公關室，來到行政支援區。一名女子抱著一疊資料夾進入某間辦公室，他跟在她背後。

「我是卡倫納督察，介意回答幾個問題嗎？過去二十四小時內，妳是否與通納督察有過任何聯繫？」

女子搖搖頭。「沒有，我只負責一般員警的財務資料。你跟通納督察的帳戶是由我的同事經手，她在另一間辦公室。可惜我幫不上忙。」她的沮喪相當眞誠。卡倫納向她道謝，走向對面的辦公室。

門開著，一名女子背對著他坐在角落的辦公桌前，雙眼緊盯螢幕，迅速敲打鍵盤。卡倫納停頓一秒，敲敲門，開口宣告他的存在。

「抱歉，相信妳正在忙，但我需要請教幾個問題。」

女子轉過身來。她剪了短短的鮑伯頭，挑染深淺不同的金色。她比他記憶中的模樣還要苗條，戴著黑框眼鏡。若是從背後或是側邊，他絕對認不出她。就算是正面相對，沒有直盯著她的臉還眞看不出來。但她的笑容還是一模一樣。

辦公室在走廊另一側的女子來到他身旁。

「就是她，你們應該沒見過面吧。卡倫納督察，這位是我的同事，艾絲翠・柏德。」

36

金疲憊萬分，他一累就難以顧及紳士風範。他討厭自己這項缺陷，但他一向律己甚嚴。他不喜歡被其他人點出自己的失誤。

返家途中，手腳肌肉不斷譴責他今晚胡亂消耗體力，過度分泌的腎上腺素帶來精神緊繃的副作用。他很想好好迎接新上門的客人，是她不知好歹。他很想多下一劑氯仿，但太多的劑量可能會危害她的性命。更重要的是他無法拖著艾娃上下樓梯。他稍稍傾斜桌子，讓艾娃抽出被束帶綁起的雙手，直起上身。

「好啦，妳會昏沉一陣子，手腳被綁得發麻，很快就會恢復。我是金博士。」

「操你媽的。」她的臉頰浮腫，嘴唇發脹，眼窩變形。他等一下要幫她冰敷。

「抱歉，我聽不懂妳在說什麼。目前妳先安靜聽我說話吧。我要帶妳到能好好休息的地方，要請妳走幾步路，不會太遠。屋子的門窗都上鎖了，妳跑也沒用。我放開妳的腳踝，先不動妳的手。我們需要了解彼此。我手邊有這把刀。」他握住放在沙發上的武器。「這是切肉刀，我自己磨的，我對自己的磨刀技術很有把握。再過幾天，全世界將會哀悼妳的逝去，建議妳別輕舉妄動，讓我不得不交出更多妳已經死亡的證據。」

她的表情尖酸到連檸檬都要甘拜下風，他想。眞是難搞。她沒有多看那把刀一眼。

警官的堅毅特質在他的預料之中，但她的敵意太過張狂。金持刀指著她，讓燈光從刀刃彈入她眼中，想製造一點效果。

「妳走路的時候，我會拿這把刀抵著妳的喉嚨。別想踢我、絆倒我、撞我，或是逃離我身邊。我不怕弄髒刀刃。」他割斷她腳邊的束帶，證實他方才的話。堅韌的塑膠像是奶油一般化開。艾娃看著他，眼中的算計多於擔憂。這個女人得要小心對付。難怪娜塔莎跟她如此親近，她們奸詐狡猾的程度如出一轍。

「站起來。」他說。艾娃沒有遲疑。她是個聰明人，知道什麼時候能抵抗，什麼時候該低頭。兩人橫越客廳，穿過走廊，鑽進樓梯下的儲藏室。通往地窖的門雖然不顯眼，但也不是什麼祕密。地窖是這條街上屋子的標準配備，若是有人進屋搜查，假裝它不存在反而更加可疑。就在這道階梯上，他的姊姊跌斷頸子時才十四歲，眞是悲慘，她的傑出天賦和潛力全都浪費掉了。當年十三歲的金以爲爸媽會帶著他搬離這個充滿記憶的傷心地，然而這間屋子成爲了獻給他們親愛的愛蓮諾的神殿，父母餘生都在此處度過。

通納督察照著他的指示前進，但她的視線左右飄移。好吧，她只能往左看，右邊的臉腫得太厲害了，他咧嘴偷笑。

「我知道妳在打什麼主意。」他說：「看個仔細，感受這個領域，弄清楚出入口位置。沒有用的。從地窖通往客房的樓梯已經存在多年，每當我母親陷入不太想與人來往的情緒時，我父親就會逃到他的私人空間。等到他們都過世後，我才裝上假牆，遮住後頭的房間，讓我自由使用。拼湊木頭飾板花了我將近一年。」

兩人來到第一道樓梯底部，他打開門鎖和電燈，藏在牆後的樓梯映入眼簾。艾娃轉頭直視他的雙眼。她很勇敢。他看見了。不是虛張聲勢，不是演技。或許她眞的不知恐懼爲何物。或許在她心底，每個人都有的如同寄生蟲般的第六感已經猜到她可能會面臨這種命運。

「我知道你是誰。」她每個字說得清清楚楚。「你身上有樟腦丸的味道。你殺了艾琳・布克斯頓跟珍妮・瑪吉。」

「卡倫納督察在徒勞的調查過程中告訴妳這件事嗎？」被人提到自己身上的氣味，金忍不住心頭火起，但他現在的任務是命令她爬上牆後的樓梯。「你們警察眞是自以爲是啊。一心只想貼上標籤、裝箱、破案。妳想不想跟布克斯頓小姐和瑪吉牧師會合呢？」他把刀刃壓向她的咽喉，血管逐漸膨脹。

她終於流露出些許膽怯。她後退一步，又一步，隨著在她眼前不斷打轉的刀尖起舞。金逼她往上走，接近隱藏樓梯的頂端，離她過往的人生越來越遠。

「你不需要殺我。」客房的門聳立在她面前，她找回了聲音。

「我也這麼希望。可是妳不死的話，就永遠不會完全屬於我了。人們心中會抱持著希望，繼續搜索。某些案子成爲懸案，但會存在於許多警官腦海中。督察，死亡帶來悲傷，而悲傷象徵終結。」

艾娃站到最高的一格階梯，背對那扇門。她舉起雙手，姿勢傳達的訊息遠遠超出話語。她投降了，接受了她的命運，成爲他的人。他眞想叫時間停止，細細端詳她的表情，她融入了他的世界，這股勝利感將會永遠塡滿他的內心。

「艾娃，別怕，來認識死去的新朋友吧。」

金推開房門，握住艾娃的手，牽她進房，如同走向聖壇的新娘。他看著她認出床上的兩名女性，瞪大雙眼。

「這是什麼鬼？」她低喃。

37

「卡倫納督察。」她在同事面前裝出虛假的端莊神態。只有卡倫納聽出隱藏在她嗓音中的嘲弄。「眞是幸會。」艾絲翠伸出右手，他只是盯著，彷彿她手上捧著爬滿蛆蟲的腐肉。遭到她控告他強暴之後，他無法容忍其他人的觸碰，無論是多麼短暫或是純粹出自好意。光是想到艾絲翠與他肢體接觸，他不由得暗自作嘔。

「我要跟妳私下談談。」他壓下滿心驚慌，啞著嗓子說道。

「沒問題。」她甜甜地回答。「你想去哪裡都行。」艾絲翠對跟她共用一間辦公室的女同事燦笑，像是拿到一整個禮拜的休假似的。卡倫納讓到門邊，不給她任何理由觸碰他。

「到一樓，右邊走廊盡頭。」卡倫納直視前方，數著自己的呼吸，抵抗令他視線模糊的暈眩感。艾絲翠沿著樓梯緩緩下樓，興高采烈地向每一個擦身而過的人打招呼。卡倫納每走一步，就感受到自己肩膀背上的肌肉一縮。他只能忍住叫她走快點的衝動。

「我們不去你的辦公室嗎？」她嬌柔的嗓音在他腦中宛如足球賽的震天喇叭聲。

「不。」他走過最後一段走廊，打開偵訊室的門。「我們只說英語，不說法語。我沒打算浪費時間解釋我們的交談內容沒有問題。」他從桌下拉出椅子，要她坐下。卡倫納按下監視系統的按鈕，設定好錄音和錄影器材。艾絲翠雙手滑過桌面，離他的手只有一公分，笑得開懷。

「盧克，這裡是偵訊室。我不懂現在是什麼狀況。這些機器是要做什麼？你想知道什麼就直接問啊。」

「我想知道妳在這裡做什麼。」他努力壓抑語氣中的威脅，嗓音微微顫抖。

「我在這裡工作。沒什麼好隱瞞的。我還傳了幾張你沒塡好的加班表格給你，便利貼上面有我名字的縮寫。可惜你派你家的小弟處理這件事。竟然會有這種失誤，你一定是鬆懈了吧。」艾絲翠把玩落在她臉頰上的髮絲，看在別人眼裡，肯定會覺得她的姿態撩人，然而卡倫納只看到計劃再次出擊的毒蛇。

「我是說，妳來蘇格蘭做什麼？艾絲翠，我申請了禁制令，那是不准妳接近我的法院命令。妳不該與我有任何聯繫。」

「笨蛋，禁制令的效力只涵蓋法國境內，你一離國就沒用了。你沒在這裡申請新的禁制令，所以我不受到任何限制。你不就想這樣嗎？你跑來這裡，不就是爲了跟我有個新的開始？」她摸上他的手，卡倫納的反應像是被毒蠍爬過手背，踢開椅子，退到最遠的牆邊。

「我來蘇格蘭不是要讓妳跟上的。我來是因爲妳毀了我在法國的生活。妳奪走了一切——我的工作、朋友、名聲。妳怎麼有辦法在這裡找到工作？」

「國際刑警組織無權在我的履歷上提到那件事，畢竟那跟我的專業能力無關。我是無法承受官司折磨的受害者，假如我因此求職受阻，那我就有權告他們。我在國際刑警組織的直屬上司不知道你在這裡，那個婊子恨不得我早點離職，相信她把我的推薦信寫得天花亂墜。」

「這還是無法解釋爲什麼這裡沒有人察覺妳的身分。他們做了完整的背景調查，我什麼都說了。」

「你沒有被定罪──檢方已經宣告你無罪。在這種狀況下，行政系統不會交叉比對員工名單，更何況我是在你的職位確定後才申請這裡的工作。爲了幫你交出漂亮的履歷文件、取得這份工作，你老闆可是下了不少工夫呢。」

「妳沒有權利跟到這裡，這點妳很清楚。」

「盧克，親愛的……」她起身，準備繞過桌子。

「坐下。」他命令道。

「我被逮捕了嗎？」她問。

「妳正在接受訊問。」

「那就對我提出警告啊。」她調笑著解開最上面一顆釦子，撥撥頭髮，不過她還是聽話坐回原處。「我不懂你爲什麼氣成這樣。我不是撤回那些證據了嗎？」

「那是開庭前一天的事。我失去了好幾個月的人生！我自己的母親不再跟我說話了。我不相信妳是眞心要打官司，妳只想毀了我的一切！」卡倫納插在口袋裡的雙手握成拳頭。

「我救了你。你不該用這種口氣跟我說話。」她眼中含著淚水。

「少來了，艾絲翠，那都是假話。我沒有強暴妳，我們沒有發生性關係。妳憑什麼以爲妳救了我？」卡倫納幾乎要大吼了。一名好奇的員警貼著門上的玻璃，查看房裡的狀況。卡倫納點頭要他離開。

「如果不是我，你早就去坐牢了。你寧願這樣嗎？吃十年牢飯，跟一群臭男人混在一起。你想你能撐多久？」艾絲翠火冒三丈。至少這個情緒是眞的，卡倫納心想。「我讓你平安獲釋，這樣我們才能拋下過去的不開心，重新開始。你轉調到歐洲其他地方的決定實在是太完美了。我們都會說英文，也都有可以帶著走的工作能力。」

「拜託不要這樣！」卡倫納雙手遮眼。「艾絲翠，聽好，妳需要幫助。我知道妳很難接受我們沒有交往的事實。我們從來沒有交往過。妳不能繼續這樣下去。」

「盧克，你人眞好，一直都對我好好。只有我看出你的好。我們命中注定要在一起。只要在你身邊，我就不會那麼難受，所以我才跟著你到這裡。我感覺得到你有多愛我，我知道這有點可怕，不過我可以爲了我們堅強起來。」

「妳以爲會有什麼發展？」他問。「妳打算某天直接進我辦公室，撲到我身上？」

「我早就告訴你我在這裡了。我送你香檳，最頂級的禮物。還有那束玫瑰，就像是里昂金頭公園的玫瑰，你每天午休都會去那裡慢跑。」

「是妳？我們以爲……算了。至少這樣就說得通了。我要知道一切，別再跟我玩把戲。」他改變問話的策略。

艾絲翠思索幾秒。「你要我說什麼？」

「眞話。如果妳要我回心轉意，那就要對我坦誠。只有妳能如此周到，替我設想我喜歡的東西。那束玫瑰很美，確實讓我聯想到法國。」

她臉一沉，好似即將來襲的風暴。

「只有我，盧克，還是說還有別人？」

「沒有別人。」他再次坐下。

「騙子！」她尖叫。「我看到你跟她在一起。我看到你們打情罵俏。我還看到她看著你的眼神。你跟她一起喝我送的香檳嗎？你把我送你的花轉送給她了嗎？」

「我不知道妳在說誰，艾絲翠。」

「你自己心知肚明。」她啐道。

卡倫納步步進逼。「我眞的不知道。在妳之後，我沒有跟任何人在一起過。」

她咧嘴而笑，感覺就像站在懸崖邊緣搖搖晃晃。

「你在玩我。」她說：「我知道你要我說什麼，盧克，我不會讓你稱心如意。在我之後？你不是從沒跟我交往過嗎？你不是像隻大蜘蛛一樣躲在地毯下避開我？你要我說出她的名字。我才不幹。」

卡倫納看看手錶。他已經盡力了，可是人格障礙跟低智商不同。他要花更多時間才能逼她承認她做了什麼好事，但艾娃的時間正一分一秒地流逝。

「是妳送死亡威脅給通納督察嗎？」他挑明著問。她臉上的情緒在瞬間消失。

「我要找律師。」她說。

「是妳綁架她嗎?」

「我不再回答問題了。」艾絲翠馬上扣好鈕子,雙臂環胸,盯著桌面。

卡倫納思忖她究竟涉入多深。擁有特別的心理狀況、足夠的熱情才能追著一個人跑這麼遠。只要他人在這裡,她就有辦法繼續玩下去。想取勝的話,就要徹底剝奪她的目標。

「很好。我現在忙得很。還有更多問題要請妳好好說明,可惜我現在要去辦更重要的事。妳在這裡等著,我去找警員來執行偵訊。妳不會再跟我扯上關係。」他走向門邊。

「別走。你給我停下來。我們之間發生過那麼多,你竟然就這樣拍拍屁股走掉?」

「對。還有更重要的事情。」

「你這個畜生。」艾絲翠嘶聲咒罵。「更重要的事?你以爲沒有我,你能找到艾娃·通納嗎?再過兩個小時,你就會回來求我幫忙了。」她五官扭曲猙獰,卡倫納眞想衝回來掐住她的脖子,把情報從她口中榨出來,但他知道不能這麼做。

「我說過了,我很忙。馬上就找人過來陪你。同時我會請負責羈押的警官過來給予妳警告。」他關上房門。

過了幾秒,他聽見門把轉動的聲音。走了半條走廊時,艾絲翠的嘶吼傳來。

「去你的!我看到他帶走你寶貝的通納督察。他會宰了她。你現在就給我回來,不然你手上就要沾滿她的血！」

卡倫納轉過身，循著原路走向艾絲翠，停在偵訊室門外，靠著牆望向房裡。「在哪裡？」他隔著敞開的門提問。「妳在哪裡看到的？」

「你不進來我就什麼都不說。」艾絲翠尖聲拒絕。

「給我一些情報，我才知道能不能相信妳，還是說妳希望再也見不到我？」

「我跟蹤你下班。你去那個教授家，就是你女朋友很關心的那個教授。我在外面等了一整晚，可是你沒有出來。你留在那裡跟那個蠢女人勾搭，對那些小紙條大驚小怪。對，我知道所有的案情。別以爲我在警署裡沒有朋友。」

「我才不管妳跟誰有交情。我要知道妳爲什麼在警官遭到綁架時袖手旁觀！」卡倫納咆哮道。

「等到他把她拉出車外時，我才知道那是通納。」

卡倫納一個箭步竄進房裡，艾絲翠還來不及反應，就被他一把抓住上臂，拉到面前，而他另一手則是舉到她臉頰邊。

「如果妳說謊……」他以表情傳達沒有說完的下半句話。

「沒有。不過你要白紙黑字保證我不會因爲我送給她的信、因爲昨晚的事情遭到起訴。」

「艾絲翠，已經沒有時間了。」卡倫納的語氣介於威脅與哀求之間。

「等到解決這件事，你會待在我身邊。我們可以聊聊法國的事情，聊以前的朋友、以前的生活。事情就該是如此。」

崔普帶著賴弗利走進偵訊室，看到卡倫納抓著艾絲翠，兩人都愣住了。

「警員，去檢察官辦公室一趟，找個能給予追訴豁免的人過來。」卡倫納命令道。崔普在一秒內不見人影。卡倫納看著賴弗利。「警佐，有什麼事嗎？」

「羅里．韓德。他無法回答是在何時殺害布克斯頓跟瑪吉。他什麼都不說，全部交給律師。我是來道歉的。我想你可能沒有說錯。」

「也他媽的太遲了。」卡倫納將艾絲翠推回她的位置。

38

金恣意享受艾娃看到床上那兩名女子時的困惑神情。她們兩人半句話也沒說。在把新客人綁到床上前，他給了她上廁所的機會。照應她們的個人需求是他討厭的一項任務，不過這也給了他額外的權威感。

「金博士，可以再給我一些止痛藥嗎？拜託。」艾琳悄聲請求。

他想了想。近來她服藥的分量相當可觀，不過比起對處方藥物上癮，還有更麻煩的事情，而且這也讓她稍微好相處一些。

「我去拿普拿疼，可是妳要幫我照顧妳們的新朋友。拿束帶把她綁到床柱上。不要太緊！我們可不能阻斷血液流動。」

「別這樣。」艾娃對她說：「艾琳，我是警察，妳不需要幫他。」

「她一定會幫我的。」金低喃：「親愛的，妳說對不對？」

艾琳虛弱地點頭。

「不然我會怎麼做？」在艾琳綁住艾娃的途中，金手中的刀子一直抵著她。

「你會再拿出那把尺。」她說。

艾娃望向珍妮。光看就知道他已經摧毀了艾琳，把她內心的堡壘拆成無用的碎片，但他沒有那麼天眞，以爲英勇的警官會輕易放棄她。珍妮正在祈禱。老樣子。

「好啦，艾娃，我可不希望妳煽動這兩個女生反抗我。」他被自己這句話逗笑了。「我來說明一下吧。要是妳們其中哪個人違反了這個社群的行爲規約，我就必須懲罰其他的成員。也就是說，假如妳跟我過不去，我就要對珍妮做一些她不喜歡的事情。」

「珍妮。」艾娃說：「可以跟我說話嗎？珍妮．瑪吉，會有人來幫我們的。」

「我說的就是這種狀況。基本上我對剛來這裡的新人會比較寬容，在妳安頓下來前，應該會有一段磨合期。不過我現在挺累的，而且妳有必要徹底理解目前的處境。」他打開上鎖的抽屜，取出兩顆藥丸，跟一個塑膠水杯一起交給艾琳。「看我有多麼善良，多麼體貼？」他又從抽屜裡拿出一樣物品，握在手中。艾娃伸長脖子想看他到底在幹嘛。

金站在珍妮床邊，她祈禱的音量提高，不與他視線交會。艾琳吞下她拿到的藥，抱著枕頭跟毯子鑽到床下。從她躲藏的地方傳來含糊的哼聲，像是孩子的呢喃，反反覆覆。

「她在退化。」金擺出高姿態。「第一課，通納督察，別以爲妳可以忽視我的警告。」

他左手狠狠捏住珍妮的鼻子，她擠出尖叫，身軀在床墊上掙扎撲騰，想要擺脫他的箝制，卻無法撼動他的手勁。眞是奇怪，他想，自己小時候怎麼會如此孱弱，對運動不在行，沒有力氣幫父親搬東西、做木工。不過最近，步入中年的他強壯得像頭熊，剛好就在他最需要的時刻。與其說是因爲精神的力量大於肉體，倒不如說是因爲他現在擁有不爲肉體憂慮的自由。此時此刻，他的肌肉能夠克服一切困難。

他捏開藏在掌心的長尾夾，夾住珍妮的舌頭，讓有彈性的金屬啪地合上。劇痛襲來，她先是翻起白眼，接著清醒過來，哭號，尖叫，作嘔。

「這都要多虧通納小姐。等我晚點回來，或許妳會想出要如何回報她。今天是星期六，我已經十八個小時沒睡，現在要去休息了。相信妳們也需要休息一下。」

「拿掉夾子。」艾娃大吼。

金聽見艾琳在床下呢喃「不、不、不」。她漸漸成爲最敏銳的成員。就連珍妮也忍著疼痛，對艾娃瘋狂搖頭。

「我想這位好心的牧師不希望妳繼續干涉。」他說：「我想她希望妳能乖乖聽話，不要迫使我採取更激烈的手段。」珍妮用力點頭，對艾娃發出類似嘶吼的叫聲。

「對不起。」艾娃低聲說。

「另外兩位女士的聲音太大了，我們聽不見妳在說什麼。」金說：「請再說一次。」

「我說，對不起！」艾娃對他大叫。「這樣可以了嗎？對不起。」

「很好。珍妮，不准拿掉夾子！再過一兩個小時就不會痛了。還有艾琳，妳也不准幫妳的朋友減輕痛苦。現在我沒有綁著妳，但這不代表妳可以爲所欲爲。除非妳想親自體驗這份痛苦。有一段很有意思的歷史，這種懲罰以前在美洲殖民地相當盛行，用處是讓嘮叨的妻子少說點話。確實相當合適。我替妳們放點音樂，珍妮，或許能分散一下妳的注意。」

拉赫曼尼諾夫的鋼琴協奏曲在房裡飄揚，金鎖上門前聽了一會兒，沒聽見其他聲音。等他睡著她們就會說話了。這不重要。她們會說他是多麼可怕的怪物、她們有多恨他，編織逃脫計畫，想像救援即將來臨。讓她們抱持幻想吧，他想。既然她們對過往人生只剩下這點幻象，他何必奪走她們的卑微娛樂呢？她們很快就會適應，若是其中哪個人做不到，他就可以少作一個抉擇了。

39

卡倫納回到偵訊室。他已經跟艾絲翠談好條件。賴弗利在監控室看偵訊的下半場有何發展。卡倫納眞想和他交換位置，跟艾絲翠近距離相處一秒鐘也嫌多。

「妳什麼都拿到了。」卡倫納開口。「我的耐性快要用光了。」

「還沒完呢。我要你親筆寫說保證不會再申請新的禁制令。」

「艾娃．通納落入那個瘋子手中，艾絲翠，別再跟我玩下去。」

「你寫我就說。」

「去妳的。」他怒吼一聲，抓過一張紙寫下潦草的幾行字。「好了，跟我說妳看到什麼，快點。」

「所以你承認對她有感情囉。」艾絲翠說：「看到你搭上她的車的時候我就知道了。」

「通納督察是同事，我只是在盡我的職責。妳再拖下去就換沒有那麼好說話的人進來。」

「好啦，冷靜點，督察。」她酸溜溜地應道。「大概是凌晨一點半，跟你說，一開始我根本不知道是誰。通納把車停在樹下，離我很遠。車裡的燈亮起，我才注意到車門開了。大概有一分鐘左右，我看不見車內的狀況，接著一名男子把她扛出車外，扶著她往我的方向走過來，搭上另一輛車。我是在他把她丟進車裡的時候看到她的臉。」

卡倫納打岔道：「可以描述他的外表嗎？」

「有點難，太暗了。他不算高，白人，還滿壯的，身材不太好，你知道那種感覺。他戴著帽子跟眼鏡，最多只能看到這些。」

「然後呢？」

「他把她放進車裡，一定是後座，因爲他開車離開前開關了兩扇門。」

「她在後座？」卡倫納問。

「我想是吧。」艾絲翠像是覺得無聊似地一手撐著下巴。卡倫納壓下自己的怒火。「車子開走以後，我還沒意識到發生了什麼事，不過我有仔細一點看。」

「爲什麼？」卡倫納問。

「因爲他沒有馬上打開車頭燈，一直到快要離開那條路的時候才打燈。然後他以三點式迴轉往反方向離開，沒有開過我面前。」

「妳說這些到底能幫上什麼忙？」卡倫納說。

「我帶著望遠鏡，還抄下車牌號碼。他開的是日產的四輪驅動車。」她掏出手機，點開備忘錄應用程式。「號碼在這裡。」

卡倫納接過她的手機，唸出車牌號碼，交給監控室的同仁調查。這時偵訊室的門被人猛然推開，賴弗利衝了進來。

「妳一直藏著車牌號碼？」賴弗利抓住艾絲翠。「妳可能會害死她！」

「賴弗利警佐。」卡倫納說：「放開她，出去。」

「你該死的後援會在這裡可沒有特權！」賴弗利對他大吼。

「我們有了線索，比你大費周章抓錯人要強得多。現在給我出去。」

賴弗利又罵了幾句，最後還是乖乖聽令。

「盧克，謝謝。」艾絲翠柔聲道：「你真有騎士精神。」

「我別無選擇。我站在警佐那邊，但我還沒問完。他們是如何從艾娃的車子移動到他車上？他扛著她嗎？」

「不是。她算是被他扶著，搖搖晃晃的自己走過去。」

「氯仿。」卡倫納起身。

「等等！就這樣嗎？我什麼時候能再見到你？」

「艾絲翠，妳狀況不好，我同情妳。我們永遠不會有結果，我再也不想多看妳一眼。請妳努力理解。」

她露出獰笑。「希望他殺了她。這樣會讓你心碎，就像是你讓我心碎一樣。然後你就會回到我身邊。你會跟以前一樣需要我。」卡倫納離開偵訊室。

五分鐘內得到這組車牌號碼已經註銷的結果。一通電話打到福爾柯克那間回收廠，威脅要再派衛生安全局封鎖調查，老闆全都招了——這輛原本的車主送來拆解的廢棄日產轎車後來也到了路易斯．瓊斯手上。

「崔普！」卡倫納一邊大喊，走向自己的辦公室。「把路易斯・瓊斯找過來。跟他有關的文件、他的電腦手機、所有的東西，全部送到專案會議室。追查那些車輛最後賣給誰，我要知道瓊斯過去一個月來每分鐘的行蹤。」

「是的，長官。」崔普的腦袋從專案會議室探出。「史普醫師在你的辦公室，他說他知道你很忙，他可以等。」

卡倫納沿途順手拎了薩特警員同行。病理學家以凝重的笑容迎接兩人。

「督察，我想親自來一趟。艾娃的事情我很遺憾，她寄了好可愛的信來感謝我那瓶樂加維林。想到是自己的同仁落難，眞的很難保持客觀。」

「謝謝特地跑一趟，可是現在時機不對。我們正在等證人過來，我要看過他的資料。」

「我不是來寒暄的。」史普從公事包裡掏出資料夾。「這個要請你過目。」他抽出幾張放大的照片。

「這是什麼？」卡倫納問。

「牙齒。」史普說：「在球棒附近找到的那顆，沒有被火燒過，保存得很好，可以看出上頭的痕跡。」他指著牙齒下端三分之一處的一小塊線狀陰影。「看起來像是很深的凹槽對吧？鑑識牙科專家一開始沒有特別提出，是因爲我們只拿這顆牙齒來辨識身分。」

「這到底是什麼？爲什麼會出現這樣的痕跡？」薩特問道。

「我們懷疑這是某種器械對琺瑯質造成的損傷。」

「所以說是她的牙醫之前弄出來的嗎？」卡倫納問。

「我不認為是如此。這些痕跡比牙齦還低，而且牙根還很健康，牙醫沒有理由對這裡下手。最有可能造成這種傷害的器具是拔牙鉗。」

「其他的牙齒呢？」卡倫納問：「也有痕跡嗎？」

「應該有。」史普翻開其他照片。「看，這裡跟這裡。被火燒過的牙齒比較看不出來，不過這一顆──」他拎起一張臼齒的近照，「──可以看到刮痕。痕跡很深，延伸到牙根。」

「你的意思是牙齒脫落跟球棒無關囉？」薩特問。

「我的意思是有人拿拔牙鉗對付她的牙齒，以邏輯來判斷，造成傷害時，這些牙齒還在艾琳的牙床裡，並不是在牙齒脫落後才受損。我跟她的牙醫確認過了，他無法保證她沒去找過其他醫生，但他沒有做過這種治療。他也說這些痕跡很拙劣，施力位置不對。如果我們沒有想錯，那麼……」

「艾琳．布克斯頓在死前曾遭受酷刑折磨。你相信她的牙齒是在她生前被人用拔牙鉗扯下來的。」卡倫納說道。薩特臉色發青。

「話不能說死。不過應該是發生在她喪命前，這樣比較合理。」

「業餘牙醫？」薩特的嗓音聽起來像是在強忍作嘔的衝動。「可以從哪裡弄到這些工具？他怎麼有辦法學到拔牙的技術？」

「有好幾個網站在賣這些東西。至於學習的管道呢，網路上有一些急救教學。這些資源不太值得參考，但多少能學到一點皮毛。」

「珍妮．瑪吉呢？」卡倫納想到兩名女子的親人，不知道警方的新發現會對他們造成多少折磨。

「我向艾爾莎．藍伯特諮詢過了。她非常非常的沮喪，她好像是通納督察母親的朋友？」卡倫納點點頭。「化學藥劑令瑪吉的牙齒嚴重受損，齒科專家看不出有什麼特別的痕跡。不過呢，如果牙齒是在她生前拔除，那就可以解釋牙齒與下顎骨爲什麼分解程度不一樣。」

「媽的。」薩特低喃。

「警員，我跟妳所見略同。」史普說：「假如艾娃．通納還活著，你們必須盡快找到她。幹得出這種事情的人……」卡倫納感激他沒把話說完。不需要別人加油添醋，他很清楚擄走艾娃的人有多大能耐。

「謝謝。抱歉無法好好招待你。」卡倫納說。

「別這麼說。趕快找到那頭禽獸吧。」瓊提．史普沒有多加停留，卡倫納在他離開後關上門。

「長官……」薩特開口。

「不行，先別跟其他人提起這件事。目前大家已經使出全力，不要給他們更大的壓力。而且這也只是假設，我們甚至沒有強力的證據能證明綁架通納督察的犯人，就是殺害布克斯頓跟瑪吉的兇手。等到我們查出他囚禁她們的地方，就能證明這個推測了。清楚嗎？」

「遵命。」薩特輕聲回應。「她們承受的痛苦光想就讓人不舒服。」

「不要想。妳再過幾年就會懂了。絕對不要想像她們的遭遇。找些事情來忙，薩特。幫我查出買得到牙醫器材的網站清單。」

「長官，我們會找到她吧？」薩特低聲問道。

卡倫納很想撒謊，但多年的警界生涯告訴他不要這麼做。「不要閒下來。我們只能盡力而爲。」

40

路易斯．瓊斯這個人很會躲。崔普即時傳了他辦公室（如果真要給那個空間一個名字的話）的照片給卡倫納。房裡沒有月曆或是記事本，桌上沒有任何文件。抽屜裡塞滿迴紋針跟舊ＤＶＤ，跟他的二手車業務毫無瓜葛。回收廠內汽車零件堆積如山，無數可疑車輛隨意停放，但就是沒看到半台電腦。瓊斯的資料也是姍姍來遲。等了一個小時，卡倫納終於燒完最後一絲耐性。

貝格比總督察辦公室的門在他敲響前一秒打開。

「督察，請進。我正要去找你。」他說。

「我請人調一份檔案，那是……」卡倫納說。

「我知道，就在我桌上。在你開口前，我要先解釋原因。這份檔案標示著除非是我或是更高層級的警官同意，否則不得開啓。」

「我不懂。」

「路易斯．瓊斯自願前來說明，他已經在路上了。我們一起跟他談。」貝格比說道。

「如果你什麼情報都不肯分享，我要怎麼辦案？我想知道到底是怎麼一回事。」卡倫納的拳頭重重落在總督察辦公桌上。貝格比瞄了一眼，遞出一份薄薄的破舊檔案。

「這份檔案列為機密的原因在此：瓊斯是我們的線民。在愛丁堡某些不太守法的族群裡，他的稱號是扳手路易斯。十五年前，某個花了三年調查的大案子即將無疾而終，沒有人會遭到起訴，甚至無法逮捕任何一個人。那是一起組織嚴密的犯罪，黑幫在警方、政府裡都設下眼線，我們的行動毫無祕密可言，總會被他們搶先一步。路易斯是他們手下負責調度車輛跟駕駛的好手。他沒有公開露面過，有的話他就活不到今天了。他帶給我們足以破案的情報。我們達成協議，從此以後河水不犯井水。」

「現在顧不了以前的協議了。我們無法排除他涉案的可能性。」

「我可以。你要找的對象是白人，路易斯是黑人。他也不是這種類型的罪犯，我很了解他，這點可以斷言。他是我的下線，他會對我開口。」

正如他所說，路易斯．瓊斯大約在二十分鐘後抵達。卡倫納看貝格比跟他握手，從兩人的神情可以看出他們的交情確實匪淺。為了隱私，偵訊在貝格比的辦公室裡進行。

「這位是卡倫納。」貝格比總督察介紹道。「這次的調查直接由他管。」

「喬治，我以為只有你跟我談這件事。」路易斯的嗓音輕柔從容，隱藏著控制得宜的提防。

「時間不夠了。卡倫納有事情問你。可以信任他。」

卡倫納可沒有這麼篤定。假如發現瓊斯掌握所有的內情，他不知道自己會有什麼反應。

「這兩輛車。」卡倫納遞出車輛資訊。「都是從福爾柯克的一間回收廠流到你手上。我需要它們的交易紀錄。」

「我不留紀錄，全都存在我腦袋裡。」瓊斯說：「如果你跟我有同樣的經歷，就不會想留下任何痕跡。你問這個要幹嘛？」

「艾琳．布克斯頓。」貝格比開口。「你知道這個人嗎？」

「有誰不知道呢？我的車跟她有什麼關係？」

「我們認爲使用這兩輛車的人殺了她。所以說買車的人是誰？」

「那個古板的勢利眼？你他媽的別開我玩笑！」

「誰？」卡倫納大吼：「給我名字！」

「我不會記交易對象的名字。他到底在想什麼？」瓊斯把問題拋向揚手要雙方冷靜的貝格比。

「路易斯，你能給我們多少線索？」貝格比沉聲問道。

「他付現金，每輛車只用二十四小時就送回來。這是我做生意的方法，車子租出去，什麼都不問。他來了六次有吧，感覺滿拘謹的，我是沒想過他會幹出什麼壞事啦。有一次他開玩笑說需要一點私人時間，離他老婆遠一點。我猜他是想在街上物色個小妞，又不希望另一半接到警察的電話。」

「他長怎樣？」卡倫納問。

「五十多歲，中廣身材，把旁邊的頭髮梳上頭頂。我記得他穿灰色大衣，下巴肉有點多。喬治，別把我扯上檯面。這個案子太慘了。」

「路易斯，我們需要更多情報。我知道我欠你人情，可是這次我沒辦法幫你脫身。你借他車子，沒有支票或是其他紀錄。假如這傢伙眞的是兇手，就連我也保不了你。」

「喬治，我救了你的小命，還記得嗎？」瓊斯站了起來。

「沒錯。可是如果不逮到這傢伙，我的手下警官可能會小命不保，所以別跟我扯那些有的沒的，好嗎？你做生意總會留後路，也不過幾年時間，我相信你我都沒有太大改變。要是他不還車，你要怎麼辦？沒有留名字也沒有地址？聽你在胡扯。」

瓊斯坐回原位，仰頭咒罵。「假如這件事鬧開，我就完蛋了。所以還是老樣子，對吧？」

「老樣子。」貝格比說。

「我派小弟跟蹤他。碰上不透露個人情報的客人我都這樣處理。我有收押金，他們還不還車都沒差，只是我要留個保險，怕他們開車去搶劫或是……」

「或是殺人。」卡倫納幫他說完。「所以你扣住客人的情報，好跟警察討價還價。」他吐出一長串法語髒話。

貝格比沒有理會他。「你們查到什麼？」

「他把車開回堤道街的一間車庫，那一區有點亂，不過看不出什麼問題。我可以給你們地址。光是這樣就夠我在有需要的時候找人了。」路易斯在貝格比辦公桌上的筆記本寫下情報。卡倫納撕下那張紙，走出辦公室。

「我的名字不會浮上檯面，不准監聽我的電話，也不准在任何一份起訴書裡提到我。別動我跟我的生意。我們有過協議，就我所知，那份協議的效力還在。」瓊斯在他背後大吼。

「這點我們很清楚。」卡倫納聽見貝格比如此回應，他相信主要是講給他聽的，而不是扳手路易斯。國際刑警組織的辦案程序，反覆確認、絕不妥協的原則似乎早已遠去。卡倫納不知道是該反感還是慶幸。此時此刻，這些都不重要了。他拔腿狂奔。

地址上的車庫位於堤道街的小巷裡，那一段路上少說有三十扇鐵捲門，斑駁的色澤顯示落成的日子已是遙遠的回憶。崩落的混凝土碎片散了滿地，街燈毫無存在感。大部分的車庫號碼牌已經拆除或是被塗鴉蓋過。崔普守在巷口，準備引導還卡在車陣裡的鑑識組，隱約聽得到警笛聲。卡倫納在偶數側一間一間數到十八號車庫，戴上手套，拉了拉門把。上了鎖。他從後車廂取出撬棍，插進門縫。門板頂端的鋼纜傳來斷裂聲，沒過一會，門鎖便放棄抵抗，年久失修的金屬零件敗給了卡倫納的決心。

他打開手電筒，照亮車庫深處，左右繞了一圈。

「裡面有什麼？」崔普在巷口大喊。

卡倫納雙手扠腰，垂著頭，一腳踢開撬棍，無視沿著腳趾竄上腳踝的疼痛。

「媽的！」他怒吼。「空的！什麼都沒有！」

崔普拋下崗位，跑過來凝視空蕩蕩的車庫。

「說不定鑑識組可以找到什麼線索。」即使崔普努力擠出一句，從他的表情看得出他根本不信。

「就算找到他的DNA好了，這個畜生的資料也不在我們的系統裡面。他的執念這麼深，說不定已經籌劃了好幾年。他跟性侵犯完全相反。哈里斯教授完全猜錯了。這傢伙絕對不會衝動行事。這是他的驕傲，他不是教授口中的那種人。」

鑑識組的廂型車停到車庫旁，專業人員湧入現場，卡倫納跟崔普只能呆站在一旁。

「我要抽個菸。你跟我過來。」兩人繞過街角，犯罪現場已經拉上封鎖膠帶。附近沒有對著車庫的窗戶，也沒有哪間酒吧的後門通往這條巷子，半夜不會有人來這裡閒晃（至少無辜民眾不會跑到這邊）。此處是骯髒勾當的天堂，那些無本生意、針對無力負擔保險或是保全系統的窮人的搶案，遭殃的往往是老弱婦孺。在這裡，他們的兇手有如隱形人，沒有人記得他的名字和面容。太完美了。

「他把車放這邊，再開自己的車子回家，對吧？」崔普問。

「絕對是這樣。」卡倫納說。

「媽的，他真有一套。指揮中心說車庫屬於一名女性，她在地方小報上刊登廣告，有個人用現金付了一整年租金，裝在信封裡塞進她家信箱。那是六個月前的事情了。她沒親眼見到那個人，只是打開車庫門鎖，鑰匙留在裡面。她只記得對方打了一通電話。信封跟鈔票早就不見了。」

卡倫納從外套口袋的菸盒掏出一根菸，叼在嘴裡，沒有點火，深深吸氣品嚐受潮的菸草味。他靠著想像力將尼古丁注入血液，吐出藍灰色菸霧。這份渴求帶來罪惡感，而實際的行爲又讓他覺得自己可悲極了。既然捨不下假裝抽菸的衝動，他怎麼有辦法戒菸呢？

「我到底漏了什麼？」他往後一仰，手肘撐地，抬頭迎向微弱的陽光。「一定有什麼東西藏在哪裡。我們知道了什麼他不希望我們知道的事情？」

「我們得知他從哪弄到車、在哪裡換車、打什麼鬼主意。我們甚至知道他長什麼樣子。」崔普應道。

這些都該是關鍵情報，卡倫納心想，貨眞價實，能帶領他們接近他。然而兇手依舊領先一步，深知他留下的都是些無損大局的破綻。

「我認爲他全在腦中演練過了，把每一個步驟拆解開來逆推回去。他知道我們可能會找到這個車庫，所以用現金付款，沒跟車庫主人碰面。車子也一樣。他不介意我們追查到這一步。有什麼事情不在他的計畫之中？」

「他爲何會選上這些對象。這屬於個人喜好的範疇，他的對象能滿足他的某些需求。」

「可是我們不知道他是以何種方式、在什麼地方盯上她們。我們掌握的線索都是他刻意留下的，除了被艾絲翠看到之外，但這又是另一條死路。他唯一無法控制的是在綁架珍妮．瑪吉時，被腳踏車騎士聽見他的自言自語。」卡倫納走到水溝旁，丟掉皺巴巴的菸，崔普忙著翻閱筆記本。

「我本來想跟你報告這部分的調查結果。」崔普喃喃唸出筆記內容。「布克斯頓跟瑪吉都不是夜總會『巷子』的會員。市區裡有一間店叫做『巷子裡的好貨』，不過看不出有什麼關聯。」崔普又翻了幾頁。

「腳踏車騎士到底聽到什麼？唸給我聽。」卡倫納像個孩子似地將空罐踢向牆壁，發洩滿心怒氣。

「回巷子裡之類的……」崔普的嗓音被金屬與磚牆摩擦的噪音淹沒。

卡倫納停止踢罐子，狠狠瞪著牆面。「再說一次。重複你剛才說的每一個字。」

「連恩．格蘭傑聽到他說回巷子裡之類的。」卡倫納與崔普四目相接。「長官，你還好嗎？你的臉色怪怪的。」

卡倫納彎下腰，額頭幾乎貼上膝蓋，像是蒸氣火車頭一般喘個不停，眼前冒出白色星星。他已經好幾餐沒吃，而且比起熱量，他甚至更缺乏睡眠。不過來自記憶深處的幻影尼古丁發揮了神效。

「她們沒死。」卡倫納悄聲道：「崔普，她們沒死。」

崔普輕輕按住上司的肩膀。

「長官，要喝點水嗎？你先坐下吧。」

「聽我說，腳踏車騎士聽到『巷子（the lane）』，但我認爲兇手說的其實是『我帶妳回去找艾琳（Elaine）』。剛才我就是這樣，一時閃神，以爲你說了她的名字。」

「可是當時已經找到艾琳．布克斯頓的屍體了啊。他不可能帶著珍妮．瑪吉去找她。」

「我不認爲是這麼一回事。瓊提．史普也會贊同。上車。」史普拋下手邊的工作，馬上接起卡倫納的電話。

「卡倫納督察。有什麼進展嗎？」

「沒有。不過有點眉目了。我們認爲那些牙齒是在屍體燒毀前拔除的，如果我記得沒錯，它們全都不在上下顎的牙床裡。」

「對。」史普應道：「有幾顆碎了，符合球棒造成的傷害。」

「牙齒跟上下顎骨頭是否有可能是在拔牙後才被敲碎？」卡倫納提問。線路另一端沉默幾秒。

「有可能。」史普說。

「所以他給了我們燒到無法採集ＤＮＡ的屍體，丟在無法迅速尋獲的地方，同時又保留足以判斷死者性別與年齡的線索。我們找到血跡，但是不到致命的分量……」

「沒錯……」史普說。

「球棒乍看之下是藏著的，可是離屍體夠近，我們一定能找到，還附贈留有軟組織的牙齒。我們運氣很好，找到她的絲巾碎片，邊緣還沒被燒到。瓊提，告訴我，哪些證據指出屍體的主人是艾琳．布克斯頓？」

「全部。」史普語帶猶豫。「假如兇手是普通人的話。」史普沉默許久，漸漸理解卡倫納引導他認知的結論。「或者是沒有，只要他夠堅決，手法精準，充滿執著——他就是要我們相信死者是艾琳．布克斯頓，爲此不惜殺害另一名女性，用她的屍體當作替身。你覺得她們還活著？」

「是的。」卡倫納說：「因爲這是他最不希望我們猜到的結果。」

「我能幫上什麼忙？」史普應道。

「跟艾爾莎．藍伯特比對我們認爲是珍妮．瑪吉的死者驗屍報告。這個假說可以解釋桶子裡的骨頭跟牙齒分解程度不一，也說明爲什麼找不到上排牙齒。多虧你找到琺瑯質上的拔牙鉗痕跡，瓊提，眞的是感激不盡。」

「只要能救回通納督察就好。」

「我擔心的不是艾娃。重點是兩名死者的身分，還有他即將要找上第三個人，代替艾娃死去。」

41

今天是星期日，距離艾娃．通納踏入他家已經過了一天半。金喪失了時間感，以爲自己上班要遲到了，驚醒過來，又累到再次睡著，下午才眞正清醒。他壓力太大，什麼都吃不下，日常瑣事令他厭煩不已。不只如此，他三番兩次試圖聯絡租車給他的鼠輩，卻被忙線音或是語音信箱擋下。他不能用手機，每次都得找不同的公用電話，最後他只能換掉自己的車牌，並且在車身加上幾條難看的條紋轉印貼紙當作掩飾。他很清楚不能老是依靠那個鼠輩，早就準備好相關零件。再過一個小時，等太陽下山，他就要前往丹地。他要去那裡找個女生幫忙。

出門前，金替三名女客人準備好晚餐。密室裡異常安靜，彷彿他侵擾了女巫的巢穴，他想。六隻眼睛盯著他進房，狐疑又緊繃。

「砰！」他突然叫嚷，惹得躲在床底下的艾琳放聲尖叫，她身旁塞了幾個枕頭跟毯子，抖個不停。他哈哈大笑，心情爽快無比，納悶自己怎麼不早點來取樂。

「珍妮，我完全忘記妳可憐的舌頭了。」他啪嚓一聲拔掉長尾夾。她迅速往後縮去，撞上背後的枕頭，嘴巴閉得死緊。金猜她再也不會在他面前開口了。

「我想通納督察應該已經學會不要任性了。也希望艾琳能多離開她的洞窟幾次，在妳們有需要的時候準備尿壺。」

他坐到艾娃身旁，摸摸她的頭髮，以爲她會退縮，但她沒有。「妳皮膚眞好。已經消腫了。晚點等到處理完麻煩事之後，我會幫妳洗澡。我買了乾淨的衣服，都是高級的料子。」

「謝謝。等一下會發生什麼事情？」艾娃問。

「他要拔掉妳的牙齒。」珍妮口齒不清地回答，腫脹的舌頭阻撓她的發音。金不悅地對她嘖舌。

「別嚇到我們的新客人，沒看她適應得這麼好？」

「你就是靠這招讓病理學家誤認屍體的身分？眞是聰明。」艾娃輕聲道。

「艾娃，妳眞的這麼想嗎？那句話叫什麼來著……『即便是低賤者也能不時獲得眞正的讚美；只有強者會得到虛僞的讚美。』我一直想當個強大的人，看來我終於達到目標了。」

「尼祿皇帝的顧問塞內卡。你不需要向我們證明你有多強大。爲什麼要做這種事？」艾娃活動被綁住的雙手。

「妳讀過塞內卡？」

「稍微。你沒有回答我的問題。」

「沒有答案。我做那些事是因爲有時候我無法抗拒。」

「爲什麼找上艾琳？」她逼迫他回應。他像是親切的舍監般替她蓋好被子，從架上拿起梳子，梳順她的頭髮。

「她聰明又專注，我特別喜歡這一點。她說起話來，說服力無人能敵。我參加過好幾次她的公開談話活動。我想是在法院打滾好幾年訓練出來的技巧。她以後說不定能當上法官。」

「你想找到能讓你引以爲傲的對象。」艾娃評論道。

「正是如此。引以爲傲。這是種讚美。她們無法領悟這一點。我聽了妳在哲學系的演講，就知道我們一定能夠心意相通。」

「那你怎麼不直接找我，約我吃飯，跟我聊天？這麼做很難嗎？」

「妳會答應嗎？」他瞇起雙眼，等待謊言。

「不會。但我會尊重你的邀約。把我綁在床上很難得到我的尊敬。」

「這樣的狀態不會持續太久。比起肉體，妳更注重心靈，能夠分析理解一切。妳能夠從嶄新的觀點看待這個世界。」

「你的意思是從你的觀點。如果我們的想法出現歧異呢？」艾娃說。

「在這裡，每一個人的論點都有同樣的分量，我們會聆聽彼此，分享所知。」

「透過恐懼嗎？沒有人能用這種方法學習。這叫做管教。」

「除非有懲罰的必要，才會招來恐懼。而懲罰是行爲不當的後果。因果是相對的。」

「照你的規矩。」艾娃說。

「照我的規矩。」他親吻她的手背，收好梳子。

「所以說我們不是平等的。如果不讓我們參與規矩的制定，那就無法達成你的目標。」

「我該走了。妳讓我很開心。」金說。

「放我們走。」艾娃語氣冷靜。「艾琳快要崩潰了，她已經好幾個小時沒有離開那個位置，她甚至睡在床下。珍妮長了褥瘡，手腕也被綁了太久。」

「那是她自找的。」他狠狠回應：「別奢望我的憐憫。」

「我以爲你是我們的守護者。」艾娃說：「不然我們要依靠誰？」

「想對我施展奸計？這招沒用的。」他微微一笑。

「卡爾．桑德堡寫過『最厲害的奸計就是不要任何花招』。我們說的都是眞話，你還能躲在什麼後頭呢？」艾娃問。金沒有回答她的問題，離開密室。

42

薩特警員跟崔普警員在卡倫納的辦公室裡埋首於各種文件。

「你的意思是那兩名女性還活著，只是牙齒被拔了。」薩特問道：「韓德還被我們拘留著嗎？」

「對。」崔普回答道：「不過他的罪行只剩謊報案情跟在他電腦裡找到的那些猥褻圖片了。賴弗利警佐正在處理這件事情。總督察準備要在記者會上宣布減輕對韓德的起訴內容。哈里斯教授人目前在貝格比總督察的辦公室裡，我剛剛跟他們說你還在堤道街那邊。」

「很好。這樣應該能爭取到一點時間。我需要哈里斯手中的失蹤人士檔案，不能讓他知道我們的進展，否則他一定會插手。薩特，可以幫我拿回來嗎？」她幹勁十足地離開辦公室作爲回應。「崔普，派一隊人馬監視那間車庫，說不定他還會回去。請薩特把檔案送到我車上，我帶回家看。想逮到他，我們得先查出死者的身分，我需要在安靜的地方集中精神。待在這裡，別讓其他人找上我。可以嗎？」

崔普點頭。「長官，我們終於有進展了。」

「別高興得太早，只能抱持著希望。」卡倫納回答。

卡倫納開車回家，天色漸漸暗下。韓德交保的消息將會是晚間新聞的重點，他的罪名從謀殺降爲意圖妨礙司法公正。想必頭條新聞會是警方辦案不力，兇手恐怕依然逍遙法外。這麼說也沒錯，他想。

這一整天下來，卡倫納覺得自己遍體鱗傷，前進一步又後退三步。進展、失誤、調查、挫折。中間還夾了一個艾絲翠。他從沒想到會再見到她，不過這個下午她還沒進過他的腦海。

卡倫納在黑暗的車內獨處，眼前浮現里昂的警局拘留室牆面。他還能聽見自己的律師說最好還是認罪，不讓艾絲翠承受作證的折磨，給法官好一點的印象。認罪能夠縮短刑期，身爲國際刑警組織探員的事實是斟酌刑期的重大要素。他也想過這條路，認了自己沒有犯的罪，把刑期減到最短，希望自己被送進最高警戒牢房。他知道在牢裡會獲得什麼樣的待遇。在開庭前二十四小時，毫無預警地，艾絲翠宣布她不要作證了。整件事就像個爛透了的笑話，他一心只想逃得越遠越好。在他眼中，同事的表情只剩下得知他遭到逮捕時的第一個反應。憐憫、竊喜、訝異、驚恐。度過幾個月有條件的保釋期——晚上六點到隔天早上九點不准出門、交出護照、不得離開里昂、不能進入國際刑警組織大樓——他覺得這跟服刑沒有兩樣。

起初，他母親盡全力支持他，但是得知越多案情，她漸漸與他疏遠。他以爲這是絕對不可能受到任何外力影響的關係。幼年喪父引發的暴躁情緒沒有令她動搖過，即便是他大學時期的叛逆冒險也從未削減她對他的信心。然而在跌破眾人眼鏡、掌握自己的人生，踏上正義之路後，她卻在他最脆弱的時刻離他而去。這是最痛苦的失落感。最接近解釋的是一段簡潔的語音留言，她說她無法繼續看他自我毀滅，每次以爲他變好了，總會迎上更重大的打擊。她彷彿終於用盡了愛他的氣力。

卡倫納的無罪判決在外人眼中像是鑽了漏洞。艾絲翠沒有承認撒謊，眞相從未揭露。現在他又得要面對自己努力拋開的心魔。艾絲翠．柏德對他的執著危害到艾娃的性命，白費了逮到兇手的大好機會。卡倫納總是逃不出她的手掌心。

他瞄了副駕駛座一眼。這疊檔案原本由他負責，他正要讀的時候，總督察轉而交給哈里斯教授，他還慶幸能用這點雞毛蒜皮的小事分散教授的注意力。看看現在他們落到什麼田地。繞回去確認以前的懸案，毫無線索、追著自己的尾巴跑。就是因爲他沒有盡早破案，他的朋友兼同事才會落入神經病手中。已經死了兩個人，在逮到兇手前，肯定還會有更多人遭殃。

他相信艾娃還在這座城市的某個角落。他不知道艾琳．布克斯頓以及珍妮．瑪吉是否跟她在一起，也不知道她們正遭遇了什麼樣的折騰。他只知道現在有個身分不明的受害者正處於性命垂危的危機中。那名女子從未犯過什麼滔天大罪，不知道自己就要大禍臨頭了。

卡倫納回到公寓，沖個澡，翻開檔案前先讓腦袋清醒一下。洗手槽旁的櫃子裡放了一疊毛巾，底下藏著紙鎮、地球儀鑰匙圈、寫著禱詞的石板。他的舉動簡直就像是奪取戰利品，要是被其他人發現了，他肯定要背上竊盜的罪嫌。可是握著這些東西，可以感受它們主人遺留的餘溫，讓她們存活在他心中。現在得知她們有可能還活著，他不知道該如何處理這些別有深意的收藏品。

他把失蹤人士的檔案攤在書桌上，排成一列。一百多名遠離摯愛親友的女性，她們的人生濃縮成一份簡略的文件。其中某些人是離家出走的，他懷疑大部分的案例可以歸在這一類。有人濫用藥物、酗酒成性，有人飽受伴侶虐待、罹患心理疾病。許多人帶著信用卡、衣物、珍惜的照片離開。算不上是實際證據，但足以推測她們是自己決定要遠走高飛。看了太多雷同的抑鬱故事，卡倫納一陣目眩，適時響起的門鈴帶他回到現實。

娜塔莎站在他家門外。以他失魂落魄的狀態，若是剛才跟她在街上擦肩而過，他很可能完全沒意識到她的存在。

「對不起，盧克，我實在是等不下去了。」她不住抽噎。

「進來吧，我倒杯飲料給妳，再找個警員送妳回家。妳是目擊證人，我的調查還沒結束。」

「你在工作。」她盯著他桌上散亂的文件。「我可以幫忙嗎？」

「不行。」他勾起嘴角。「除非妳想幫我煮飯。如果妳覺得受到性別歧視，抱歉，我沒有那個意思。」

「我很樂意煮東西。不要把我送回去。我不想再踏上那條路了。」

「這是很自然的反應。冰箱裡有蛋跟鮭魚，可能還有一點蘆筍跟布里起司吧。」

「你不用管我。我要找點事情來忙，保證不會打擾你。」她快步走進廚房，卡倫納翻開他看到一半的檔案。

高地區的兩名少女，交情超好，帶著行李消失無蹤。其中一人的父親提到女兒時全程使用過去式，像是努力編織的輓歌，自吹自擂地悼念父女之間超乎尋常的感情。卡倫納起了一陣惡寒，他覺得她們可能早就喪命，而不是跑到遙遠的城市找男朋友享樂去了，不過她們的年紀跟艾琳或珍妮有一段差距。他把資料夾放到一旁，準備日後派人追查。

下一個失蹤者是格拉斯哥的葛瑞絲．史密斯，通報失蹤人口的男子姓名看起來像東歐人，宣稱兩人是生意夥伴。眞有意思的委婉說法，卡倫納心想。一長串的賣淫前科再加上她失蹤的路段，完美說明報案人是她的皮條客。他不是跟她有一腿就是缺錢，才會找警察幫忙。娜塔莎端著兩個裝了煎蛋捲跟沙拉的盤子冒出來。

「好啦。你上一餐是什麼時候吃的？」她問。

「沒有印象。」卡倫納說。

他邊吃東西邊看筆錄內容，確認皮條客最後一次看到這名妓女的時間點。他覺得這背後可能有詐。有時候皮條客沒拿到應有的分紅就會火大，失手殺害旗下小姐又想以通報失蹤來掩飾的皮條客並非絕無僅有。不過這位的證詞很詳細，故障的車內燈，不安的妓女，皮條客要求先收錢。這不太尋常，卡倫納心想。承認他在拉皮條。要扯謊的人不會這樣說話。除了描述車內瀰漫霉味、檸檬味，皮條客無法形容這名恩客的外表，頂多記得對方是個白人男性。沒有車子廠牌款式的任何資料，而且葛瑞絲身上沒有手機。

「說不定她只是找到機會邁向更美好的人生。」卡倫納低喃。

「什麼？」娜塔莎問。

「我在自言自語。」他依舊盯著文件。「一定是被傳染了」

「顯然是精神失常的徵兆。這是誰說的來著？」娜塔莎沉思。

「檸檬味。」

「檸檬？」娜塔莎又倒了一杯紅酒。

卡倫納撲向扶手椅上的另一堆檔案，一個接著一個往地上丟，又翻開一個檔案夾，手指滑過目錄。

「在這裡，伊莎貝爾·耶爾。」他說。

娜塔莎丟下她的蛋捲，隔著他的肩膀張望。「她是誰？」

「看到有人拉著行李箱離開珍妮·瑪吉住處附近的證人。」他迅速閱讀紀錄，翻到下一頁，手指停在一行文字旁。「娜塔莎，樟腦丸聞起來像什麼？」

「好像有股酸味，有點刺鼻。說好聽一點是柑橘味吧。」

「葛瑞絲·史密斯。」卡倫納喃喃自語。「年齡差不多，很好下手的對象。他故意弄壞車裡的燈泡。」

娜塔莎撿起滿地資料夾，堆回椅子上，清出一條通往廚房的道路。

「我很討厭那股味道。」她說：「會讓我想到系上的行政人員。艾娃演講那天你有見到他嗎？」

43

這趟旅程可說是災難重重，雷吉納．金幾乎要抓狂了。丹地似乎是不錯的選擇，距離夠近，他從沒造訪過，因此不會被想替旗下小姐找固定客人的眼尖皮條客盯上。

他找到目標了，那個妓女在路旁點菸，她招搖的打扮使得街景毫無格調可言，假皮草外套的兜帽蓋住半張臉，褲襪外頭的裙子布料少到幾乎看不見。她離得太遠，看不太到她的臉，不過從她垂頭喪氣的模樣來看，她已經在這一帶繞了好幾圈。至少身高沒有問題。

他搖下車窗，她馬上對他高喊：「你想玩什麼？」

他恨透了這項任務：用粗俗的言語討價還價。

「直接來一發。我時間不多。」

「媽的，沒問題。錢先亮出來。」

他把鈔票伸出窗外晃了晃，這會是她最後一次看到現鈔了，他想。女子踏著醉醺醺的步伐，走向他的車，一把拉開車門，直接摔了進來。

「小心椅子。」他嘶聲告誡。「別弄髒了。」

這回不得不用自己的車子，他實在是百般無奈。女子身上散發廉價酒精和小便的臭味，她的雙手布滿傷痂，一定是香菸燙出來的痕跡。說不定這是好事一樁，至少讓虐待她的人少了一個樂子。她的手指有如生病的蜘蛛，爬上他的膝頭，摸索他的拉鍊，身體搖搖晃晃，嘴裡喃喃自語。

「別碰我。」金被滿車惡臭熏得拋下尋歡客的僞裝。這時他看到她的臉龐。她的雙眼蒼老凹陷、毫無生機，彷彿他已經奪去她的性命。其餘的五官宛如幼童，塗抹成充氣娃娃的模樣，拙劣又詭譎，一邊假睫毛貼得太高，另一邊則是垂到光潔的臉頰上。她肯定未滿十四歲，他想。這時她吐了。

「不！」他慘叫一聲，不假思索地揮出拳頭，盡量推開她的腦袋。她一臉栽向車窗，他知道今天氣仿派不上用場了。副駕駛座看起來像是小動物在上頭爆炸，沾滿她胃裡黏膩的內容物，點綴著一絲絲鼻血。嘔吐物沿著她的上身滑落，她依舊昏迷不醒。管她年齡對不對，現在也不能放她下車了。她看到太多，還得好好賠償他車子的損失。

金在心裡向自己訓話——他不是爲了小事殺人，不是爲了發洩怒火，不是爲了報仇。他殺人是爲了解放自己生命中的那些女性，給予她們最終的不在場證明。不能留這個女孩活口，他要把這件事列入計畫，利用她來達成他的傑作。還沒讓艾娃・通納親自體驗他的權威。

首先要把這個半死不活的女孩運回家，相信不會有人懷念她的。金讓她坐直一些，掀起兜帽，布置成她陷入熟睡的模樣，接著拚命抹乾淨一片狼藉的車窗。只要回到家，回到自己的車庫，他就能在隱密的環境裡好好清理一番了。他第一次慶幸這回沒租到車。擄人棄屍時，他通常會把自己的車子停進堤道街的車庫，換上租來的車，不過今天車上沾滿各種體液，不能沿用以前的作法。接下來他得要花兩天時間把車子整理到勉強可以接受的狀態。兩天無法跟他的女孩們相處。如此一想，這個女孩可說是罪有應得。

一個小時後，他回到家，已經是深夜十一點。

44

卡倫納用手機聯繫指揮中心，娜塔莎則是找上大學的保全室，查詢其他教職員的緊急聯絡電話。兩人各自結束通話，比對手邊的筆記。

「雷吉納．安德魯．金。」卡倫納說：「蘇格蘭籍，五十三歲，沒有前科，連一張超速罰單都沒有。他結婚了嗎？」

「沒有。就我所知，他沒有伴侶也沒有小孩。這邊查到另一件事：珍妮．瑪吉八個月前在神學院演講過，我跟那邊的院長確認過了。我想到在那場演講隔天，金開口閉口都是演講內容。當時我完全沒注意到講者是誰。」

「艾琳呢？」卡倫納套上運動鞋，慌亂地綁鞋帶。

「將近一年前，她在愛丁堡法學院講過一堂課，那是公開的課程，他可能有去聽過。」娜塔莎應道。

「三件事放在一起也太巧了。」卡倫納從桌上撈起車鑰匙。「妳知道他家住址嗎？」

「我跟你一起去。」

「娜塔莎，妳待在這裡。說不定又是個空包彈。」

「趕快求援。」她說。

「還不行。我的推論跳過太多步驟，說不定這只是我的一廂情願。貝格比總督察正在承受媒體的摧殘，我們剛才釋放了自稱犯案的傢伙。沒有鑑識證據或是目擊證人能把金跟這些罪行連結在一起。從法律層面來說，我甚至無權搜索他的住處。要是牽扯上其他人員，他們出了任何一點差錯，就會把他嚇跑，永遠找不到那些女人。我們可能永遠找不到艾娃。」

「他五呎七吋高，膚色蒼白，挺著大肚子。他自稱是金博士，以為自己是什麼世界級偉人。他能進入我的辦公室，還在艾娃演講當晚接近她。你還需要什麼情報？」她問。「要引誘他開門放我們進去，只能靠我了。」

「我擔不起這個風險。」

「你以為他會邀請你進屋？」娜塔莎露出難以置信的表情。

卡倫納幫娜塔莎開門，鎖上自家大門。兩人衝過樓梯走廊，奔向夜色。

「我的車在這裡。」卡倫納還來不及關上車門，先發動引擎。「聽好，我們只是去探探狀況，之後我再通報上去，可以嗎？沒有什麼英雄救美的劇情。」卡倫納嘴裡說著，開車上路。

娜塔莎在衛星導航系統輸入地址。

「那裡離瑞弗斯頓公園多遠？」卡倫納問道。

「沒有塞車的話大概十分鐘吧。」

「或者是十二分鐘。」卡倫納思考幾秒。「如果注意速限、每個紅燈都停，說不定就是剛好十二分鐘。」

「你怎麼知道？」娜塔莎把手機調成靜音。

「我想珍妮．瑪吉的綁架犯拖著裝了她的行李箱時是這麼說的——『我帶妳回去找艾琳，過十二分鐘就到了。』他對自己的計畫無比執著，時間控制毫不馬虎。妳有沒有聽過金博士自言自語？」

娜塔莎緊盯著他。「開快一點，盧克。」她說：「再快一點。」

45

車子來到家門前的車道，金用遙控器打開車庫，門板悄悄升起——他上油上得很勤——在黑暗中往前開了幾公尺，立刻關上電動門。車庫的燈要等他下車手動開啓，之前的自動系統在他的人生變得更加複雜後，被他關閉了。沒有必要引來鄰居雞婆關切。

他在黑暗中下車，摸索牆上的開關，這時，車上的女孩衝向車庫的唯一一個出口，那扇門直通他精心封鎖的屋子。他以爲她還沒清醒，不過看來她的求生本能突然爆發了。他沒有綁住她，車裡髒亂不堪，他不想在路邊停車。方才那一拳的力道不小，他以爲她還會昏迷幾個小時。

金開了燈，從牆上的工具架拎起一把鎚子。這眞是意外之喜，他想。至少他不用把她扛進屋裡了。反正她也逃不了。他脫掉鞋子，悄悄跟在她後頭進屋。

「我不會傷害妳。」他柔聲呼喚，打開沿途電燈，檢查每一個角落跟櫥櫃。「只是有點事情要辦。抱歉打了妳，我錯了。出來吧，我幫妳把臉擦乾淨。」沒有回應。他也不期待她的回應。然而她想必猜到他會說出這種話，照著別人的期望行動一向能帶來優勢，這樣就能帶給他們更大的驚奇。走廊上傳來門板轉動的咿啞聲，只有一扇門會發出這種聲音。她進了樓梯下的櫥櫃，那扇門的鉸鍊他從不上油。他要知道是否有人走進那扇門，或是出其不意地從裡面出來。金舉起鎚子，準備迎接她。

「妳怕嗎？」他邊走邊問。在娜塔莎．法吉面前唯唯諾諾的小人物已經脫胎換骨，他幾乎認不出自己的嗓音，充滿自信，從容自在，不用看別人臉色說話。以往寫了無數文件、撕掉又重寫，生怕無法達到娜塔莎標準的手，握起武器毫不動搖。他第一次解放自己的雙腳，擺脫擦得光亮的鞋子，享受木頭地板的質感，腳趾抓地，在寂靜中行走。寂靜。他沒有自言自語。他知道自己再也不會這麼做了。拚命討好旁人、希望被人接納的緊繃神經宛如被馬桶沖走的糞尿，消失得無影無蹤。這就是他。這就是雷吉納．金一輩子追求的自我。沒有頭銜，沒有文憑，沒有偽裝。就只是如此。

他穩穩地握住門把，另一手把鎚子舉得更高。他深呼吸幾次，氧氣沖得他腦袋發暈。他猛然開門。她不在裡面。他正準備掉頭，一把刀就這樣劃過他手臂後側，滑過他的側背。金在轉身的同時砸下鎚子，把小刀撞離他的脊椎，飛到走廊另一端。他邊走邊攻擊，對著她又揮下一記，看著鮮血噴向壁紙、地毯、天花板。眞美。

「小破麻，給我過來。」他怒喝一聲，方才的重擊打得她腳步踉蹌，但她又撲向那把刀，嚎叫聲中的痛楚與憤怒和他不相上下。「妳想要看到血？」他咆哮：「妳想把我家染紅？來啊！」他大步向前，鎚子左右揮舞，她低頭閃避，跌倒在地，以手腳往側邊移動，活像是陷入顛狂的螃蟹。最後她停在他家玄關，背貼著門板，喘得像條狗。有如發瘋的雜種狗。「起來！」他大吼，鎚頭懸在她面前，他另一手往後摸索背上的傷口。到了明天早上應該會痛得不得了，不過傷口不深，痛楚讓他更來勁了。能夠體驗到羞愧、拒絕之外的感受實在是太舒爽了，終於可以擺脫濃濃的劣等感。

「妳應該要一刀捅進來，不是輕輕劃過。」他對她說：「要是刀子刺進我的肺臟，我就死定了。妳這個白痴。」他後退幾步，拎起她從他廚房偷來的刀子，插進背後褲頭。「站起來。」他命令道。她一動也不動，淚水化開濺了她滿臉的血花。「那就讓我助妳一臂之力吧。」他走上前，揪住她的頭髮往上扯，讓她的髮根承擔全身重量。她尖聲慘叫。「妳不喜歡這樣嗎？沒關係。妳不用勉強，給我站起來就好。」

金把鎚子伸到她眼前，讓她清楚知道要是再次反擊會有什麼後果。他拖著她鑽進樓梯下的櫃子，空間狹窄，但他不在意牆壁被她弄髒，之後總要重新裝潢。他無法鬆開女孩，也不能放下鎚子，一腳踢開櫥櫃深處的門，露出通往地窖的階梯。

「拜託不要傷害我，我才十四歲。我媽叫我上街討生活，如果你放我回去，她會付錢給你。我好怕，我不是故意拿刀傷你。拜託不要，拜託、拜託。」她說個不停，金拖她下樓，背上的刀傷陣陣發燙。這段樓梯彷彿永無止盡。

到了樓梯口，他一把將她甩到牆上，從口袋裡掏出鑰匙，打開被板子蓋住的門鎖。

「不要。我不要上去。那是什麼？你要對我做什麼？」

會叫的狗不會咬，金心想。可惜了她剛才的傑出表現。放棄躲藏，拿刀攻擊他想必需要不少勇氣。

「妳以前一定過得很不好。」他說：「妳的親生母親叫妳到街上賣身。她有沒有給妳一些藥，讓妳舒服一點？」她點頭。「妳沒有上學？」女孩搖頭。「那妳到底有什麼用處？」他問。她先是一臉困惑，恐懼和喪氣再次湧現。「妳對我有什麼用處？除了妳那個低賤的母親，妳對任何人有什麼用處？」

「我不想死。」她邊哭邊說。

「這是當然的。」金挑眉。「沒有人想死。」他又一次扯住她的頭髮，任由沉重的門板關上，踏著沉重的腳步爬上最後一段樓梯。

他打開最後一道鎖，提防可能藏在門後的惡劣驚喜，把她丟進房裡。

「你對這個女生做了什麼？」珍妮問道，她有點喘不過氣。

「別跟我扯那些鬼話。」金把鎚子丟到艾娃床上，刻意避開她的腳掌可能觸及的範圍。「艾琳在哪？」

「在我床下。」珍妮回答。金看到床單裏成的球貼著床頭板下的牆壁發抖。

「別再傷害這個女孩了。」艾娃低聲說：「她只是個孩子。我不介意跟她睡同一張床，我們可以照顧她。」

「你知道她是什麼嗎？」金調高古典音樂的音量。

「年幼、脆弱、無辜、害怕。她就是如此。放了她吧。」艾娃扯緊手腕的束帶。

「她是雜碎。這個女孩是活生生的鐵證，讓大家知道惡劣的基因碰上貧困，又拒絕靠著教育或是努力脫離困境，就會得到這樣的結果。有沒有看到她對我做了什麼好事？」他抬起手臂，側身讓艾娃看清他的傷口。她沒有退縮。

「她只是在保護自己。這是人性。」艾娃說。「你對她做了什麼？」

「打斷她的鼻子，可能一邊耳膜也破了吧，肯定還有腦震盪跟頭皮刺痛。原本是爲了妳找上她，可是她不適合。現在我要縫傷口、清理車子，還要重新裝潢走廊。更別說這屋裡的客人太多啦，可能要除掉一兩個。我好像打造出一座後宮呢。」他笑出聲來。女孩爬向門邊，金往她肋骨踹了一腳，依舊直視艾娃的雙眼。

「通納督察，妳喜歡我嗎？不，不可能的，這問題眞蠢。換個方式來問吧：妳覺得我好玩嗎？」

「我不要陪你玩。」艾娃注視著蜷曲掙扎的女孩。

「這可由不得妳。我不打算求妳或是哄妳。妳沒有別的選擇。感覺如何啊？」他一手撫過艾娃白皙的臉頰，留下幾條紅色血跡。他不確定是那個女孩還是他的血。他喜歡艾娃這樣狂野的模樣，宛如受傷的野獸。

金拎起繩子，綁住女孩的腳踝。

「妳叫什麼名字？」他問。「上次帶來這裡的女孩叫做葛瑞絲。請告訴我妳母親給妳取了更合適的名字。」

「比莉。」她說：「你爲什麼要這樣做？我不喜歡這樣。我可以到那位女士身邊嗎？我會乖乖的。你要對我做什麼都可以。我不會再抵抗了。」

金把繩子甩到屋樑上，後退一步，用力拉扯。她的體重很輕。大概是拿毒品當飯吃的下場。不然就是他比自己所想的還要強壯。刀傷的痛楚消失了。他盡情享受來自全身肌肉的悶痛，思考過去多年以來爲何如此排斥運動。關鍵果然還是要找到適合自己的運動項目吧。

比莉四處亂抓，拚命不讓自己離開地面，然而金毫不停歇，他猛力拉扯，直到她懸在理想的位置，頭下腳上，雙腳離地兩公尺高，掙扎搖晃，淚水滴上木頭地板，積成一灘可恥的無助。

「通納督察，我有個困擾已久的問題，現在終於想通了。我一直在苦惱究竟是要擺脫虔誠的瑪吉，還是發瘋的艾琳。持續不斷的禱告讓人厭煩，但至少這位牧師的神智還算清醒。艾琳則是能夠聽從簡單幾個音節的指令，可是她永遠無法恢復正常。她失去了天生的恢復能力。我左右爲難，不知道該選誰，而現在我不需要繼續煩惱了。」他取出刀子，走向艾娃，割斷她手腕的束帶，迅速後退。

「拿著鎚子。」他說。「若是妳夠識相，就知道如果輕舉妄動，這個女孩馬上小命不保。」他退到比莉身旁，刀尖指向她袒露的喉嚨，稍稍刺進皮膚，帶出一滴鮮血。「讓艾娃來選擇誰注定要離開我們。只要鎚下去就行了。瞄準一點就不會太痛。只要妳膽子夠大，就能拯救這個女孩的性命。我給妳五分鐘時間，從現在開始計算。假如妳不殺掉任何一個人，我就讓小比莉像是肉豬一樣放血。對了，她才十四歲，相信妳也認同她還有大好人生。妳只要記得我他媽的才不管妳選誰，總要有人犧牲。」

46

卡倫納把車停在兩三戶之外。他跟娜塔莎悄悄開關車門。金住處外的車道邊緣種了一叢灌木，兩人躲在後頭窺探。

「以大學行政人員來說，他住得還真不錯。」卡倫納說。

「是他雙親的遺產。他在我面前說過好幾次，還曾經邀請我來喝咖啡，我編藉口拒絕了。」

「我要聯絡手下警員幫我找後援部隊。等我一下，我找個訊號好一點的地方。」卡倫納盯著手機螢幕，往外走了幾公尺。

「你剛才說沒辦法取得破門而入的許可，只能靠我藉故臨時造訪。」娜塔莎跟了上來。

「太冒險了。」卡倫納的手機在這時接通了。「崔普，我是卡倫納。這裡有一個住址，你抄下來……」等他講完電話，娜塔莎已經不見人影。他衝回原處，發現她正在敲金的住處大門。

「娜塔莎。」他壓低嗓音：「妳敢進去就試試看！」她踮起腳尖，雙手攀著門上的彩繪玻璃，查看屋內動靜。沒有人應門。她四下張望，向卡倫納揮揮手，指著屋子正面的窗戶，走了過去。她踩著花盆，隔著窗簾縫隙往裡看，歪著腦袋像是想看得更仔細。接著，她僵住了。娜塔莎不斷搖頭，越搖越激烈。卡倫納離得有點遠，聽不清她的聲音，但她的身體充分表達她的心聲。不、不對、不是的、不行。她還來不及轉頭警告，他已經竄到她身旁，一同往窗內看。一道尚未完全凝結的血痕蜿蜒劃過客廳，在木頭地板上閃閃發亮。娜塔莎引導他望向客廳的門，以及門後的走廊。高雅的藍白條紋壁紙上血跡斑斑。

卡倫納跑回自己車上，不到幾秒鐘就取出先前拿來對付車庫的撬棍。他跑到與屋側相連的車庫，撬棍塞進門下，用力往上頂。他知道這回絕對不會空手而歸。娜塔莎在他背後看他撬開門板，車庫裡的燈亮著，車子副駕駛座的門沒關。娜塔莎掩住口鼻。

「天啊，這是什麼味道。」她說。卡倫納看了看車內，副駕駛座的地面沾滿嘔吐物和發黑的黏膩液體。

「到外面等崔普。」他說。

「艾娃在這裡。你不能阻止我。」

卡倫納試著打開通往屋內的門，沒有鎖。金會忘記鎖門，一定是遭遇到出乎意料的重大變故，卡倫納心想。他握著撬棍，悄悄溜進屋裡，發現一道血痕。他伸手沾了沾。

「還沒凝結。」他低語：「是剛流出來的血。」

屋裡既安靜又荒涼。沒有電視或是收音機的聲音，沒有擱在桌上的馬克杯，沒有隨意掛在扶手上的大衣。除了近期湧入的惡臭，金的住處飄浮著一股隱約的氣味，年歲悠久，滲入屋內的每一根纖維、每一個隙縫，屋主肯定沒有察覺。跟清潔劑有點像，只是更加噁心、甜膩、刺鼻。走過一扇窗戶前時，他抓起窗簾，深深吸氣。沒錯，就是樟腦丸，那股氣味刺痛他的肺，他忍不住皺眉。雷吉納．金大概早就對這味道毫無知覺，就像是太常使用的香水。

血跡通往樓梯下的櫥櫃，門半開著。卡倫納做好心理準備。

「打開前門的鎖。」他對娜塔莎說。趁著這個空檔，他拉開櫃門，以為會撞見最不忍卒睹的場面，但裡頭只有一排排外套跟鞋子。「什麼都沒有。媽的！」

娜塔莎擠開他，從牆上扯下一件件大衣，卡倫納轉向廚房，後門從內側上了鎖，所以金不是從這裡離開。

「我去樓上看看。」他把腦袋探進樓梯下的櫥櫃。沒有回應。他往內走了一步，兩步。一隻手從外套堆裡竄出，抓住他的手腕。他愣了一秒才意識到是娜塔莎。

「別這樣，我差點就要揍下去了。」

「噓。這裡通往地下室。來吧。」

樓梯很暗，雖然不算太冷，刺骨的濕氣填滿整個空間。卡倫納探了探兩旁，摸到木頭牆板。

「前面沒路。」娜塔莎已經抵達樓梯口。「連通往院子的通風口都沒有。」

「看看地板。說不定有通往更深處的活門。」

兩人四肢著地，在地上摸索，尋找隱形的縫隙或是把手，可惜什麼都沒找到。

「等等。妳仔細聽。」卡倫納說。

他們一動也不動，歪著腦袋，屏住呼吸。

「什麼都沒有啊。」娜塔莎說。

「再多聽一下。我覺得有很微弱的人聲。」卡倫納退回樓梯，往上爬了幾階，再次站定。

那道聲響模糊得猶如從水底傳來，在空氣中激起淡淡的漣漪。不過這回娜塔莎也聽見了。卡倫納看她伸長脖子想聽個仔細。

「這裡有手電筒。」她抓起旁邊架子上的工具，來回揮舞光束。

「在這裡。」卡倫納說：「聲音是從牆後面來的。」

娜塔莎將燈光掃過木板牆，尋找突破點。

「地上，這裡。」卡倫納跪在牆邊，指著一塊深色污點，在燈光下呈現鐵鏽般的紅棕色。他抹過那塊污漬，舉到眼前細看。

「是血。手電筒給我。」

卡倫納輕輕敲打牆面，木板與階梯相接處是實心的，但是底部敲得出微微的回音。找到了。

「指痕。」他說：「妳看這片牆板上沾了這麼多痕跡。這裡有隙縫。」他推開小小的方形木板，找到內嵌式的鑰匙孔。「可惡，沒有鑰匙。」

娜塔莎怒吼一聲，狠狠推擠牆面，整個人撞上另一側的牆。卡倫納扶她起身。

「他一定是空不出手鎖門。天知道我們會發現什麼。」他悄聲說：「拜託，娜塔莎，妳先回去。總要有人替後援人馬帶路。」

清晰無比的尖叫聲從兩人頭頂上灑落，將他們包圍。

卡倫納一次跨過兩格階梯，娜塔莎在他背後狂奔。樓梯狹窄封閉，頂端還有一扇木門，厚重結實，門上掛著大鎖。

兩人咬牙猛推，期盼他慌亂到連這扇門都忘記鎖，然而他們的好運已經用盡。

47

「我才不要。你別想把奪走人命的責任轉嫁到我身上，無論是那個女孩還是她們。」艾娃指著珍妮。艾琳不在他們的視線範圍內。

「妳以爲我只是嘴上說說嗎？」金手中的刀子又深入比莉頸子一分。「妳以爲我不會下手，因爲她年紀還小？艾娃，妳知道那些小女生把我當成什麼嗎？她們在大學校舍的走廊，走在我後頭，笑得亂七八糟。她們對我的穿著嗤之以鼻，對我的頭髮竊竊私語。她們晾出光溜溜的腿、發育不良的胸部，就是要給那些幼稚的男生看。他們在校園裡趾高氣昂，以爲自己是何方神聖。好啦，現在誰才是上帝呢？」

「放下刀子。夠了。」艾娃說。

「拿著鎚子，不然我就割下去。」他應道：「時限到了。」

「我不幹。」艾娃大吼：「切斷她的喉嚨之後呢？你不想親手殺掉珍妮或是艾琳。所以你才要逼我動手。」

「妳以爲我這麼沒膽嗎？」金尖聲反駁。「我已經在這個房間殺了兩個女人，再多殺兩個、三個、二十個又有什麼差別？」他拔出比莉頸子上的刀刃，朝艾娃逼近，刀尖指向她。「妳以爲我不會殺妳？」他一個箭步衝上前，在他眼中，艾娃倒抽一口氣、往後退開的姿態意外的撩人。「妳想知道我爲什麼要這麼做嗎？我想看到娜塔莎．法吉的摯友冷血殺人。我要聽妳發出更痛苦的慘叫。我要看著妳逐漸失去人性。」

「原來是這樣嗎？」艾娃低聲問道：「只爲了吸引娜塔莎的關注？她一定會唾棄你。」

「拿起鎚子。」他的嗓音降到冰點。「二十秒。選一個，不然我就要拿桶子裝滿這個女孩的鮮血，讓妳喝下去。」

「不要。」艾娃尖叫。金退到比莉倒吊的身軀旁。她的臉龐腫脹發紫。艾娃凝視著她。「拜託，拜託不要殺她。」

「沒關係的，艾娃。選我吧。」珍妮開口了。「先蓋住我的臉，打得用力點。我不怕死。事實上，我更怕看著他繼續殺人。」

「珍妮，別這樣。我們不會這麼做。」艾娃溫柔地按住珍妮的額頭。

「我不是在逞英雄。相信我，我不敢想像會有多痛。可是妳不能讓他奪走她的性命。她還是個孩子，已經承受無數苦難了。救她。爲我拯救她。」

「十秒。」金說。

「快拿鎚子。我閉上眼睛了。」珍妮對艾娃說。

「不行。」艾娃輕聲說著，不過突然往她的床鋪走近一步，伸出手。她淚流滿面。金想忍住咧嘴而笑的衝動，但他做不到，只能放任自己盡情享受這一刻。

「要知道妳是在滿足我的心願。」珍妮說：「沒有人會說妳犯了錯。跟我母親說我愛她。請我的教會寬恕這個人。憎恨是無法克服憎恨的。」

艾娃站在她面前，鎚子粗糙老舊的木柄貼著她的掌心，金屬鎚頭染上歲月的痕跡。她望向金，眼中滿是言語無法形容的懇求。他移到比莉後方，一手環上她的腰，另一手舉刀在她的氣管前左右滑動。他要傳達的訊息無比清晰。

「願上帝寬恕我。」艾娃拿毯子蓋住珍妮的臉，一邊啜泣，雙手握住鎚子，高高舉起，張開雙腿維持平衡，準備揮出俐落沉重的一鎚。她只能做一次。她知道這一鎚下去，她也會跟著珍妮一起死去。

狠狠搥打門板的巨響憑空傳來，持續不斷。

金一瞬間與艾娃四目相接，忖度對方的想法，計劃下一步行動。金動搖了，他先收回刀刃，衝向門口，又在下一秒退回來，攀住她懸吊的身軀。他知道他需要人質。

「妳他媽的不准碰我的門。」他放聲怒斥，可是鎚子已經從艾娃手中落地，她捨棄劊子手的身份，跑到門邊。

鑰匙插在鎖孔上。金暗罵自己太不謹慎。都是比莉的錯。是她太難搞，害他氣到喪失理智。他猜不透他們怎麼有辦法找到他。

「妳敢開門的話，她就只剩幾秒鐘能活。這是妳想要的結果嗎？」金尖叫：「妳想要每次閉上眼睛，都會看到她血流不止的影像嗎？」

「打開門。」男性的嗓音從門外傳來，金認得這個濃厚的口音。

「盧克，我做不到。」艾娃大喊。「他把一個女孩子吊起來，要是我開了門，他就會殺了她。」

「無論妳怎麼做，他都會殺了她。」卡倫納高聲回應：「他都已經殺了兩名女性。艾娃，責任由我來擔。快開門。」

「艾娃？」另一道女性的嗓音呼喚道：「艾娃，聽盧克的話。妳要讓我們進去，我們才能幫忙。」

「娜塔莎？」金搶在艾娃前面回話。「是妳嗎？」

「對。」沉默。等待。就連比莉也一聲不吭，停止掙扎。

「開門。」金對艾娃下令。「我不會傷害這個女孩。我要見法吉教授。」

艾娃伸出顫抖的手指，轉動鑰匙。門板盪開，卡倫納和娜塔莎注視著門後的景象。

48

門一開，卡倫納先把娜塔莎擋在背後。金說出她名字的語氣帶著詭異的音質，一點孩子氣，一點惡意——像是拿糖果引誘小孩到樹叢裡受他欺負的惡霸。

艾娃臉上有傷，一邊臉頰嚴重腫脹，但她還站得住。這是好事。房間另一端有一名女性躺在類似醫院病床的床鋪上，雙手綁在床頭，毯子蓋住她的臉跟身體，只看得見她的手臂。她低聲呻吟、唸誦。

他只看到金的半身，他躲在另一名女性身後。她倒吊在屋樑上，腳踝被繩索捆綁。地面已經積了一小灘血跡。再不放她下來，她就要喪失意識了。金手中那把帶著鋸齒的長刃廚刀抵住她的頸部。只要有個閃失，她恐怕是凶多吉少。

「雷吉納。」卡倫納說道：「我是盧克。你能放下刀子跟我談談嗎？」

「別拿蹩腳的心理學招數對付我，卡倫納督察。我可沒那麼好騙。我只跟娜塔莎說話。我可以直稱妳的名字嗎？」他的疑問中蘊含諷刺。「這裡是我家，妳不是我的上司。我想大學應該不會讓我回去工作了。人資的檔案裡可能沒有針對這個狀況的制式警告信可以用。」他笑了幾聲，娜塔莎甩開卡倫納制住她的手，走進房裡。

「金博士，你不會傷害那個女孩吧？」娜塔莎問。

「妳爲什麼要關心她呢？妳從來沒有關心過我，沒有問過我的意見，在我們共事期間，妳一次都沒有問過我過得如何。可是這個女孩，這個跟鞋底的狗屎沒有兩樣的女孩，竟然能得到妳的關愛。」

「我們是同事關係，我對系上其他教職員也是這種態度。抱歉讓你覺得我不夠關切你。」她又往比莉走近一步，讓金看到她的無畏。卡倫納嘗試鑽進房裡。

「督察，我只准你待在那裡。別忘了我手上有什麼。」

「讓我放她下來。」娜塔莎說：「你已經證明了自己的能力。你讓我知道我低估了你。你不需要再多做什麼了。」

「不，我不會讓她下來，不是現在。不過呢，如果能讓妳好過一點，如果妳想在朋友面前展現仁慈跟同情心，妳可以安慰她。請隨意。」

娜塔莎握住女孩的手。女孩顯露出一絲生機。當兩人的手掌相觸時，卡倫納聽見比莉輕聲嘆息，她直視娜塔莎的雙眼中閃耀著感激。

「看吧。」金說：「妳明明就做得到。我不懂妳爲什麼總是對我擺出那張臭臉。」

金博士揮舞刀刃，迅速地劃出又深又長的血口。比莉還來不及感受到痛楚。少了喉嚨肌肉的固定，她腦袋往後仰，臉部與地面相對。娜塔莎試著意會突如其來的發展，伸出雙手接住鮮血，撐住女孩的臉，想合上她破裂的咽喉。鮮血染紅了兩人。

「不！」娜塔莎對他大聲尖叫。「天啊。別這樣。你到底爲什麼要這麼做？」艾娃衝向比莉跟娜塔莎。卡倫納撲向金，可惜太遲了。他搶在卡倫納介入前移動到珍妮床邊。

比莉體內維生的血液逐漸流盡。娜塔莎跪倒在地，悲憤哭號，艾娃緊緊抱住她。

卡倫納看著金掀開珍妮臉上的毯子。他通紅的臉龐布滿汗珠。他正在享樂，已經嘗過死亡的滋味了。他不會停手。

「不。」艾娃開口阻止。「你不能傷害珍妮。要是你對她動手，就別想活著走出去。」

「娜塔莎，妳也要來安慰這個女人嗎？」他問：「在我將她開腸剖肚的時候，握住她的手？」

娜塔莎把臉埋進艾娃肩頭。

「妳的勇氣還真是短命啊。太可惜了。珍妮不怕死，對不對？我猜妳認定自己會上天堂。可是啊，如果妳到了另一個世界，會不會發現只有妳、我、這個房間，我們兩個永遠困在這裡，我一次又一次地殺掉妳？」珍妮沒有回應。

卡倫納聽見背後傳來輕響，轉過頭，反手探向門外。

金拿刀身輕撫珍妮的臉頰。她抖個不停，恐懼使她雙眼鼓脹。卡倫納走向艾娃跟娜塔莎，把她們推到自己身後。

「督察，你想試試看嗎？」金笑得張狂。「不過我的刀應該比國際刑警組織最優秀的探員還要快上一步。嚇到了嗎？喔，不是只有你會做功課。灰溜溜地離開法國，對不對？你的同事應該不會太惋惜吧。天之驕子跌了個狗吃屎的感覺如何？我想想……你學歷好，當過模特兒，登上雜誌報紙版面，跟不少名人有點交情。接著呢，在巴黎警界享受了短暫的輝煌時光，轉調到國際刑警組織。再來就是一夕之間名聲掃地了。這些資料都只有法文，不過我自己學過，學得很好。說眞的，我們的共通點比你想像的還要多呢。我的未來也被人殘酷地奪走了，娜塔莎，妳說對不對？」

金瞄了她一眼，她張嘴想回話，卻只能擠出毫無意義的低吟與啜泣。聽著金細數自己的過往，卡倫納努力壓抑被他激起的情緒。瘋狂執著的調查正是他們追查的兇手的特徵，這股執念正是警方最大的阻礙。這些綁架計畫肯定經過了好幾個月的淬鍊，把珍妮和艾琳的一切摸得一清二楚。

「卡倫納，你想試試看嗎？」金繼續逼迫，刀刃在兩人之間揮舞。「艾娃不想跟我玩一場，說不定你的運動細胞更發達。」

「好吧。」卡倫納說。「你認爲我們之間隔了多遠？你比我還要熟悉這個房間。」

「當然了，大概是十八呎，夠我殺了她，再拿這把刀對付你。要賭一把嗎？」

卡倫納點頭。

「盧克，不要！」艾娃大叫。「你跑不過他的！拜託別亂來！」

「牧師，要來一段最後的禱告嗎？這位督察拿妳的性命當成賭注，妳可能要準備面對最糟的後果。」珍妮瘋狂拉扯束帶，雙腳亂踢。

金小心翼翼地在她的喉頭擺好刀刃，調整角度，輕輕施壓，彷彿是在準備切開一大塊烤肉。

他望向卡倫納，張嘴要他起步。

卡倫納甩出背後那隻手，按下扳機。泰瑟槍連接導線的鏢頭擊中金的胸口，將一千兩百伏特的電流射入他體內。他應聲倒地，刀子跟著他一同掉落。

崔普從樓梯口探頭。「打中了嗎？」卡倫納點頭。「急救人員跟後援部隊再一分鐘就到了。」

卡倫納想接近金，這時一名陌生女子——至少他沒看過她本人——站起來揚手阻止他。

「別過來。」她輕聲說：「別再靠近了。他必須死。」她握著艾娃丟到地上的鎚子。

「艾琳。」艾娃說：「已經結束了。我們要逮捕他。金很快就會入獄坐一輩子的牢。我跟妳保證。」

「不夠。就算他被關一百年，每天接受嚴刑拷打也不夠。不能讓他這麼好過。」她從傷痕累累的牙齦拔出滿口假牙，丟出去，落到卡倫納腳邊。

「艾琳。」珍妮低語：「親愛的，妳不能殺他。妳不是這樣的人。」

「他對我們、對其他人做了那些事，妳怎麼還說得出這種話？」她口齒不清，口水亂噴。

「我要他面對審判。」珍妮說：「我要看到正義公理。不該由我們奪走旁人性命。拜託，幫我鬆綁，讓我照顧妳。」

艾琳舉起鎚子，直視卡倫納的雙眼。

「我沒有權利這麼做嗎？」她指著自己潰爛的牙齦。「不讓他在這裡付出代價，難道要看他拿律師跟精神評估當擋箭牌嗎？那些招數我清楚得很，我本來就是站在另一邊的人。我記得去法學院演講的時候，最後他有跑來找我，像條狗一樣搖尾巴討好。嚇死人了。他當時就在打我的主意。我要讓他付出代價。」

「艾琳。」卡倫納說：「我不能允許妳傷害他。而且我得要趁他無法動彈的時候制住他。」

卡倫納在她臉上看見鮮明的恐懼傷疤。無論是在公司，在自己車上，甚至在她睡覺時，那是永遠無法擺脫的創痛。有許多傷害永遠無法治癒。他右手握著崔普剛才偷偷塞給他的泰瑟槍，只要金一動，他隨時都能制服他。卡倫納的目光飄往自己的左手，艾琳順著他的視線看過去。他一言不發，緩緩豎起食指。只能一次。她首度露出恐懼以外的情緒。她點頭表示理解。

艾琳沒把鎚子舉得太高、打得太重。她沒打算置他於死，也不想傷到他的大腦。她小心翼翼地瞄準，這一擊，無比精確。她讓金屬鎚頭砸破金的嘴唇，勁力穿透皮肉，深入上下排門牙。

艾娃走到她身旁，一手環上她的肩膀，從她手中接過鎚子，帶她離開密室。崔普領著娜塔莎下樓梯，急救人員已經等在樓梯口。卡倫納割斷珍妮手腕的束縛，翻過金的身體，替他上銬。他幫不了掛在屋樑上的可憐孩子，只能陪在她身旁，等到其他人把她放下來，給予她應有的尊重。結束了。

49

卡倫納拒絕出席記者會。近來他獲得的媒體關注強烈到令他吃不消。貝格比總督察以簡潔內斂的態度面對各家媒體。有三名女子喪命。這不是值得慶賀的破案消息。

艾琳．布克斯頓和珍妮．瑪吉的親朋好友可說是昏頭轉向，畢竟他們已經舉辦了追思儀式，替她們哀悼過了。心理支援團隊前來協助被綁架的兩人克服那段經歷。卡倫納個人認爲除了至少要十年的時光，才能夠開始減緩回憶中的痛苦。警方查出艾琳．布克斯頓的替身是格拉斯哥的另一名失蹤妓女。隔週將會替三名死者舉行追思儀式。

崔普捧著長方形紙盒鑽進卡倫納的辦公室，內容物肯定是酒瓶。卡倫納一陣暈眩。自從金落網之後，他已經好幾天沒想到艾絲翠了。匿名禮物捲土重來，他現在無力招架，只想好好靜一靜。

「長官，你的包裹。剛剛才送到。」崔普說。

卡倫納打開盒子，裡面是一瓶樂加維林威士忌，附上手寫卡片。

「換你享受啦。」卡片寫道：「與你共事相當愉快。請跟組員分享。瓊提．史普。」

崔普離開辦公室，換貝格比總督察上門。

「盧克，你還會在蘇格蘭多待一陣子嗎？」他問。

「我無意間遞上辭呈了嗎？」卡倫納回答。

「沒有。」貝格比拿起那瓶樂加維林，投以欣賞的目光。「可是你來這裡是爲了遠離里昂的風風雨雨。在我的經驗裡，只要開始逃避，往往就停不下來。你應該知道我不希望失去你這個手下。」

「總督察，我哪裡都不去。我花了好大一番工夫才習慣這裡的雨、咖啡、口音。就這樣賴在這裡似乎也不錯。」

總督察點點頭。「跟你說，哈里斯教授沒有惡意。人總有努力過頭的時候。」

「下回我可以自己選擇合作對象嗎？」卡倫納問。

「不行。預算吃緊，加班時數有限。督察，我們要務實一點。趕快習慣吧。」他放下酒瓶，還卡倫納一個清靜。兩分鐘後，賴弗利警佐敲了門。

「我今天眞搶手。是不是該在門上掛個招牌？」賴弗利沒有回應他的笑話，默默遞出一個信封，又退回門邊。「這是什麼？」卡倫納問。

「我的辭呈。」賴弗利應道：「我不止一次僭越了本分。說僭越太輕描淡寫了。那些行爲對調查毫無幫助。是我拖累了你。」

「眞有意思，還不到兩分鐘就有兩個人找我談辭職。總督察不想收我的辭呈，我也不想收你的辭呈。你很沒禮貌，超級沒禮貌，我希望你對我道歉，但我不想領著一群唯唯諾諾的部下。以後可能輪到我鑽牛角尖，而你做出正確的判斷。發覺你有多麼投入的那一刻，我早就該把你撤掉，我要爲此負起責任。警佐，別再扯我後腿，我也會努力配合。幫我拿這瓶酒去簡報室，跟大家說這是我的慰勞品。」他把賴弗利的辭呈丟進垃圾桶。「叫薩特警員開始準備警佐考試，你覺得有所虧欠的話就好好指導她吧。」

「長官，你不跟我們喝一杯嗎？」賴弗利問。

「我有事出去一趟。幫我編個藉口吧？」

抵達艾娃家門口時，他快要崩潰了。醫院打電話說她自行出院，儘管院方希望她留下來多觀察一天。卡倫納不知道自己爲什麼以爲她會乖乖聽話。

娜塔莎前來應門，撲進卡倫納懷裡，過了好一會他才有辦法把她剝開。他對旁人觸碰的忍受時間拉長了，沒有受威脅或是遭到拘束禁錮的反感。有進步。

「她還好嗎？」他問。

「她假裝沒事。你也知道她的個性。」娜塔莎說：「她在客廳，我要多待幾天，對她、對我都好。我在煮飯，你餓的話就一起吃吧。」

娜塔莎晃回廚房，卡倫納往客廳裡探頭。

「接受探病嗎？」他問。

「除非你準備了花束、巧克力、單麥威士忌。」艾娃說。

「我忘記買花，想妳應該不吃巧克力，還把威士忌送掉了。妳只能拿我這個兩手空空的訪客來湊合了。」

「該死。」她關掉電視。「好吧，勉強接受。」

「對不起。」他在她隔壁坐定，視線努力避開她臉上轉黃的瘀傷。「要是我再努力一點，就不會讓妳承受那些事情。」

「你還眞看得起自己啊。」她說：「我太過感情用事，遭到停職，沒有乖乖待在家裡，大半夜的還在陌生人面前開車門。你還想負什麼責任？盧克，放過你自己吧。」

「好吧，這件事就先擱下。」兩人沉默半晌。「妳想談嗎？」他問。

「不想。過一段時間吧，大概。總之不是現在。你呢？艾琳的復仇沒給你添麻煩嗎？」

「當時我無法阻止她。」他說：「我相信她是以爲金快要爬起來了，所以她敲下那一鎚也是很合理的反應。假如我暗示她可以敲他一記，我的良心一定很開心。那傢伙壞透了。被她說中了，他宣稱自己精神狀態失常。」

「還用他說嗎。」艾娃說。

「犧牲者不只是我們所知的三名女性。四十年前，據說他姊姊在地下室樓梯滑倒，摔斷脖子。十三歲的金只小他姊姊一歲，事發當時家裡只有他們兩人。調查員警的紀錄顯示他完全不相信金的說詞。他姊姊在嚥氣前撐了一段時間，但他拖到爲時已晚才叫救護車。他說他嚇壞了。不過沒有任何證據，妳也知道的，這種事情很常見。他父親在十二年前中風過世，兩年後，他年邁的母親在跨出浴缸時滑倒溺斃，所有的遺產都落到金手中。無法證明他動了什麼手腳，也無法起訴他，可是從警方的筆錄可以看出他們認爲金顯得……沾沾自喜，應該可以這麼說吧。可惜沒有辦法推翻他的證詞，就跟四十年前一樣。我們不確定他謀殺姊姊的動機爲何，但是圍繞著這家人的死亡氣息太過濃厚。」

「早知道就不問了。」

「那要不要來點好消息？費莉希蒂．柯斯提洛跟她兒子一起住進母子病房。社工人員準備要去評估她的狀況。」

「很好啊。那咱們親愛的艾涅斯丁修女呢？」艾娃說。

「她要吃上幾年牢飯。她面臨多起傷害罪起訴，連十年前的舊事都挖出來了。妳討伐了一頭巨獸。現在那些孩子都獲得妥善的照顧。妳可以得意好一陣子啦。」

「督察，謝啦，加油打氣就先告一段落。對了，你的手指怎麼啦？」

卡倫納直視她的雙眼。「我搥了牆壁好幾拳。呃，事實上是妳家的牆壁。可能有點凹了。我再幫妳補好。」

「沒關係啦，我喜歡有個性的裝潢。你難得的誠實耶，是不是終於發現我們是朋友啦？最近有沒有去跳傘？」

卡倫納揉揉眼窩。「沒有。我這幾個月是史翠瑟倫的拒絕往來戶。說到這件事……」

「你要全部說出來嗎？」她問。「全部喔，不要給我惱羞成怒，逃避現實喔。」

卡倫納無法回答。他不能對艾娃撒謊——差點失去她的衝擊讓他無法違逆她。他的身體機能遲遲沒有好轉的現象，但至少他已經好一陣子沒把那些事放在心上。最後他選擇搖頭。

「我認為到湖邊釣魚是坦誠以對的絕佳時機。春天終於要到了，湖景美得不得了，你跟壯麗的大自然之間只隔了一艘小船。除了幾條鱒魚，沒有什麼東西會給你打分數。牠們不會聽人說話，但我自認很擅長聆聽。」

「我喜歡那根釣竿。」他說。「金羅斯那邊很會下雨嗎？」

「這裡是蘇格蘭耶，不下雨是要釣什麼魚？對了，窗外的小鳥跟我說你有個來自法國的意外訪客。」

「香檳跟玫瑰花束是她送的，目標是我，不是妳。除了那個死亡威脅。真不知道艾絲翠為什麼要鎖定妳。」這是小小的謊言。卡倫納其實心知肚明。艾絲翠看出他跟艾娃之間有些什麼，兩人溝通來往時的某種默契。娜塔莎也察覺到了。「她的心理狀況很不穩定。我不得不簽下追溯豁免的切結書。」

「謝天謝地。你以為我想打官司，讓大家知道我只會引來二手跟蹤狂嗎？我喜歡直接拿我當目標的傢伙，才不要收你那邊的神經病呢。好啦，前任的混血國際刑警組織探員在蘇格蘭這個蠻荒之地混得如何？」

「沒有人關懷我敏感脆弱的心靈。」他笑出聲來。「我很想叫總督察給我加薪，算是適應口音的津貼。」艾娃也笑了，他勾起嘴角。雖然他不想承認，但其實他這幾天一直以為再也聽不到她的笑聲了。「妳有沒有興趣這個禮拜陪我看場電影，就當成是日行一善？我覺得妳的選片品味對我的失眠具有神效。」

「你眞沒眼光。這個禮拜的深夜老片是《日正當中》，相信就算是你也能欣賞它的美妙之處。」

「這片有史提夫・麥昆嗎？」卡倫納摸到口袋裡的小石板，本來他打定主意要歸還這樣東西，但他讓它滑入口袋深處，雙手環胸。

「沒有。超可惜的。大概只有他能讓這部片更上一層樓了吧。我餓啦，你別賴在這裡，去看看晚餐吃什麼。」

卡倫納從沙發上起身。「妳不是認眞覺得他比我還帥吧？」

「金髮碧眼。我的天菜。」

鑽進廚房前，卡倫納就著走廊上的鏡子打量自己的面容。

「史提夫・麥昆。」他喃喃自語，一手耙過頭髮。「才怪。」

致謝

感謝Helen Huthwaite與整個Avon出版社的團隊，使得這本書得以成眞，也帶給我無比美好的出書體驗（我現在總算止住了感動的淚水）。感謝我優秀的經紀人Caroline Hardman，她安撫了我焦躁不安的自我，回應無數封電子郵件，從未放棄過我，反反覆覆看我的稿子——妳的耐性跟聖人沒有兩樣。

感謝我的第一批讀者（替我訂正可怕的錯字，忍受我愚蠢的錯誤），無論謝幾次都不夠。Jessica Corbett聽我滔滔不絕的聊這本書，從沒打過瞌睡（妳還在我最需要的時刻送上蛋糕，這應該是最偉大的貢獻了吧）。Allison Spyer不但看了我的作品，還替我加油打氣，無論有多少人質疑我，妳對我的信心與愛護都能擊退他們。Andrea Gibson陪伴我度過一切打擊與勝利，彷彿那是妳自己的經歷。每天我都深深感激妳擁有比我高明的化學知識。妳總是無比堅定、正面，激勵我渡過難關。我一定要感謝Mark Thomas陪我討論牙齒的知識（若書中有任何錯誤，那都是我的問題）。Ruth Chambers是我的假日好夥伴，我數不清你花了多少時間思索各式各樣的情節與角色（眞的是超級抱歉！）。

感謝我的母親Christine跟我說不管我想當媽媽、妻子、隨便什麼都好，我全都做得到。感謝美麗驚豔、帶來刺激的美妙城市，愛丁堡（我在心中替妳城裡的酒館餐館保留了特殊的位置），每回造訪都帶給我不同的衝擊。感謝無數陪我前進的朋友。

還要感謝David給予我時間、空間、設備，以及勇氣，讓我能把掛在嘴巴的故事用鍵盤打出來。謝謝你。

【Mystery World】MY0017

完美殘骸

Perfect Remains

作　　者❖海倫．菲爾德（Helen Fields）
譯　　者❖楊佳蓉
美術設計❖許晉維
內頁排版❖HAMI
總 編 輯❖郭寶秀
責任編輯❖遲懷廷
特約編輯❖聞若婷、邱鈺萱
行　　銷❖許芷瑀

發 行 人❖涂玉雲
出　　版❖馬可孛羅文化
10483台北市中山區民生東路二段141號5樓
電話：(886)2-25007696
發　　行❖英屬蓋曼群島商家庭傳媒股份有限公司城邦分公司
10483台北市中山區民生東路二段141號11樓
客服服務專線：(886)2-25007718；25007719
24小時傳真專線：(886)2-25001990；25001991
服務時間：週一至週五9:00～12:00；13:00～17:00
劃撥帳號：19863813　戶名：書虫股份有限公司
讀者服務信箱：service@readingclub.com.tw
香港發行所❖城邦（香港）出版集團有限公司
香港灣仔駱克道193號東超商業中心1樓
電話：(852)25086231　傳真：(852)25789337
E-mail：hkcite@biznetvigator.com
馬新發行所❖城邦（馬新）出版集團
Cite (M) Sdn. Bhd.(458372U)
41, Jalan Radin Anum, Bandar Baru Seri Petaling,
57000 Kuala Lumpur, Malaysia
電話：(603)90578822　傳真：(603)90576622
E-mail：services@cite.com.my
輸出印刷❖前進彩藝有限公司
初版一刷❖2021年5月
初版二刷❖2022年9月
定　　價❖400元

國家圖書館出版品預行編目(CIP)資料

完美殘骸/ 海倫．菲爾德（Helen Fields）著；楊佳蓉譯. -- 初版. -- 台北市：馬可孛羅文化出版：家庭傳媒城邦分公司發行, 2021.5
面；　公分. --（Mystery World；MY0017）
譯自：Perfect Remains
ISBN 978-986-5509-70-5（平裝）
873.57　　110003264

ISBN：978-986-5509-70-5（平裝）

城邦讀書花園
www.cite.com.tw